吉田小五郎随筆選

第三巻

ほんもの　にせもの

CALAMVS GLADIO FORTIOR

慶應義塾大学出版会

編集委員

福原義春　高瀬弘一郎　近藤晋二　吉田直一郎

外函装画

駒井哲郎「岩礁にて」（福原コレクション　世田谷美術館蔵）

©Yoshiko Komai 2013/JAA1300121

カバー装画

駒井哲郎「Les Vases（壺）」（福原コレクション　世田谷美術館蔵）

©Yoshiko Komai 2013/JAA1300121

昭和 56 年、柏崎にて（写真提供　鈴木光雄氏）

吉田小五郎随筆選　第三巻　ほんもの　にせもの　目次

I

Ⅲ

凡例

一、本随筆選は吉田小五郎が執筆した随筆を三巻に集成し、編集したものである。初出は各編の文末に記した。単行本収録作品一覧は第三巻の末に記した。

一、初出時に旧字・旧かな遣いを使用している文章は、現代の読者の便宜のために新字・現代かな遣いにあらためた（ただし、引用文のかな遣いはそのままとした）。また、明らかな誤字・脱字は正した。

一、漢字使用は原文を尊重したが、現代の読者にとって分かりにくいと思われるものは編集部で改めるか、または振り仮名を付けたものもある。

一、人名等の固有名詞で、現代の読者にとって特に分かりにくいと思われるものは、編集部が本文中に（　）の形で注記した。

一、本文中に、今日の人権意識に照らして不適切に思われる表現箇所があるが、作品の作られた時代的背景、著者がすでに故人であることを考慮し、そのままとした。

I

壺たち皿たち

私の身辺、書斎のあたりには、いつも何かかにか壺や皿のようなものがころがっている。どうせ我々のところにある品物だから、ロクなものがあろう筈がない。その代り、よそよそしい他人行儀の品物なんか一つもなく、よべば直ぐ「おお」と応えてきそうな、いって見れば同志みたいなものばかりである。人はどう見るか知れないが、私にすれば、どこか見所があると思っている。

しかし、陶器の世界ばかりは不思議である。お茶の関係のものや僅かな官窯をのぞけば、誰だって氏素性をいいはらない。薩摩だ、唐津だ、丹波だ、瀬戸だといったところで、ただ人がそんなふうにいって見るだけで、本人達はどこにも作者の銘なんかつけていないのである。いわんや、本家すじの支那や朝鮮の品物にいたっては、全くそれがないといっていい。みなみな素裸でいるのである。作者の銘にこだわらず、気楽に見てたのしめるところが、陶器の世界、その醍醐味といえようか。

国宝だ重美だといったところで、何も特別の品物ではない。多くの人は物をじかに見ないで、レッテルや説明で見るから、やれ国宝だ重美だといえば、ただ息を殺してながめ、すぐ脱帽するが、陶器の世界ばかりはそんなものではない筈だ。単に美しさの高さ深さだけでいえば、国宝級のものは無限にあるといっていい。ウチの犬のつかっている皿だってマンザラでもありませんよといったら、人は私のことを精神鑑定を要するというであろうが、そんな洒落だって通じないものでもない。陶器の国宝、重美というのは、多く伝世品であるとか、類品が少ないとか、きずのない完全品であるとかいうのがその資格で、必ずしも美しさの点で格別というわけではない。

某氏が私にいったことがある。某美術館にならんでいる品物は百万円の品物の隣りにタッタ千円の品物がならんでいる。それは見識のない並べ方、笑うべきだという意味らしかった。ところで私はこれをキョトンとして聞いていた。美術館ともあろうものが、素晴らしく美しい品物の隣りに、見るにたえないひどい品物を並べておく、なっておらんというのなら話はわかる。しかし、陶器の値段は必ずしも美しさを保証しないのである。秋草の壺の隣りに「馬の目」皿がならんでいたとしても、少しも不自然ではないのである。幸いに美しさの深さ高さは値段とは関係がない。同じ品物でもそれが茶に使えると、使えないでは値段に天地雲泥の開きがある。それで百万円の品物の隣りに千円はおろか一円の品物が並べてあっても、美しさを見る目に狂いがなかったら、何のおかしいこともない筈である。こう太平楽をならべておいて、さて安《やす》での壺、かけた皿をひねくっておれば世話はない。

しかし太平楽はまだつづく。たしか人類学の方でつかう術語かと思うが、フォルカゲダンケンテオリというのがある。各民族が互いに他の民族の影響をうけることなく、創造し生みだすこと、そんなような意味らしい。例えば、原始民族はみなそれぞれ必要に応じて自ら壺や皿をつくった。東西いずれの民族も壺や皿をもつが、それは例外なしにある美しさを持っている。少なくともいや味というものがない。人間は本能的に美しい器をつくりだす力をもっているのであろう。それが、今デパートの美術品部に足をはこぶとしよう。殊に茶器の部をのぞくとしよう。人はどう見るか知れないが、私には多く我慢のできない品物に思える。どこか素直さにかけ、我《が》をはり、力《りき》んでいるか、線がねむたげであるか、いらざる模様の氾濫であるか。

それにつけても、十数年前のことだったが、私は若い友人たち大勢と尾張を旅行したことがある。たまたま常滑《とこなめ》にあそんだ時、誰かの紹介で、ある陶工の仕事場を見せてもらい、主人の好意でロクロをひくところを見せてもらった。壺や皿がロクロの回転につれて生れいずるところ、生きものの感じで胸のときめくのを覚えた。しかし、私は甚《はなは》だ不本意であった。というのは、例えば陶工の指のつかいよう次第でぬるぬるするすると出来てゆく工程を見ていると、必ずあわや優《よ》い形と思える時があるが、陶工は決してそこでロクロを止めようとしない。さらにロクロを回転させ、優い形のところをやりすごし、いやな形の時にいたって初めてロクロは止まるのである。それは一度ならず何度くりかえしても同じことであった。原始人のつくる壺や皿とおもいあわせて、何かここに現代人の秘密があるように思われる。一口にいえば、無意味に名を追い、自己をいいはることの報い、自然に、いや天意にそむくためといえないだろうか。ああ少し理に落ちた。この辺で一服、閑話休題ということにしよう。

あんまり愉快な話ではないが、世の中には真物《ほんもの》と贋物《にせもの》とがある。それは人間の社会に一番多いのかも知れないが、その次は書画骨董の世界であろう。嘗て露伴の筆になり数代にわたる贋物作りにまつわる因縁話のようなものを読んで不思議な感に打たれたことがある。近くは小林秀雄氏の文章「真贋」は私にとって甚だ興味があった。陶器の世界にも少ないながら、若干贋物があるらしい。しかし幸いなことに、我々のもてあそぶ品物には、絶対にそうした心配はない。みなみな裸の品物で安物にかぎられているからである。

流行品と在銘の品物には、えてして贋物がある。茶の方の品物に贋物の多いことに不思議はないが、李朝が流行すれば、李朝にも贋物ができる。極《きわ》め書をあてにする人には、極め書の贋物もあるということである。この辺は人間の社会とよく似ている。またよく贋物をつかむ人があある。それはその道に詳しい人と掘出し根性の人に多いようである。詳しい人というのは、物を直かに見るよりも徒《いたず》らに知識をほこり講釈の多い人で、掘出し根性の人とは、年中一万円の品物をタッタ百円で買うことを信条としている人である。して見れば私の身辺にある壺たち皿たちは、いずれも純粋の安ものであるから、正真正銘のまごう方なき真物である。

もう一つ壺たち皿たちについていいたいことがある。それは品物がどういう場合に最も美しく生きるかということである。実は先日鎌倉の市立美術館で陶器の名品展を見た。私は会場にはいってすぐ品物をもふくめて何とウスぎたない、いやな雰囲気であろうと思った。あの田舎紳士、安でのハイカラのような建物のせいもあろうが、品物のならべ方に全く無神経すぎるのである。一つ一つ丁寧に見れば、天下の名器がならんでいるにかかわらず、全体を見渡して、美しさとは正反対の私にはうすぎたなく感じ、むしろ醜くさえ見えた。殊に陶器はその環境、これに用が加わらなければ輝きは出まい。もしあの館にならんでいる一つ一つの壺に花を生け、皿に果物をもるとしたら、どんなにあの器たちは美しさに輝くであろう。もう一つ持ち主と器との関係である。仮に私が仁清《にんせい》の水差をもったとて、私のためにも水差のためにも一向プラスにならない。そういう意味でも、私の身辺の安での壺たち、皿たちは皆、所を得てかがやいている。そう思って私はにやにやして悦にいっているのである。

（「新文明」三―一〇　昭和二十八年十月）

ノアノア

ノアノアNoanoaとは、マオリイ語（蛮語）で香気ある、芳しいという意味だそうだ。色彩の詩人ポール・ゴーギャンの手記から無断で借用したのである。Teine merahi noanoa これで「今が一番香がよい」という意味になるそうだ。

私は時々「十竹斎書画譜」と「芥子園画伝」をとりだしてながめている。私の分はどちらも佳い版とはいえないが、それでも日本で覆刻したものよりは幾らかましだと思っている。支那版画には、またいいしれぬ支那版画の味わいと良さがある。木版錦絵といえば、とかく日本が家元のように思われているが、日本の大抵のものがそうであるように、木版画の手法技術を丹念にしらべて行くと、がっかりするほど、みんな支那からおそわったものばかりだそうである。

それはさておき、芥子園画伝の方は、江戸時代によほど広く行われたものらしく、ために日本の南画は堕落したといわれている。それは恐らく本当でもあろうし、ウソでもあろう。昨今、何でも責任を負うというようなバカらしいことは一切ご免こうむって、堕落しようが、人殺しをしようが、それは一切本人の知ったことではなくて、社会の罪だという、誠に都合のよい筆法からすれば、無論、芥子園画伝の罪である。私は十竹斎の方をより好むが、どちらも繰りかえしながめてあきるということがない。時に漢文を読む力がにぶいのがまた一徳である。そこに書いてある画論をよんでも、的確にピタリと肚《はら》にこない。どこか神韻縹渺《しんいんひょうびょう》としてありがたそうで、そこがまたよろしい。

画題は色々あって、それぞれ感心するが、中でも特に翎毛花菓譜に心をひかれる。というのは、私の好きな花や小鳥が支那版画の味で美しくえがきだされているからである。殊に小鳥のいきいきと動いている姿は心にくいばかりである。いったい宋元明の花鳥画を見て、何時もそう思うのだが、恐らく世界で支那人ほど小鳥の生きた姿をそのままとらえて描きだしたものはないのではないか。私はそれを支那人の小鳥に対する愛情によるものだと考えている。それにくらべて、むやみに空気銃をもって小鳥を追っかけまわす日本人のかいた小鳥は、どれも動きのない剝製の鳥である。

さて、この十竹斎や芥子園の中に、それぞれ蘭譜がある。習字のお手本と同じ意味の四君子の臨画帖は支那、日本ともにウンザリするほど沢山ある。しかし、蘭にいたっては、おおざっぱにいって、支那人のかいたものが断然よろしい。殊に十竹斎、芥子園画伝のそれは、チャンと急所にふれていて、どんなに版がくずれていても、花も葉も画家の目が本ものを見ている証拠歴然たるものがある。これに反し、日本人の手になった蘭は蘭そのものを直《じか》に見ようとせず、ただ支那人の粉本によっているらしく、例えば虎をかいて猫といったおもむきをかくすことが出来ない。これは科学的にとりあつかったつもりの本草家の図録にも往々それらしいものがある。ああまた、話が理におちて角がたっていけない。もっと淡々と行けないものだろうか。

今はちょうど秋蘭の季節である。Teine merahi noanoaだ。春蘭、夏蘭（一茎九華あるいは蕙）それぞれよろしいが、秋蘭はまた格別である。普通「素心（蘭）」ともいわれ、どこか姿が女性的である。支那人は春蘭を君子、夏蘭を士大夫にたとえているが、私は秋蘭を深窓の佳人とよびたい。葉の色と形と反《そ》り、そこに抽出する透きとおるように白い花のむれ、何としても眼もと涼しげな佳人にちがいない。香りも春蘭夏蘭のそれにくらべて、プンと鼻をつくむせるような強さがなく、何かすれちがった後で、かすかに匂うといったおもむきである。

ものの本によると、蘭の産地は、支那では浙江、福建の両省と台湾にかぎられているとあるが、私にはどうも腑におちない。とにかく日本でいえば芒《すすき》のようにむらがって、おしあいへしあいして咲いているという。戦争前、晩翠軒や京華堂へ行くと、相当の苗が一束五十銭で買えた。（但し、春蘭と夏蘭にかぎられていたが）私はその花の満開の季節をおもうと、胸がわくわくする。一度この目で見ておきたかった。それこそノアノアのノアノアだ。

その昔、日本にはいった蘭の種類は知れたものだったろう。宋梅《そうばい》が二百年前、小《しょう》打梅《だばい》が

（共に春蘭）百年前に発見されたというが、江戸時代の日本人が果してそんなものを知っていたかどうか。日本で蘭の銘品が云々されるようになったのは、ようやく大正の初めころであった。それはそれとして、秋蘭（素心）は、とにかくはやく、江戸時代に既に知られている。古くは魚魷《ぎょちん》といったのがそれらしいが、日本で蘭画専門の、名手として知られている雲華《うんげ》和尚が愛していたという、いわゆる雲華素心は今に伝えられている。雲華は大の蘭好きで、長崎に唐船がつき蘭が将来されたときくと、直ぐ長崎へすっとんでいったと伝えられている。

いま秋蘭には色々名前がついている。曰く永安《えいあん》、曰く観音《かんのん》、曰く竜厳《りゅうがん》、曰く大屯《だいとん》等々、多くは産地の名でよばれているが、どうも本質的に違いがあろうとは思えない。葉の細い広い、立つか垂れるか、花がやや大きいか小さいかが違うといえば違うくらいなものだ。その道の人だって判然した見分けはつきかねるのである。しかし、花で咲きにおう風情は、恐らく草花趣味の頂上で、この世の憂さを忘れしめるに十分である。

私のところにも、今なお秋蘭の数鉢がある。あいにく、今年はどれにも花がこなかったが、花好きにとってそんなことはどうでもよい。葉の塵をはらって、来年再来年いや何年でも待つばかりである。

しかし、先だってから駿河蘭の一鉢が咲いている。十数年もちこんだ大鉢で、径一尺五寸の鉢にもりあがっている。これは葉の丈《たけ》長く蘭の中では最も雄大な種類で、大鉢ともなれば壮観だ。秋蘭にくらべて匂いはやや強く、プンと頭にくるほどだが、私が、勤めからかえり玄関のあたりにさしかかると、そっと匂う。ノアノアだ。私は満ちたりた気分になるという次第である。

最後に、一言鉢のことに触れておこう。とりすましたいい方をすれば、なになに盆とかいうのであろう。普通蘭鉢といえば、シルクハットをさかさにしたような楽焼の鉢を想像するであろう。しかし、蘭の根は決して深く下におりる訳ではない。ただ栽培の方からいって黒い薄手の楽焼の鉢が日光をよく吸収して為にいいのは当然である。しかし、実用だけでは面白くない。そこへ行くと、支那の鉢が不思議によくにあってまた為にもよろしい。日本の鉢は染付など見た目には悪くないが、厚く堅く栽培上に難がある。いっそ西洋蘭のように素焼の鉢にすればよいようなものの、葉に妙味のない西洋蘭と一緒にもできない。やはり支那蘭には支那鉢がよろしい。餅は餅屋というのであろう。それも古渡りなどと凝らない方がよろしく、南蛮、朱泥、紫泥《しでい》、烏泥《うでい》、海鼠《なまこ》、交趾《こうち》など、それぞれ、植えるべき蘭の顔とにらみあわせて然るべきで、ただ形は単純で、文字や模様などのない無地がよろしいこと勿論である。

私は最初、蘭に対して礼讃などとは生まぬるい、「おかぼれの記」とでもいった、べたぼれの文章をかいて読者を煙にまくつもりであったが、筆はいつしか志とたがい、妙にぎくしゃくしたものになってしまった。蘭に関する古今の文献をあつめ、かじってはいるが、よくこなれていない証拠で是非もない次第である。

（「新文明」三―十一　昭和二十八年十一月）

正月の顔

正月の顔というのは、宅《うち》の四郎の顔のことである。駄洒落で恐れいるけれど、要はオメデタイということだ。

　四郎も明けて数えどし三つになる。かわいがられて育ったせいか、どこかおっとりしていて蔭日向がなく、傍若無人にふるまっているところは、どう見てもオメデタイご面相である。それにもう一つ犬のくせにひげをはやしていることである。一体ひげというものはどことなくユーモラスなものだ。日本では昔からひげの文化が発達しなかったと見えて、ひげという語は一色しかないが、支那でも西洋でもひげという文字が幾通りもある。殊に西洋ではひげにも階級のあった時代があるそうだから、なおさらのことだろう。犬のひげはどの階級に属するのか知らないが、生れおちるより生やしているというのだからいい気なものである。

　それに私は何故かひげというと勲章を聯想する。人間が真面目くさって犬のようにひげをはやしているのもおかしいが、大の男がれいれいしく勲章を胸にぶらさげて大道を闊歩するというのも愉快な話である。遠からずその勲章がまた幅をきかすことであろう。

　勲章に鉛の勲章があるかと思えば、ひげにはつけひげというのがある。四郎のひげは決してつけひげではない。なかなか愛嬌のある本ものの立派なひげである。彼の日ごろの功労に報いたく鉛の金鵄《きんし》勲章をやりたいと思ったが、生憎近頃の玩具屋には勲章を売っていない。いたしかたなく、手許に学校の運動会でもらってきた小判型のメダルがあったから彼の首ったまにつけてやった。所が四郎はすぐその後からどこかへ落して来てしまった。勲章などに一向頓着しない精神にめでて、別に賞めもしなかったが、叱りもしなかった。

　四郎と暮らして一年半、色々と四郎を観察した。恐らく四郎の方でも私を観察しているに違いない。私が常に特に気を配っているのは、四郎の個性は何かということである。個性の定義など難しくいえば切りがないが、要するに遺伝と環境から来る個人的の特性とでもいったらよいであろうか。そうはいっても、近頃盛んに個性尊重、ということがいわれているところを見れば、いい意味の特性だけを指すらしい。つい先頃、都内の私立小学校全部の要覧というものが出来た。どこの学校も申し合わせたように「個性を尊重し」云々の一句がついている。個性尊重など当然すぎてわざわざそんなことをことわるだけ野暮だと思われるが、私の中に同居している天邪鬼氏《あまのじゃくし》は私の耳に口を寄せてこんなことをいう。個性なんて尊重することはありませんよ、個性というものは嚢中の錐みたいなもので、どこにおいても突き出るところが花なんですよ。何も有るか無いかの個性をもやしみたいにやしなって育てる必要のないものです。近頃あんまり個性を尊重しすぎるので、ついお粗末な芸術家が沢山できて困ります。御覧なさい。ジャズの演奏家とピカソとマチスで日本は氾濫しています。どうでしょう、試みに鋳型学校というのを作って見たら、窮屈な鋳型に無理にはめこもうとすると、却って本当に個性のある奴がにょきにょき出て来るかも知れません。私はただ苦笑して聞いていたが、なるほどそうもあろうかとも思った。

さて、四郎の個性は何だろうか。彼は無闇に噛みついてくるが、これは個性とはいえない、スピッツの類性で、それにしても四郎が噛みつくのは、家の者に限られていて、他人様には決して噛みつくことがない。噛みつくといっても、軽く歯をたてる程度で本式に噛む訳ではない。相当大きな牛や豚の骨をばりばり噛みくだくくらいだから私どもの手にほんの痛さを感じさせる程度のは余程加減してくれているのであろう。あるいは四郎にすれば愛情のしるしであるかも知れない。

四郎はえて勝手である。私はその点でむしろ四郎を買っているのである。彼は呼んでもなかなか側へ寄って来ない。だだっ子らしくキョトンとした顔で振りむくが、そのままのそのそ行ってしまう。それでいて決して側を離れない。彼は淋しがりやで側が離れられないのである。だから、こちらが彼を相手にせず、新聞でも読んでいると、四郎はきっとタワシかゴム製のダンベルをくわえて来て、読んでいる新聞の上にぽとりと落す。あるいは側へ身をすり寄せてどすんとねころぶのである。

四郎は家の中へ一人でとりのこされるのが一番苦手らしい。女中さんが、買物籠をぶらさげて出かけようとして、あちこち戸じまりをすると、四郎は敏感にそれを察して女中さんの傍を離れようとしない。無理に彼を中へ入れて戸をしめると彼はくんくん鼻をならし、わんわん吠えたて、大さわぎになる。とどのつまりが出窓の一番遠くよく外の見える所でじっと外を見つづけ、女中さんの帰ってくるのを千秋の思いで待つのである。

彼は食べものに対してもわがままだ。しかし彼は大体犬にしては何でも食べる方だろう。ごはん結構、ウドン結構（私はごめんだが）、パン食結構、漬物もいただけば、果物はバナナをのぞいて何でもオーケー。アレキサンドリヤの葡萄は皮をむいて食べるし、林檎は国光など御免だというような顔をする。体の小さいくせに毎日牛乳を一升ずつたいらげるが、それも気のむいた時水の代りにがぶがぶ飲むのである。

四郎はまたかなり人の言葉を解する。玄関、廊下、台所がわかり、おじさん、おばさん、先生がよくわかる。彼の玩具であるタワシは無論よくわかる。「わん」、「お手」、「お預け」、「まだ」、「いけません」、「だめ」というのもわかる。「ああん」といって口を開くこと、「ぴょんぴょん」といって珍芸をすること、「立っち」といって立ち上ること、「お坐り」「伏せ」みなよく出来る。

四郎はまたよく工夫する。南京豆の皮やキャラメルの紙をとって食べること、手際よくやってのける。廊下のガラス戸を開く時は前足でこすると自然細目に開く。そこへ口を差し入れて左右に開くという仕掛けである。ある日牛乳瓶が坐っているみたいなヨーグルトの空瓶にビスケットを入れてあてがった。彼は初めなかなかとれなくて閉口していたが、その中に瓶をくわえて、高いところへのせ、それから倒《さかさ》に落とす、ビスケットはぽろりと出て、彼がぱくりと食べるという寸法である。私どもが外から帰ってくる時、何か包みをぶらさげていると、彼はついて来て包みの前を離れない。包みと私どもの顔を交互に見くらべ早くあけろと催促である。

四郎はまたよくものを嚙みくだく。万年筆や鉛筆や靴べラや物指しや箱の蓋を、手あたり次第に嚙みくだく。殊に木箱の薄板に対する歯ざわりが格別らしく、ぱりぱりかじって愉快そうである。その外座布団をかじり、靴下、雑巾をかじり、布団をかじる。時には布地が彼の五臓六腑をかけめぐった揚句の果にそのまま排泄されることもある。

四郎はまたよく吠える。天井に鼠がさわいだといって吠え、前を牛車が通ったといって吠え、御用聞きがきたといって吠えかかる。およそ知らない人には誰彼の区別なくよく吠えかかる。病気でぐったりしている時でも、何かあるとありったけの力で吠えるので、その後がいけないようである。

四郎はまたよく病気をする。この家のものは皆病気には縁遠い方で、その点むしろ野蛮人に近い。じょうだんをいえばせいぜい仁丹か歯磨粉があれば大抵の病気は立ちどころに直ってしまう。ところで四郎はなかなかよく医者にかかる。大抵急性で二月に一度は電話で医者を呼ぶのである。医者は自家用の自動車でやって来て四郎をほめて薬礼をとる。この間も、風邪と胃が重なってペニシリン30万単位とか、メチオニン2ccとか葡萄糖にビタミン20ccとかの注射をしてもらい、外に飲み薬をもらった。羨ましくはないが、私は生れてこの方まだペニシリンだの葡萄糖だのとそんな高級な薬のご厄介になったことがない。

以上四郎についていろいろ述べてきたが、結局親馬鹿の子供自慢に過ぎず、さて四郎の個性って何だろうと考えて見る。

取りたてて個性なんていうほどのものは何もない。善良で平凡な四郎の一言につきる。ただかわいがられているために主人の鼻息などうかがう必要がなく、無遠慮に勝手にふるまっているだけだ。そこがいい、「うい奴」と思っている。多分四郎の方でも主人を観察して、平凡の一言につきる、結構、この家では自分が一番いばって、文字通りワンマンである。平和で暢気で先ず宜しいといっているかも知れない。

（「新文明」四—一　昭和二十九年一月）

染付の皿

「染付の皿」と標題をかいて、我ながら涼しげでよい題だと思う。題がよければもう沢山、舌ったらずのまずい文章などない方がよろしい。和木さんにお願いして、私の分だけ一二頁白紙のままにしておいてもらい、そこへ、大きからず小さからず程よい大きさの美しい活字を排列よろしく、ついでのことによいインキで「染付の皿」とだけ刷っていただいたらそれが一番よいのだがと思う。第一手帳の代りにもなる。和木さんにそれだけの雅量があるかしら、我々の文章なんか大体そんなものだが、まま人の本を読んでそう感じることもある。装釘がりっぱでもう一つ中身が印刷してなかったら、ノートにつかえてよろしいものをなどと思うのである。

あてにはならないが、宮武外骨老は想像の余地あるものが一番美しいといって地平線上に女の顔を半分のぞかせた妙な図解をした。とにかく、染付の皿とかいただけで端正な宣徳あたりの大皿を思う人もあろうし、また心にくいばかりといってよい嘉靖、天啓の小皿を思いうかべる人もあろう。あるいは淡い呉州の安南の皿を頭にえがく人もあろうし、また案外オランダの銅版藍絵の深皿に思いをたくす人もあろう。君はときかれたら、私は分に応じて、直ちに「くらわんかですかな」とこたえよう。

バラの花より雑草が好きだという私がくらわんかを愛する気持はわかってもらえよう。下手の上手のと区別ある世界に住んだ品物ではなく、江戸の既に元禄前から明治の初頃まで、北九州は肥前各地の窯で無数にやかれ、それこそ日本全国津々浦々へ出まわりちらばった。よそ行きもふだん着もない賤が伏屋でおしげもなく使われた品物である。従って皿も茶碗も厚ぼったく、呉州は多く鉄をふくんで黒みをおび模様はわびしく素朴である。それでいて不思議に美しいのである。比較するのは無理かも知れないが、現代染付の随一といってよろしい富本さんだって、その作品とならべられたら困られるであろう。今の著名な彫刻家といえども多くの場合、誰がきざんだか知れないあの辻の道祖神の前に出て勝ちみがないのと一般である。

講釈は苦手なのだが、ひょっとすると読者の中に、普通の辞書の中にもないくらわんかなるものを御承知ない方があろうと思うから、書きそえておこう。そう古いことではない、せいぜい三十年このかたであろう。セトモノ好きの仲間うちで、くらわんかという一種のわびしげなセトモノの一スクールができた。

飯茶碗、猪口、皿、小鉢、油壺などが最も多く、言葉のおこりはこうである。江戸時代、淀川すじを上下する三十石船によりそって、鰊や鰯や蒟蒻《こんにゃく》や大根の煮つけたのを売りあるく一種の煮売舟があって「くらわんかい、くらわんかい」と口やかましく呼びつつ売りつけ、この煮売舟をくらわんか舟といった。その鰊や大根の煮つけたのを盛った皿小鉢がいずれも肥前の染付で、たまたま舟から船へ売りわたす際に誤って皿もろとも川の中へおっことした。これが少なからず引きあげられ、古道具屋の店頭にあらわれ、上方のセトモノ好きが先ずこれに目をつけた。セトモノのくらわんかとは即ちこれである。（くらわんか舟のことは膝栗毛の中にでてくる。）

そんなことは実はどうでもよいのであるが、その生地だって、呉州だって、いかにも貧相、その模様はまことにわびしい。往々秋草や蝶やたこからくさ（蛸唐草）などが配してある。それでいて心にうったえるものがある。ながめて、使って何かしみじみさせられるものがある。だから飾っておきたいより使いたくなる品物である。そうして彼等は近頃の人とちがい近頃の品物とちがって、ただ仕えるだけで満足し何にも主張しない、黙々としてこれ奉仕するだけである。人がつくったものでなく自然につくられた品物という感じである。それは、野の花、山の草と何のえらぶところがない。

染付の皿といえば、例えばギヤマンのコップというように涼しげだが、支那では染付を青花というそうだ。呉州の原料ではなかなかやかましいことがあるようだが、私はそういうことは一向知らないし、また知ろうともしないのである、しかし同じ呉州でも好ききらいはある。近頃の染付の色のいやらしさ、化学染料のコバルトを使うからだといわれるが、それにしても、皆でいやらしいと感ずればどうにかなりそうなものである。

それにひきかえ、花の色にはまだ化学染料がつかわれていない。いつか染付ならぬ青い花のことをかいたが、もう少しそれをつづけて見ることにしよう。この前と同様、青い系統なら紫も藤色もコバルトもこれにふくめることにしよう。それに少々贅沢なところをお目にかけるとしよう。スフ入りの洋服の肩にライカの写真機をぶらさげているようなものだと御承知ねがいたい。

近所に住み何かにつけてものをたのむ木村さんは調法な人である。元来は百姓さんなのだが、植木屋の手伝いをしたこともあるというので、垣根も刈れるし、松の緑もつめる。私は体をつかれさないように、花つくりも力のいることは一切木村さんにおねがいしている。それで私は木村さんにいうのである。「木村さんは私より先に死んでくれては困る。先ず私を始末してから、それから木村さんが」と。しかも木村さんの方が少々私より年上である。その木村さんが四月のなかばころであった。「先生、藤の鉢いりませんか」という。それは大鉢の藤がやがて咲くから、花のある間貸してやろうという意味である。「それはありがたい。」木村さんは裏の地主さんからリヤカーをかりて引っぱっていったが、やがて、とびきり大株の藤がリヤカーいっぱいに乗っかってやってきた。私は思わず嘆声をあげた。「どうして自分のうちで眺めないのサ。」私がいえば、木村さんは、「わしら眺めるより、先生がよろこんだ方がええ。」木村さんはくらわんかみたいな人である。花は元の方からだんだん先の方へ咲きすすむ。約十日間たのしんだ。藤の花のある間、何だか、我が家の庭が何とか踊りの舞台みたい。ふだんの雑草の芽の出るのをしゃがんで見つめるのと全く気分がちがう。どこかお祭気分になった。

また今年も菖蒲の季節になった。明治神宮の外苑で公開する日も間近であろう。宅では疎開中に青森からもってかえった野生の菖蒲、これは花は小さいが単純でなかなか野趣があり、ようやく昨日あたりから咲きだした。私の自慢の一つである。今年は肥料がきいて、背丈もぐんとのびた。なお去年デパートの展示会で見た熊本菖蒲を三種いれた。「八橋」と「白鶴」と「内裏《だいり》」である。ところが、これは二つの店で求めたのだが、「八橋」は「内裏」と全く同じ品だという。やがて咲くであろうが、それにしても日本の花屋はおよそそうしたものである。

次にテッセン、今年はなかなかよく咲いた。昨年アメリカから直輸入したジャクマニはその四弁の紫がさえて美事である。もう一つ宅で新種ができ、思わせぶりに「K夫人」と命名した一種は、藤色系統の大輪で姿よくまた品がよい。これは壺にいけるのもよいが皿に浮かべてさらによろしい。露伴じゃないが、さればさ、染付の皿の中にぽっかり「K夫人」が笑っているのである。

（「新文明」四―八　昭和二十九年八月）

静物

私は近頃よくデパートに行く。買物のためではない、展覧会を見に行くのである。デパートにとって客ではなくて、一種の弥次馬みたいなものである。大抵地下鉄を利用するから、地階からいきなりエレベーターで七階とか八階の会場に急ぎ、目ざす展覧会を先ず見る。少し新聞が書きたてると有料無料を問わず、押すな押すなの盛況である。私は人を押しのけたりかきわけたりすることが嫌いだから、あんまり大勢な人だと恐れをなして、よくも見ないで帰ってしまう。展覧会を見ている人を見ると、多くの人が品物を見ないで丹念に説明を読んでいる。自分の目で物を見ているのではない。人の説明でえらいものを見たと思って安心するだけのことである。だからピカソやマチスやルオーが繁昌するのであろう。

さて私は展覧会を見おわると、帰りは多く梯子段を一階一階歩いて降り、ついでにチョイチョイ品物をのぞいて見る。美術工芸品のケース、書籍や文房具の売場、それに高級呉服の陳列場、それを刷毛でなでるようにサッと見て通る。階下へ下りて植木の売場、食料品、特に目を見はって心たのしむのは精選された野菜と果物の売場である。絵にしないと静物にならないらしいのだが、私は心の中で「おお、静物、静物」と思う。実のところ、美術工芸品のケースを暫くのぞいていることもあるが、多くの場合、何ていやらしいんだろうと思いながら見ているのである。幸いなことに欲しいけれど買えないとうらめしく思う場合は滅多にない。そこへ行くと、野菜や果物の売場ではただただ感嘆するばかり。何て素晴らしい形と、色だ、ただもうわくわくするばかりである。セザンヌのような肩をいからした印度リンゴ、鈴木信太郎のようなみずみずした水蜜桃、椿貞雄のような夏蜜柑、武者小路のような馬鈴薯、岸田劉生のような冬瓜が行儀よくならんでいる。その外、桜ン坊、アレキサンドリヤ（葡萄）やバナナや西瓜、どれを見ても生き生きした静物である。デパートの中で一番美しいのは恐らくここではないかと思う。ある美術好きと称する人にこの話をしたら、「そんな人は困るネ」と、にべもなくいった。各人各説だから別に人の説をどうこういう気はない、それはそれでいいと思っている。

　東洋では古くから静物のことを何といったか、宋、元、明あたりには、静物の選手が沢山いる。英語では「静かな命《スティル・ライフ》」で、仏語では「死せる自然《ナチュール・モルト》」であったかと思う。日本語の静物は多分英語からの翻訳であろう。仏語の方も、意訳すればそんな風になるのであろうか。

　とにかく、果物や野菜が如何に美しくとも、そのままでは静物とはならないらしい。壺も皿も、燭台も死んだ雞も布地《きれじ》も、これが画布《トアール》におさまって初めて静物とはなるのである。しかしよくおさまって永遠にみずみずしいのもあれば、せっかくみずみずしいのが絵におさまって、忽ち死せる自然にかえるのもある。

私は花や野菜や果物を見るのが好きだが、それを絵にした静物画もまた好きである。しかし静物画であれば何でもよいというのでは無論ない。好き嫌いがはっきりしている自分である。ただ自分の好き嫌いをひそかに観察していると、近頃ある変化が来ていることを感じるのである。昔はひたすら天才を尊敬し、天才以外の凡人の仕事をただ軽蔑して見ようとしなかった。南斎の謝赫は、気韻生動、骨法用筆、応物写形、経営位置、伝模移写、そして骨法用筆以下の五つは学んで達せられようが、気韻だけは生知にありといった。どうも致し方ないもんだ、気韻の生動がないものは見られたざまはない。若げのいたりで、ただそんな風に思っていた。

牡丹やバラの花ばかりが美しいのではない。何でもない日蔭の花もまた美しいのである。凡人の手になった画にもなかなか捨てがたいのがある。無論凡手の絵がみんな美しいわけではない。ただ気韻が生動していなくとも、そのままに美しい絵がこの世に沢山あるというのである。絵でなくとも、ただの説明のための図でさえも美しいのがある。図であるから画家の絵でなく図工職人の絵であるが、それがそのまま美しいのである。しかし凡手のものは、けれんや衒気があってはお話にならない。また甘いのやねむいのも問題でない。例えば本草家の丹念な写生図や泥絵やつい明治初期に出た石版画などに心をひかれるものが沢山ある。むしろキョロキョロキョトキョト腰の落ちつかない人の真似ばかりしている近頃の画家の画なんか面白くも何ともない。そんなことを考えて見るのである。

なお、東洋には花鳥とか草虫とかの一スクールがある。これは動いているから、静物の中には入らないのであろう。草虫を描くにさえ、すべからく飛翻鳴躍の状を得るを要すというくらいだから、鳥は羽をのばして飛んでいなければならない。全く支那人は小鳥を愛すること無類の国民らしいが、その描いた鳥の中には声をたて生きて飛んでいるのがある。その点、西洋人の絵で鳥の動いているのを見たことがない。もっとも油絵のような絵具を重ねて行くやり方のものに動く瞬間をとらえられる訳もないが、日本人のもどうも粉本を見て書いたとしか思えない鳥どもである。私は日本人の書いた画冊や浮世絵画家の花鳥を注意して見ているが、芥子園画伝や十竹斎の鳥を失敬して、別に添物を変えるというカンニングをしているものの多いのに驚く。従って鳥が羽をのばして活躍して見よう筈がないのである。何か動く姿勢をとっていても、高速度でとった映画の一齣のように、空中に止まっているのである。

その点文学の方には偉い人がいる。志賀直哉氏が文学の神様たる所以を私はよく知らないが、虫やその他動物の動きをとらえて描いたものに、実に神様だと思わせるものがある。死んだ蜂や、つるむ瞬間の蜻蛉や蛙や蛇や兎や犬の動いている様が如実に描かれている。いわゆる気韻が生動しているのである。東洋画でいう破墨みたいな筆づかいで、言葉数はきわめて少ないのにどうしてああいう適確な動きがでるのか。私はそこのところを何度も繰りかえして読んで見るが、技巧も何もない、さっと一筆で書いてあるだけである。恐らくそこが神様なのであろう。

（「新文明」四—九　昭和二十九年九月）

赤絵の盌

「新文明」もこの九月号で、第四年を完全におわり、第五年目に入るそうである。私も和木さんにおだてられ、いい気になって寄稿をつづけている中に、つい定連みたいなものになってしまった。美しいとはいうものの雑草だのくらわんかだの毎度わびしいものばかり登場させ、あいの手に犬の自慢話なんぞしてお茶をにごして来たのである。今月は「新文明」五年目に入る芽出たき門出に、いくらかは晴れ晴れしい赤絵の盌《わん》と行くことにしよう。

実は私のところに、一個私に過ぎた赤絵の盌がある。例によってゲテモノには違いないが、こればかりは目もさめるばかり鮮やかな品物である。私のところにあれば、蓋《けだ》し鶴が掃溜に舞い下りたようなものであろう。径四寸二分高さ二寸三分、外側の模様は牡丹唐草、見込に梅花文といおうか、かわいい花が一輪、それを囲んで呉須で二条の輪廓があしらってある。無論明代（清代に下るか）の民窯には違いない。（嘗て岡野繁蔵氏がジャバからの将来品の中にこれと同じ模様同じ形の盌を見たことがあるが、手前どもの方が遥かに上りがよかった。）

そもそも、この盌が私のものとなった因縁から語りだすとしよう。もう二十年ももっと前かも知れぬ、郷里から家兄が上京した折、兄と二人で、飯倉から巴町あたりの骨董屋を軒なみにひやかして歩いたことがある。いっこうこれはという獲物もなかったが、ふと虎の門に近いさる小さな店にはいるなり、私はいきなり「ウワーッ」と嘆声をあげた。この赤絵の盌が私の目にとびこんで来たからである。本来なら骨董屋の店先で嘆声などもらしたら足許を見られて禁物なのだが、そんなことを考えている余裕がなかった。即ちここでこの盌の所有権は私に帰し、支払いの方は兄が受持った。私にとって最良の日だった訳である。それにつけても、物や人の結びつきというものは何か不思議な因縁によるものである。あの初めてこの盌を発見した瞬間私が先に「ウワーッ」と嘆声をもらしたのが、この盌の帰着の運命を決したのである。仮に私のこの店に入るのが兄より一歩遅れ、兄が先に認めたとしたら、無論、この盌は兄の所有に帰していたに違いない。漱石の「心」の先生も、確かそんなことで美しい奥さんをしとめ、生涯不思議な心の生活をおくる話だったと覚えている。

私と兄との間は、百里の山河をへだてて、これに似たようなケースが幾度もあった。兄は滅多に上京することがなく、一年に一度かせいぜいそんなものである。しかるに某々の店先で私が認めてこれは佳しとしながら、懐具合で躊躇している間に、偶々上京した兄が、サッとさらって帰るのである。私が久しぶりに帰省して兄の書斎に行って見ると、これ見よがしにそれがチャンとおいてある。具体的にいえば、ルイ十六世の肖像入りの皿や幕末堺県の切支丹の制札などがそれである。こんなことは天下の大勢には何のかかわりもない瑣事にすぎないが十五、六世紀いわゆる新大陸発見時代におけるヨーロッパ人がアフリカから太平洋にいたる国々島々の領有がそんなものであった。「ウワーッ」と声をあげ拳骨を一つ二つ食わした結果がゴアやマラッカやマカオの運命となり、チモールやアンボンや、大きくはボルネオだってスマトラだって、こうして運命が決まったのである。それは決して遠い時代の神話ではない。せいぜいこ二三四百年来のできごとである。日本人が小さな島の中に押しあいへしあい、はみだして行けば、やれ侵略だ泥棒だとどやされる。他家の人がいうだけなら致し方もないが、この国の人は、親の子が、我が親を強盗よばわりするのだから妙である。それだけ日本人は別誂えの良心が尖鋭なのかも知れないが、世界のどこに、「うちの親父は泥棒だ侵略者だ」と触れあるく国民があるだろうか。お蔭で先祖代々の遺産たる千島や竹島を気前よく投げだしてしまった。

余計なことをいうと唇が寒い。また赤絵の盌の話にかえることにしよう。いつか某美術館で赤絵の展覧会を催したことがあった。私も勧められて、虎の子の盌を出品した。ところが、国画会の会員で染色の芹沢銈介氏がこの盌の美しさに打たれたと国許の家兄に宛てて通信があった。兄は取りあえず、その手紙を私のところへ廻送して来た。芹沢氏は出品者たる私の名前を見ながら、すぐ家兄の蔵品と見たらしい。もっとも前にのべた通り、所蔵者は私だけれど出資者は兄だったのである。芹沢氏は鋭くもそれを洞察されたのかも知れない。それはそれとしておかど違いには相違ないのである。

一体、私は染付が好きだけれど、たまには赤絵も悪くない。しかし染付だと普段づかいにするくらいのものなら、ちょいとしたものがまだ、あちこちに沢山ころがっている。デパートで売っている品物を買うくらいなら、もっと良い品をもっと安い値段で買えるのである。おかげで、私は普段、別に贅沢な品物をふんだんに使っている。ところで赤絵となるとそうは問屋がおろさない。今時のさわがしい赤絵なんか御免である。何といっても、赤絵ではシナが断然えらい。朝鮮に赤絵はないらしいが、日本へ来ると、物差しをかえなければ、比較にならない。いうまでもないことながら、シナと日本を同じ物差しで比べることは無理であろう。途方もないことをいうようだけれど、早い話が殷だか周だか漢だかのあの巨獣のような銅器を見ると、日本人なんて吹けば飛ぶようで、浮世絵だお茶だなどといって見たところで始まらない。どうしても物差しをかえてもらうより致し方がない。そうすれば、日本の赤絵も浮ばれよう。

日本の赤絵といったら、万古なども仲間に入れるべきかも知れないが、私にはどうもいただきかねる。何としても九谷と伊万里であろう。無論その上に古の一字が欲しく、それがまた定評であることだから、今更こと新しくいう必要もないことだ。教科書にのっている柿右衛門の伝説はどうか知らないが、柿右衛門手なら、実にその膚の雪のように白く、それでいて決して雪のように冷たくなし、そこに描かれた純和風の模様の何とかわゆく、気品があり、日本の姿ここにありといいたくなる。静かで愛くるしく、こうなれば物ではなくて美しい懐しい人である。日本の赤絵もなかなかよいと思う。

色鍋島を挙げなければなるまいか、私には何となく美しいけれど冷たくて興味の外である。これに反し下手物かも知れないが、琉球の壺屋？　はなかなかよろしい。生地が柔らかで、色も温かみがあって、どこか宋赤絵のおもむきがある。ウィンドウの中でながめたらすぐ使いたい誘惑を受ける。

一体私は好きな品物を見ると何でもすぐ使いたくなる。事実、ロクなものは持たないが、身辺のもの悉く実用に使っている。ただ所有欲を満足させるだけで、箱に蔵《おさ》めて見もしないというのは変なことである。宅では私ばかりではない。女中さんも犬も――おっとどっこい女中さんに失礼かな――みんな相当なうつわを普段つかっている。鑑賞しながら使うので、滅多に破損することもない。時々浜田庄司氏の皿で四郎（スピッツ種の犬）が飯を食っているのを見て、我れながらへエエと思うことがある。考えて見ると、へエエなど思うだけ、まだ心がいたっていない証拠であろう。

（「新文明」四―十　昭和二十九年十月）

見る本

私も本は嫌いな方とはいえないが、それではお前は本を読むのか見るのかといわれると、返答にこまる。実のところ、私にとって本は読むものであり、また見るものだからである。俗用でつかれ、よごれた頭をかかえて家へかえって来ると、つい勉強心がにぶり、ままよという気になって、手当り次第に絵本みたいなものを取りだしてながめることにする。それが十竹斎書画譜だったり、李朝陶磁譜だったり、善本影譜だったり、少年美術館だったりする。時に丹緑本の曾我物語だったり、ダ・ヴィンチの画集だったり、黄表紙だったりもする。また一日怠けたと後悔してみても、それが楽しい時間であることには変りがない。

こう書いて、さてある種の人々から、何と見る本に統一がない、何でもやの、つまみ食いの甚しきやと軽蔑をうけそうである。しかし、そういう人に、そういわれそうなのを実は予定してそういっているのである。

私はおよそ美しいもの、それもほんものなら何にでも心をひかれましてと真顔で答えよう。

私からすると世間によくある錦絵だけにしか心をひかれない人、瓦当《がとう》にだけしか興味を持たない人、セトモノも青磁だけしか分らないという人をむしろ不思議に思うものである。他のものには一切特に背をむけて一つの題目で研究し、打ちこむというのなら話がわかるが、教わったものの外、心にふれてこないというのでは困るのではないか。

読む本のことになると、私はとりたてて人にいうほどのものを読んでいないから何にもいう資格がない。前々からキリシタン・バテレンの魔法にかかって、その方の本なら少々かじっている。しかし、桶屋が桶の箍《たが》をかけ左官が壁を塗りたくったからといってそんなものをれいれいしく披露するにはあたらない。小僧が瓢箪を愛撫してこそ小説にもなるのである。私はやはり見る本のことを思いだして語ることにしよう。

私は子供の頃、あまり本を読んだ記憶がない。ところで本を見た記憶となると大ありの大あり、むしろあざやかなものである。その点、田舎の家には、見る本が色々あった。当時の豪華版ともいうべき審美書院からでた本、例えば「東洋美術大観」とか「東瀛《えい》珠光」とか「光琳派画集」とかいうようなものがあった筈であるが、親父は土蔵《くら》にしまって私たちには見せてくれなかった。肝心のお金はなさそうだったが、ガラクタや土蔵は沢山ある家だった。たとえば、土蔵は六つあって、今でも、店倉、前倉、中倉、新倉、鼠の巣のような味噌倉、穀倉といちいちその土蔵の名を暗んじている。ある土蔵には自由にはいれたが、そうした本や掛物のはいっている土蔵は暗くて気味がわるくて入って行けなかった。父はよく手燭《てしょく》をもって土蔵へはいっていった。（今の若い人々に手燭などといっても通じないであろうが。）

そこへ行くと兄の書斎には、読む本もあったが見る本がふんだんにあった。「美術新報」や「方寸」や「スタヂオ」が、あらい麻布《あさぬの》で製本され、ずらりとならんでいた。当時の唯一の大展覧会は文展、二科、院展だったが、田舎にいてもそういう展覧会に出品された主なる作品は画集でみて大抵知っていた。「方寸」では木版や石版の色刷がたくさんはいっており、柏亭や鼎や白羊や未醒や恒友を身近に感じ、おなじみだった。「スタヂオ」では、ブランギンやモリスやオーガスタス・ジョンやロセッチやビヤズレーやロシヤの農民美術というようなものを知った。それに黙語や未醒や非水や夢二の画集や図案集が色々あった。殊に夢二ときたら、「花の巻」とか「どんたく」とか「昼夜帯」とか「たそやあんど」とか「露路の細道」とかいうような絵入の歌集詩集のようなものがいろいろあって、そういうものをどんなに一種のあこがれをもってくりかえしながめいったろう。

また、人形やおもちゃに関する本がかなりあった。晴風の「うなゐの友」や、神斧の「寿々《ジュウジュウ》」や巨泉の「おもちゃ集」やコロタイプ刷の「人形逸品集」というようなものに興味をもった。郷土玩具の大体をそれで知った。「寿々」では琉球や支那やビルマやロシヤの玩具の特別の色彩に心をうばわれた。

なお忘れがたいのは、三省堂発行の大百科辞典であった。当時としては画期的な大出版で、確か大隈重信を総裁とする刊行会が出来、理想的な企画は一度つぶれ、再びおこして十巻が完結したものであった。色刷の石版、銅版、木版の二頁見開きの挿絵がふんだんにあり、鳥や獣や花や金魚や地図や人体の解剖図や世界の風俗や、それこそ、無いものなしに思えた。分厚な重いどっしりした背皮の本は神々しくさえ見えたが、胸をどきどきさせながら頁をくり、挿絵を追いかけてながめた。その十巻を積みかさねたら、恐らく私の背丈ほどもあったろうが、私はそれをくりかえしくりかえし眺め、見いった。いろいろの鶏やいろいろの犬やいろいろの金魚やいろいろの貝や、そんなものを見て、どんなに胸をときめかしたであろう。

なお古い「征露戦報」とか足の三本ある烏が表紙についている「太陽」や、不折が隷書で題字をかき妙な角ばった人物のいる表紙の「日本及日本人」はその巻頭に世界情報ともいうべき写真版が多く、これがまたえらい楽しみだった。ただ一向おもしろくないのは「実業之日本」で、表紙には毎度色変りの日本地図がついていたが、どこを開けて見ても絵が一枚もはいっていなかった。

こうして見ると、私は少年時代を、本を読まず、見て過してきたようである。そのたましいが今も続いているらしく、本を読むつなぎめには、きっと絵本を見る習慣である。自分の不勉強を「本がない」からだなどと自分にいい訳をさせたくないから、私は読む本を身分不相応によく買い、また道楽に見る本もまた割によく買った。寛永前後の絵入本、丹緑本などというものを柄になくあさって悦にいり、またそれが丹表紙というだけで、「東鑑」だの「七書」だの「義経記」だのとおっかけた。丹表紙の本といってもつい明治、大正までつづいてあったが、寛永を絶頂として、それをくだると、色も味も堅くなって妙味がなくなる。題簽《だいせん》の墨色とよくはえた丹味とでもいうべきか、宋赤絵でも見るように、そばにおいておくだけで、心がゆたかになり、ほのぼのとさえしてくるのである。あるいは五月の真昼罌粟《けし》の夢を見ているようだといってもよいかも知れない。

なお昔は一向バカにして見むきもしなかったのが、近頃、トミに心を引かれてきたのは図鑑の類である。植物図鑑、動物図鑑、それも昆虫とか蝶とか貝殻とか専門の図鑑が見ていてなかなかあきないのである。今のものは出来るだけ精確なのがよろしく、ただ精確で味もそっけもないのが、誠によろしい。名も知らぬ雑草と見くらべて、よくもよくもとある感激を覚える。今どきのものは精確を求めるが、古いものでは本草図譜や訓蒙図彙や和漢三才図絵となると、これがまた、いかにものん気でのどかで、楽しめる。こういう百科辞典もまた必要である。子供の絵のようでいて不思議に感じをよくとらえている。思わず微笑がうかび、途端にながしそうな気にもなるのである。楽しきかな見る本!

(「新文明」五―七　昭和三十年七月)

ほんもの　にせもの

鎌倉美術館で、目下「ほんもの・にせもの展」というのをやっている。一度参考のために見ておきたいと思いながら、まだその望みを果さないでいる。ここのところ俗用がかさなり、見ずじまいになるのではないかとの公算が大である。

ほんものとにせものは、どこの世界にもあるもののようである。自然界にさえ、動物でも植物でも瓜二つといいたいくらい似たものがあって、どっちがどっちのにせものだか、本ものだか、分らないというのが幾らもある。しかし、動物や植物のは、別に本人にその意志があってのことでなく、神様が、共に生きよと温かいなさけをかけられてのことであろう。

にせものが一番はびこっているのは、美術と人間の世界のようである。美術とはいえまいが、仏家で大切にする、お釈迦様の骨、つまり舎利骨《しゃりほつ》なんか、世界中にちらばっているのを集めると、お釈迦様の何十人分もあるのだそうである。そんな古いことをいわなくとも、ちょっとした田舎の旧家とか宿屋とかへ行けば、どこにでも山陽とか崋山の幅がかけてある。山陽、崋山が昼夜兼行で描いて何百年か生きていなければ到底かききれないほどのものがあるらしい。そんなことは百も承知でいながら、とにかく、にせものでも床の間に山陽や崋山をかけて気がすむというのが、大方の心理、人の世の面白いところかも知れない。

しかし、もう少し真剣に本ものを集めようとしているところへ、にせものが、何時の間にかしのびこんでいる。私の知人に良寛そっくりの字のかける人がいる。この人は良寛の郷里の近いところに住み別ににせものを作って儲けるの何のというのではなく、筆にまかせて書きまくる。半分古物商のようなこともしているので、反故《ほご》の中から古い紙を見つけたりすると、そんなのに書いて得意なのだ。所望する人があると誰にでも気前よくくれてやる。安田靫彦氏がれいれいしく箱書をしているものの中に沢山まじっているそうである。私の知人は別ににせもの作りの犯人ではない。これは箱書をする人の目が不確かなのであり、求める人に見識がないのである。

今度の展覧会にもその一部が出品されているそうであるが、昭和の初め頃、春峯庵事件というのがあった。初期肉筆浮世絵の大蒐集家春峯庵家の売り立てというふれこみで立派な表紙のついた贅沢なアート紙写真入の入札目録が出来、その道の学者が提灯持をして下見までやったが、入札寸前に品物全部悉く、いや蒐集家の春峯庵のその名からしてにせものということが分り、それに関係した有名な浮世絵商何人かが刑に服した事件があった。確か又兵衛から、内膳から、長春から、懐月堂から、ローマへ使いに行った伊東マンショの騎馬像なんてお誂え向きのものが揃っていた。私はどうしてだったか、見に行かなかったが、あの目録写真を見ただけで、あやしいことは一目瞭然の筈なのに、どうしてあんな事件がおこり得たか。但しあれだけの大袈裟なにせものの大展観を企てた画商たちが、悪だくみにかけて本ものであったことは確かである。

何か罪をおかした場合、とかく本人の責任を棚にあげて、ともすれば社会の罪とするのが近頃の風潮である。私はそれを好まないというより、社会が大目に見てくれても、本人がもう少し自ら罪を意識し責任をとって然るべきものと思う。しかしにせもの作りの場合、私は近頃の風潮にしたがって、にせものを作る人よりむしろにせものをつかむのが悪いと、いいたい。絵そのものを見ているのではない、ただ有名な人のかいた絵が欲しいのである。それもなるべく安く大観とか梅原龍三郎とかいう名が欲しいのである。もう少しこって、モジリアニとかデュフィーとかルオーとかが欲しいのである。そこへにせものの入りこむ余地がある。鎌倉美術館のほんもの・にせもの展には「にせものは正しい筆づかいや、迫力がすこしもない。筆のみだれや不合理なところがある」などと注意がきがしてあるそうである。そうには違いないが実は筆のみだれや不合理のところのないにせものもある。それどころかほんものより、うまいにせものが幾らもある。時には落款さえとれば、ほんものよりいや味がなくてよいというのもあるのである。

小林秀雄氏の「真贋」という文章の劈頭に良寛の幅をかけていたところ、誰か友人が訪ねて来て、にせものだというと、立ちどころにその幅をずたずたに引きさくところがある。私はそれを読んであっけにとられ、不思議な感にうたれた。小林氏が滅多にない頭の鋭いお方と文章を一読してうかがわれるが、目は頭ほどいうことをきかないものと見える。良寛の書を自分の目で見て面白い好きだと思ったのでなくあれほどの人が、妙味のある字だという良寛の評判を床にかけていたのであろうか。但し小林氏の正直さには好意をもった。

にせものにも面白いのが幾らもある。宋元あたりの花鳥獣画などになると、沢山見ていないから、果してほんものか、にせものか分らないが、にせものでも結構よろしい欲しいと思うものがいくらもある。ついこの間、小泉先生のお宅へうかがったら李安忠の猫にあげはの蝶をあしらった絵が上等の額仕立てになって、応接間にかかっていた。先生の御先祖が殿様から拝領したものだという。私が感心して見ていると、先生の方から「ほんものか、にせものか分りませんがね」といわれるのである。売買の場合、にせものか、ほんものかで、値段の開きが大きいのであろうが、この場合、猫の絵はほんもの、にせものを越えて上上の上なのである。某氏が根津家の鶉《うずら》の図にまさるといわれたとのことだが、好みからすれば私もそれに賛成である。

人間にほんものとにせもののあることも当然である。但し人間が最も微妙なだけあって、長い目で見ないと、その区別がつきかねることがある。ほんもののほんものなら、まごう方ないが、この世界ばかりはほんものがにせものになり、にせものがほんものになることがある。例えば先にいった春峯庵事件を引きおこした連中なんてとんでもない事をしでかしたのだが、ある意味においてどう考えてもほんものである。人間の世界では、とかく気の強い奴がほんものになる可能性がある。誰か小説家の書いたものにガラスが町を歩いていて、ダイヤモンドがにせものだとうそぶくところがあった。気の強い奴というのがそれである。

それに人間の世界では情ないことに、金銭が、つい人をほんものにしたり、にせものにしたりすることがある。徹底した僅かな人間は別として、随分よい奴が、小さな失敗で忽ちにせものになったり、いやな奴が、自動車でも乗りまわすとほんものに見える。但し、これも美術の世界と同じく「にせものは正しい筆づかいや、迫力がすこしもない、筆のみだれや不合理なところがある」のである。具眼《ぐがん》の士をあざむくことは出来ない。但しにせものはにせものなりに面白いというところが人間の世界であり、また妙味のあるところかも知れない。

(「新文明」六—五　昭和三十一年五月)

李朝の鉢

机辺のすぐ近く、上から見おろす位置に李朝白磁の鉢が一個おいてある。珍しく大ぶりで、径一尺一寸ばかり、高さ四寸四分、白磁といっても青味をおび、見込にかなりのスレがあり、また大きなニュー（註：貫乳のこと。陶磁器の釉《うわぐすり》の表面に現れた細かいひび）が二本はいっている。人様に披露するほどの品物ではないが、私も長いこと座右において朝夕ながめてあきもせず、（勿論時々ひっこましては、また取りだしてくる。ながめるのにはこれが一番よい方法だ）見るたびに心ゆたかに、また何かのどかな心持ちになる。いつの間にか、家族の一員、身内みたいなものになり、あるいは同行《どうぎょう》とでもいわまほしい関係になっているのである。

見込のスレも気にならないし、大きな貫乳も問題でない。私は折にふれて、様々な果物をいれてながめる。この鉢に一番よく似合うのはアレキサンドリヤとかマスカット、あの大きな粒の青いまた黒い葡萄の一房であるが、その他、蜜柑、枇杷、水蜜、梨、無花果《いちじく》、柿、林檎等々、何をいれてもよく似合う。素直に受けいれて暫しの宿をかし、果物と持ちつ持たれつ、その美しさを遺憾なく発揮させ、そうして自ら満足しているように見える。道学者めくが、私はこの鉢の徳をたたえたいと思う。

くどいようだが、この鉢、大したものでも何でもない。李朝のセトモノにピンからキリまであるとしたら正にそのキリの方であろう。何らおごることなく、大様《おおよう》で人の神経にさからわず、黙って託された役割を果し、じっとしているだけである。それで十分果物と共に楽しいらしいのである。何か当然のような気もするし、また不思議のようにも思える。とにかく己れなど決して主張しないし、己れなんか無いようにさえ見えて、それでいて大きな雰囲気の中に相手を包んでしまう。それが李朝の陶器の特色である。大したことだと思う。

画家に書物の装釘をたのんだ場合、多くの画家は一も二もなく絵をかいてしまう。しかし何にも絵をかかず美しいただの紙あるいは布で装われた場合以上にでる装釘は先ず滅多にないといっていい。心あるまた能ある画家は実はここのところをよく知っている。しかもそれをよく心得た画家はまずいと知りつつ頼まれれば、即ち筆を下す。実は美しい紙に、一分一厘上がっても下がってもいけない、ぬきさしならぬ位置と大きさの活字を配してこそ十分美しいのである。しかし、出版業者は多くの場合それでは画家の労力として報いないであろう。画家はいやでも、まずいと知りつつ絵をかく所以である。嘗て私の尊敬する某画家が某書肆から二色をもってする書物の装釘をたのまれた。その画家は殆ど全部を墨一色で仕あげ、わずかに一点に一色の朱をきかした。ところで依頼した書店主は二色と注文したが、あるかなきかの小さな朱の一点は不要としてはずしてしまった。この画家が一点できかすというような心にくい業は書店主には通じなかったのである。世故にたけた画家はそこの呼吸をよく心得ている。ありやなしやの点できかすなど愚かなことはしない。誰の目にもつくように、これだけの労力をかけましたと相手によくのみこめるように絵をかくであろう。それが現代式というものである。

茶碗は実用的にいって素直で丸いのが一番いいに決まっている。また無地が、よし模様はあっても、あっさりした控え目なのが宜しい。しかし、今仮に茶碗の展覧会があるとしたら、同じようなものが数々ならぶとして、それが何十個何百個ならんでいるとしたら、最も茶碗の用にかなった茶碗は恐らく余程の人でない限り審査員の目にもつかないであろう。そこで出品者はなるべく人の目につくように工夫する。即ち茶碗の用には遠い四角い茶碗やさわがしい模様がつけられ、またゆがんだ形が出るであろう。最も茶碗としてよい茶碗は見すごされるであろう。器は飾ってながめるものではない。元来共にくらして使って喜びを共にすべきものである。展覧会制度、スターシステムは工芸の世界にあって本道がふみにじられて邪道がのさばる結果をまねく恐れがある。それは工芸の世界ばかりではない。何の世界でも、殊に学問の世界でもそうであるかも知れない。

李朝の雑器はそういう世界で生れた品物ではない。朝鮮の片田舎で生れて、今小理窟をいうわれわれの机辺にあるなどとは夢にも思わなかったのである。様々の果物をおくりむかえて黙黙として仕え、微笑をたたえているようにさえ見える。その徳をたたえない訳にはゆかない。摩可不思議な世界である。

閑話休題―私は花も好きだが果物も好きだ。いつかも書いたが、私にとって果物屋八百屋の店先はその前を通るたびに心が躍動する。妙な油絵など見せられるとウンザリするが、この野菜、果物ばかりは神の賜物として恭しくうけたい気がする。器にもった果物に手をふれるのが何か冒瀆のような気さえする。みずみずしい水蜜桃、どこかモダンボーイみたいなネクタリン、ポンペイの壁画からぬけだしてきたようなアレキサンドリヤ、私は手をふれるに惜しく、つい時機を失してしなびさせることさえある。

私のところでは、とにかく夕飯の食後には果物をかかさない習慣である。ある時期に毎日つづくのは林檎と苺と西瓜である。歯の悪いくせに柔かい林檎がきらいで、求める前にそれを先ず確める。殊に私は匂いのあるのを好んでいる。デリシャスは匂いはよいが、柔らかくなるのが早く、確めて求めても往々失敗する。苺は幸いなことに最も安い季節が、それも粒の小さいのが香りがあってよろしい。季節はずれのグロテスクな綿につつんだ奴は味もにおいもうすくて食欲をそそらない。値が高くて一向魅力がないというのは我々貧民には仕合せなことである。葡萄はあまり好きでないがアレキサンドリヤは例外である。私は身分不相応と思いながら時々求め、器に盛って先ずながめ、おしいただいて頂戴する。贅沢というのは学校からいただくお鳥目《ちょうもく》に比べての話であるが、それ以上の喜びを味わえば、贅沢でも何でもない。一粒一粒うす皮をむいていただくその時間的の間隔がウマクできているような気がする。果物の中で私が最もウマイと思うのは水蜜桃と無花果であるが、それは私にとって東京では先ずウマいのは断念している。ただ見た目に美事なのはいくらもあるが、だまされて買ってかえって何時も失敗し失望する。これは蜜柑や林檎と違い、どうしても木で熟させて口に入るまでに時間がかかってはいけない。熟したのは送れないし、鮮度の低いのはウソのように味が落ちる。無花果はとても大きく見た目に美事でも、東京ではもうダメだとあきらめている。こればかりは木からもいですぐ口へもって行かなければダメである。その新鮮な冷たい甘い小さいつぶつぶが舌を刺戟する心よさ。

私はこの夏久しぶりに田舎の家へかえる。無花果はまだ時期尚早だが、かえる楽しみの一つはあのウマい水蜜をたべられることだ。それもつぶの大きく特にウマいのは何という種類か、ショウミヨウジという村から八月も末になってから出る種類だ。ツブが大きく、肉がしまっていて、それでいてやわらかで、ツルッと舌にくるこころよさ、帰省の時期を八月早々とも考えていたが、この水蜜のために八月の末に延ばそうかと思っている。

（「新文明」六―九　昭和三十一年九月）

大阪の宿（上）

教師家業はありがたい。春休、夏休、正月休と一年中に相当たくさんの休みがある。これでも西洋の学校にくらべると大分少ない方だそうだ。ともあれ、この休みを無駄にしてなるものか、たとえ一冊でも一頁でも余計本を読んでおきたい、それに旅行もしておきたいと思う。ところで校長生活約十年間は、マルで好きな旅行をしなかった。何か気がかりで、休み中も三日にあげず、がらんとした学校に足をはこんで、さて行ってみて何にも用事がなく、すごすご帰ってくる、それで半日がつぶれてしまう。因果な話である。

久しぶりに身軽になって、この休みには何をおいても旅行したいと思った。先ず上方《かみがた》へ、予《かね》てそちらには会いたいと思う人が何人かおり、その人々を通じて見たい物が色々あった。私の目ざす人々は近江八幡、向日町、宝塚、神戸、丹波市（近頃天理市となった）にいる。上方は郊外電車が発達しているから、どこか適当な場所に陣どって、そこからどこへでも足をのばして行けばいい。大阪あたりに適当な宿はないものかと思った。水上（瀧太郎）さんの小説「大阪の宿」は土佐堀の酔月とかいって、きれいで静かで安くて、食物が上等で、おかみさんが親切で、これ程居心地のいいうちはないとの振れこみ、それに私も、小説の主人公の三田と同様ひるぬきの二食《じき》だから、そんな家があったらと願っていた。ところで、すぐ近所に住む長男の一人（私の担任第一回卒業生）のI君が、よい宿を見つけてくれた。某会社の出張所、兼迎賓館みたいなもので、東区の大手前ノ町、府庁のすぐ近くで、窓から大阪城の天主閣がまともに見える。小じんまりして上方らしい小庭があり、さっぱりと掃除がゆきとどき、静かで、それに姉の方はぐんと上背があり、妹は小づくりの美しいきょうだいが、二人して心をくばり邪魔にならないようによく世話してくれた。よっぱらいがいないだけ、私にとって酔月以上に思われた。

宝塚のM老には、半年も前から、今度の夏休には必ず出かけてゆく、きっと待っていると、手紙の往復が段々あって、休みになるのが待ちどおしいほどであった。M老といえば知る人ぞ知る一種の名物名人のような人で、名だたる名家を飲みつぶし、その果て、船乗り、靴下止めの職人等を経て、三十歳を過ぎてから発心して、本屋の番頭となり、激しい勉強をしたという。それで忽ち天才ぶりを発揮し、不思議な触覚をもってどこからともなく南蛮紅毛関係の珍本奇籍、逸品を数かぎりなくかぎだし掘りだし世の中に紹介し提供した。神戸の故池永孟氏の南蛮美術館の蔵品の大半は恐らくM老の手によって納められたものらしい。彼は異国風の美術に関しては先駆者であり、嘗て店を開いて書画など商っていたが、その目録に「真物の疑いあり」と書いたのは人をくった話で、長くその道の語り草になっている。かくすことの出来ない自信を持ち、学者先生糞食えの気魄を胸の奥深く秘めている。しかも落ちつきはらった、もの静かで、どこか死んだ高島屋のような面をかぶっている。M老は嘗て東京に住んでいたのだから、何か「うまいもん」でも東京からもってゆくものはありませんかと手紙で問いあわせたら、何にも要らない、早く来いという返事であった。それにつづいて電報がきた。「アアヂレッタイスグオイデ」と。いたし方なく最上等の玉露を少々用意した。M老は既に齢七十を越えて感じやすくなっている。私の顔を見て涙ぐみ、それをかくして笑っていたが、私もうれしかった。

M老の眼が時々ぎらりと光る。「この眼だ」「この眼だ」恐しい眼だと私は思った。人間は誰も同じように二つの眼を持っているけれど、どうしてその眼が紙背に突きささるきびしいのもあるし、入れ眼か、いわゆる節穴同然なのもあるというのは不思議なくらいなものである。我々はともすれば、その人の持つ知識や記憶力や講釈によって、その人の眼力と買いかぶり、ごまかされることがある。しかし知識や学問で眼力は買えないのである。中学を出たばかりと自称する老の眼がなかなか厳しいものであり心中ふかく期するもののあることが読みとれる。

老はどういうものか、私に親切でよくしてくれる。恐らく老人の眼なるものを私がみとめ、尊重していることがおのずから通じているからであろうか。

一日老と連れだって神戸の美術館へ出かけた。池永氏の南蛮美術館は終戦後、神戸市へ譲りわたされた。今回私が特に目ざして来たのは明治初期の石版画だった。ここには嘗て石井柏亭氏の蔵品だったものが、池永氏の懇請によって全部納められている。その他にM老の納めたものが相当ある。

私はかねて、明治の石版画に心をひかれ、多少しらべてもいる。多く無名作家の手になり、最も下等な版画としてかえりみられなかった。石版画の全部が全部いいわけではないが、私はこの不遇な版画のために、いつかは当然の位置をおくりたいと願っているのである。もちろん石版画はこの美術館でも優遇されていなかった。倉庫からとり出してきたものを見れば、むざんに虫がついている。あいにく土曜日は午前中だけとあって老を相手に、やや急いで作品の全部を見、そしてノートした。

明治の石版画とは、明治十五六年から二十五年の約十年間、いいところ十八九年から二十三年までの五年間のものだ。浮世絵の二百七十年とくらべて、余りにもはかない命である。明治の他の多くのものと同じように、技はさえなくとも、真面目な誠実な仕事である。そうして決して名を出そうとはせず、むしろ世をはばかって名をかくし貧にやすんじた職人作家の仕事である。芸術家がろうとせず画工、職人でつらぬいた作家たちの仕事である。ここでいう職人とは決して軽蔑した言葉ではない。私はその作家に秘かなる私の尊敬とまことの心を捧げ、いつかその作品を広く世の中に紹介したいと思っている。

（下）

私はあまり口にだしては言わないけれど、何かはじめると、夢中になる性質《たち》である。それに厭きもしないで割に長つづきする方だと思う。（女の子にでも夢中になったら周りがよろこぶことだろう。）ただ才能がないために、一つもまとまらず、またものにならないだけのことである。しかし、死ぬまでには死ぬまでにはと、やはり自分に望みをかけている。それにつけても、学生時代にわれわれの仲間でよくこんな話をしたものだ。能ある鷹は爪をかくすってネ、しかし死んでからよく見たら爪がなかったんだってネーと。

明治の石版画も、私のお道楽の研究題目の一つである。確か三十何年か前、私が鵜ノ木（大田区）の家へ越して間もない頃であった。どういうことであったか、時計の蒐集家として知られ、その蔵品は今たしか科学博物館に委託されている故高林兵衛氏が友松円諦君と同道して訪ねて来られ、お土産に明治二十三年かの（仕事が少し堕落し荒れてきた頃の）石版画を二枚おくられた、今もある。私はそうしたもののあることを全く知らなかったから、とにかく感心しよろこんだ。その後、石版画に注意していたが、何しろ当時絵草紙屋にでてもせいぜい何円かくらいのものであったろうから、商品として一向街でお目にかかることはなかった。それでも時々古本の展覧会などで二枚三枚と見つかり次第にかいあさり、いつの間にか相当の数になった。ところで、戦後、錦絵の蒐集家としてまた研究家として知られたT翁は、何でもかんでも手当り次第、あつめてこられたお方だが、ふとしたことから、その一部門に石版画のあることを知った。その譲渡方を懇請し、何年ごし幾曲折をへて、昨年の暮とにかく全部私の有に帰した。顧みて我れながら冒険をしたものである。

さて、明治の石版画について、ある程度研究するだけの材料はほぼ揃った。しかしそれには、どうしても明治初期の洋画史を一通りのぞいておかないことにはどうにもならない。それに自分のものにばかりにへばりついていたのでは井ノ中の蛙になってしまう。それで日本中に現存する石版画に一通り目を通しておきたい。八方アンテナを張りめぐらし、所在を突きとめて見た。東京ではK氏、R氏、浜松ではU氏、越後ではO氏、それに神戸美術館、天理図書館などが主なるもののようである。既にその大方は見つくし、ノートした。

さる六月、日本印刷学会から出ている「印刷」という雑誌に求められて、「明治の石版画」について少々かいた。すると大阪のY印刷インキ会社の社長なる人から手紙をもらった。自分はかねがね明治初年から三十年ころまでの印刷物を集めている、お序《ついで》もあらば見て欲しいということであった。また天理図書館に石版画があると知ったのにはこういういきさつがある。一昨年か、島根県の米子市に住むT氏（古版本の蒐集家）から便りがあって、大阪の万字堂（書店）に約百枚ばかり石版画が出たが、ご存じかというのである。お恥ずかしながらそれは知らなかった、といってやると、T氏は折かえし、写真入りのカタログを送ってくれられた。早速万字堂に照会すると、既に天理図書館へ入ったというのである。

今度の上方ゆきの主なる目的はお道楽の石版画行脚であった。神戸の美術館にM老と共に訪ねたことは前回既に書いた。

一日、京都府下の向日町にY氏をたずねた。氏が大阪のY印刷インキ会社の社長なのである。向日町は、京、大阪のいわゆる文化人の多く住む住宅地である。名だけよく知っている誰彼れが、あっちこっちに住んでいる。私は未知の人をのめのめと訪ねることを好きな方ではない、むしろ尻ごみする方である。しかし見たいものを見せてもらうためには詮方《せんかた》ない。大阪の宿から予め電話でうちあわせ、朝から伺っても、遠慮でない、昼飯をいただかない習慣だからというと、先方も、私も同じだとあって好都合であった。長屋門を入って野草があちこちに咲きみだれているという風な風流閑静な住居であった。主人は既に七十歳を越えていられるというが、がっしりした体つきの元気なお方で、今度の戦争で二子をうしない、今広い大きな屋敷に老夫人と姪にあたるお方と一緒に住んでおられるということであった。ひろい座敷からさらに洋式の応接間兼書斎のようなところへ通されると、そこには蒐集された印刷物が、ある程度整理されて私を待っていた。しかし、アテが外れた。なるほど明治初期の活版、木版、銅版、石版その他の印刷物は色々あるけれど、それは大体レッテルとか証券のたぐい印刷の見本で、私の目ざす鑑賞用の石版画ではなかった。しかし、物は見ないよりはなるべく多く見る方がよい、私は落胆するどころではない。印刷インキに関する専門の話を色々ときかせてもらい、それに主人のお道楽の仏版画や朝鮮陶器（これが押入れにいっぱいあった）などを見せてもらった。

その日、私は割に早く宿について大の字なりにねた。

天理市には二泊三日いた。十何年か前にやはりここの図書館へ通うために約一週間滞在し、帰りの汽車でスリにあって閉口したことがある。ここは日本中の公私大学の附属図書館、どこに比べても断然すぐれた部門が幾つかある。例えばキリシタンに関する史料では世界的といってても不可ないであろう。キリシタン史を深くきわめようとしたら、上智大学の写真による史料をのぞいて、ここはどうしても外せない。しかし私は今度キリシタンの勉強に来たのではない。校長をやめてその慰労かたがた自分に道楽をさせに来たのである。館長の富永さん、キリシタンの方の係の新井女史にも予め、今度は遊び専門に上ったんですヨといっておいた。見たいのは石版画と江戸初期の丹緑本《たんろくぼん》、それを三日がかりで調査したいと申しでた。ところで、貴重書の書庫にタッタ一人で入れてもらい、自由勝手にわが好む本をとりだして、手にとって見ることを許され、何ともいえない幸福を感じ、豊かな気分でうれしかった。ついでのことに世界にタッタ一冊しかないキリシタン版「オラシオの翻訳」にまつわる因縁話を多少知っているだけ、手のふるえる思いでうやうやしくと見こう見してたんのうした。

丹緑本の調査では特に便宜を与えられ、私は丹念にその十九種をノートすることが出来た。それはいつか発表できる日もあろう。さて石版画の一包みであるが、これが館長以下いかに探しても見あたらない。かなり大きなかさになる筈だから、どうしたのであろう、私の滞在三日間についにあらわれずじまいであった。それを探してもらっている間、私は書庫の中で思いがけない色々な発見があった。例えば近頃この図書館に入ったばかりのものであろうが、やはり石版画史に関係のある、蜷川式胤の「観古図説」の一部の原画を見ることができた。（清野謙次博士旧蔵）これによって先達《せんだつ》てかいた石版画に関する文章に訂正を要することを発見した。

それから丹緑本の周囲として、私の日頃興味をよせている西洋のインキュナビュラー殊に手彩色本、また一世紀おくれるが、ルーテル訳の聖書大本二冊、（一五七五年版、大きさ二六×四〇センチ）その表紙のいと美しく、また彩られた数百枚の挿絵、私は沈黙し心ゆくまでながめくらしたことだった。

天理では中山真柱をはじめ、館長富永牧太氏、同国文学関係の木村氏、キリシタン関係の新井トシ女史等に一方ならぬお世話になった。この上ない感謝である。
天理市から、一先ず大阪の宿にかえり、伊賀でとにかく待っていてくれた人をふりきって翌日昼の汽車で帰京した。大阪に対し小説「大阪の宿」の主人公三田とは全く別な心持を抱いて。

（「新文明」六―十、十二　昭和三十一年十月、十二月）

江戸の泥絵

先日来、泥絵の逸品が一枚手にはいってほくほくしていると、それを見すかされたかのように、いきなり中村精さん（雑誌民藝の編輯者）から江戸の泥絵について何か書けと手紙がまいこんだ。原稿をかく方はそんなに嬉しくないけれど、これまで再々お断りしている手前、三度に一度は書かないわけに行かなくなった。

私の家へは、学生その他、若い人達がよく遊びにきて、部屋にあるいろんなものを不思議そうな顔をして見て行く。よそ様とちがって、有名なものや金めのものは何にもないが、何か見なれない不思議な思いがするらしい。私は自分の方から説明したことはないが、問われると致しかたなく一通りの話をすることがある。今回の江戸の泥絵もそんなようなものとお聞きとり願いたい。

泥絵《どろえ》というのは、元来は泥絵具でかいた絵というほどの意味であろう。ところで最近広く行われている新村出博士編「広辞苑」で「どろえ」の項をひいて見ると、「主に泥絵具でかいた絵、江戸末期に起り、主として芝居の看板や書割などに用いられる」とある。これはちょっと困る、なるほど泥絵は泥絵具でかいた絵には相違ないが、普通芝居の看板や書割《かきわり》を泥絵というだろうか。簡単には、泥絵とは江戸時代にあらわれ、泥絵具でかいた洋風の絵とでもいったらよいかも知れない。（泥絵という言葉については、昭和十二年二月、民藝協会発行の「工藝」七十三号特輯泥絵号所載、拙稿「泥絵の話」参照）

その泥絵におよそ三つの系統がある。長崎系と上方系と江戸系のそれである。長崎系が最も古く、いわゆる南蛮キリシタン、さては紅毛の影響をうけて、自然その題材に異国の情趣汪溢し、中には真に素晴らしいものがある。もっとも宗教関係、即ち直接キリシタンに因むものは、迫害のために、僅かな例外をのぞいて大方煙滅に帰したが、広い意味での風俗画が今日いくらかのこっている。第二の上方系の泥絵は、直接西洋の影響でないかも知れない。どちらかというと、お隣りのシナの作品を通じて洋画の手法（透視画法）をまなんだかと思われる円山応挙（無論禁書の一部が解禁された後のことで、直接蘭画を多少は見ているであろうが）の眼鏡絵、それから派生した泥絵、大作は少ないが、主として上方の風景、もしくはシナの風景を取りあつかい、色彩は鮮かで、むしろ繊細で愛らしいものが多い。多く眼鏡絵に用いられたもののようである。

さて、その眼鏡絵について一応説明しておかなければなるまい。普通覗眼鏡（「のぞき」もしくは「のぞきめがね」と読む）に二種類あって、一つは水平におかれた絵を一旦四十五度の角度にすえた鏡にうつし、これを凸レンズで拡大して覗くもの、他は鏡の助けを借りずに垂直にたてた絵をそのまま凸レンズで覗くのである。今日からすれば、その幼稚さむしろおかしいほどのものであるが、当時としてはそれで多少絵が浮きだして立体的に見え驚異だったのであろう。実際今日覗眼鏡でのぞいて見ると、何かあやしく心をひかれ不思議な異国情緒が感ぜられる。それに使うのが覗絵でこの覗絵も一旦鏡にうつして覗く方は左右が反対になる道理、画家はそれを予想して、写真のネガのような、つまり裏返しの絵を描かなければならなかった。（民藝館にある「猿沢の池」は上方の泥絵としては大作で、この左右が反対になっているよい例である）しかし実際問題としてはそれほど神経質には考えられなかったようである。

さて、江戸系の泥絵、今日ただ「泥絵」といえば、誰も多く白壁の大名屋敷とボリュームのある富士山を配した江戸の泥絵を直ぐ連想するくらいである。これがまた一番世間にかず多く、従って、人の目にふれる機会も多いのである。

さてその江戸の泥絵の起原はどこにあるかこれを徴すべき文献がないから、いきおい絵そのものから解きほごして行くより致し方ない。江戸のいわゆるあずま錦絵が、役者と遊女とを主題とした驕奢な巷を描きまくり描きつくし、やがてマンネリズムに陥って、そこへ新しい境地分野が新鮮な風景画によって開拓されて行く。浮世絵における風景画は、先ず浮絵―透視画法をとりいれた版画―に端を発し漸次発達していった。例の浮絵根元奥村政信も恐らく直接透視画法を西洋画から学んだ訳ではなく、お隣のシナの作品（木版錦絵は日本が本家家元のように思われているが、この方でもシナが色刷その他の技法において先輩である）から影響をうけて手を染めたのが元文（一七三六―一七四〇年）の末年である。この浮絵の伝統をうけついで、それを大成した感あるのが歌川豊春で、その門に司馬江漢がでた。蘭癖の先輩として平賀源内があり、彼にもまた好ましい洋風画美人（泥絵とすべきか）の遺品があるが、江漢こそ、江戸系泥絵の元祖としてよいであろう。浮世絵における風景画の発生と和蘭直伝の銅版画等に刺戟を受け、それに自信に満ちた江漢の洋画エッチングに、一部世の好尚は、強く洋風画、覗眼鏡、泥絵のようなものを要求したに相違ない。この要求に応えた画工の中には、真面目に洋画の技法を研究し、泥絵具に油を交えたものさえあって、一様ではない。巧みに独特の江戸の風景をタブローにおさめ、これが一種の型に煮つまるまでに立ちいたった。従って単に江戸の泥絵というも、その技法において種類は色々ある筈である。ただ多く世間に見られるのが、例によって例のごとき大名屋敷をとりあつかった型の如き泥絵である。しかし私は近頃、雪旦の江戸名所図絵、広重の江戸百景等をつくづくながめ、泥絵作家が、泥絵具という材料を適所に巧みに生かしているのに今更感心し敬意を表するものである。

なお泥絵作家とはどういう人々であったか、初期のそれは恐らく真剣に洋画―蘭画―に興味を持ち研究しようとする人々であったろう。しかし覗眼鏡の要求が多くなり泥絵の需要が盛んになれば、あたかも今日の紙芝居の作家のごとく、一種の職人、画工、それも浮世絵作家の末流あるいは絵馬屋、提灯屋、羽子板職人のようなものが多くこれに当ったのではないか。それに広重とか北斎とかの影響を受けるものがあり、いずれも型を追って描くというより製造したものであろう。泥絵の技法は絵筆を下し、ぬれている時と乾いた場合とは効果甚だ異りまことに職人的の習練を要するという。型にまで進む余地のある所以である。しかし型は甚だ自由であって、決していじけていないのが泥絵の特色である。例えば、数枚の「赤羽橋」の図を寄せて見ると、構図は大体赤羽橋を透視的に見、火の見のある、有馬屋敷を遠く右手に望み、左手前に増上寺の五重塔があり、橋の袂に番屋がある、大体これが「赤羽橋」構成の素材である。恐らく頭の中にあるこれだけの素材を流れるがごとく空で迅速に描いた為であろうが、その素材の大小距離感などは極めて自由であって、その自由さから来る心よさ面白さは泥絵特有のものである。但しこれは当時識者の軽蔑の的となったと見える。例えば、中陵漫録（文政八年刊）に蘭画、恐らく我々の今日見る泥絵のことを記して「近来は江戸にても大に流行して画すれども、其画法を知らずして只奇として見るのみ、猶又市家に鬻《ひさ》ぐものは蛤粉にて青花にて「ペル」の色なり、是れかの油絵にあらず、画景は相似て蘭画に擬すのみ」とある。

次に泥絵の中に、若干落款をほどこしたものがある。例えば芝宗源、司馬口雲坡江甫などと、在銘好きの好事家はともすれば、落款あるものを特に珍重する傾きがあるが、むしろ事実在銘のものに優品が少なく、むしろ変にいじけた作品が多い。芝とか司馬口とか、泥絵を一に芝絵といったのは芝で多く売っていた為らしい。

次に江戸の泥絵が最も盛んに制作されたのは何時頃であったか、恐らく広重が風景画家として活動を開始した天保以後と考えてよろしかろうと思う。今日十枚、二十枚の組物として発見される大判泥絵は多くこの時期のものであろう。江漢の活動した安永寛政期までさかのぼる作品はむしろ少ないであろう。（時代が下がるにつれて作品が荒れてくるのはまぬがれがたい）さてこの江戸の泥絵は何時頃を以て終ったか、明らかに慶應三年後藤甲斐守より浅草本願寺に百二十八枚の眼鏡と共に寄進された折の箱が現存し（斉藤清二郎氏の報告による）また大正五年六十八歳で亡くなった（安政六年生れ）淡島寒月翁が某氏に宛てた書翰中に「老生明治初年少年時代に芝日蔭町に一軒泥絵を画き売り居り候見世御座候へしが、胡粉とアイにて大名屋敷等を遠見に画き向島の土手より浅草の観音を遠見に致すもの、川口永代橋より佃島を見候もの等掛けつらね売り居り候老人御座候」（斉藤清二郎氏手控による）とあるのを見れば、とにかく明治初年まで、尾を引き、しかも大津絵のように店先で描きながら売っていたことが分る。以上簡単に江戸の泥絵について語ったことにしていただこう。

最後に江戸系泥絵の蒐集家として知られる渡辺紳一郎氏の蔵品を嘗て見せていただいたこと

がある。その折、画題のはっきり作品に書きこんであるものをノートしておいた。左の通りである。

小石川　幸橋御門内　桜田御門　大川橋　虎ノ御門内藤様　虎之御門外　王子稲荷　浅草田浦太郎稲荷　新吉原中之町　外桜田　芝赤羽橋有馬屋敷　古川　霞ヶ関　御殿山　大手前高輪　市谷尾張様　上野黒門　鉄砲洲小橋向佃島　上野不忍　永代佃島　向島三囲　六郷川崎　奥平大夫屋敷　牛島　待乳山　浅草観音　目黒不動　御殿山　駿河町　日本橋　洲崎の弁天　箱根　加奈川

（「民藝」四十七　昭和三十一年）

複製

いつか私は「ほんもの・にせもの」談義を何気なく書いた。ところが案外これが方々で話題となったらしい。読んだ人は俺は一体ほんものかにせものかと考えこんだのはいいとして、手きびしいのは筆者はどうなんだと言いだしたのである。無論あんなことを書くやつはにせものに決まっている。

ところで、私はほんもの・にせものの外に複製というもののあることを書きおとしていた。複製はほんものでもなく、またにせものでもない。手許の辞書によると、「もとの物と同じようなものをつくること」とあって、さらにそれを法律的にむつかしくした解釈もある。この複製が往々にして、ほんものに化けることがある。そうすると、途端ににせものになりさがるのである。そのむかし慶應を出たメリヤス屋の息子で高見沢遠治なる人があった。器用ですでに少年の頃自分でかいた絵をトランクに入れ、線香でいぶして古びをつけたと伝えられる人であるが、この人浮世絵の複製の天才であった。その特に念を入れてつくったのは、見ている前でほんものと交ぜこぜにすると、その道の専門家が忽ち変になり、どっちがどっちだか分らなくなったそうである。ために本人にその気があった訳ではなかったというが、よからぬやからがそれで刑事問題をひきおこした話が伝わっている。

しかしそれは複製そのものの知ったことではない。私は複製の意義を大いにみとめまたそれを尊重するものである。現に私は、この間から北斎のいわゆる赤富士―凱風快晴の複製―余り上等とはいえないが、それでも戦後のものより数等ましかも知れない―を額縁にいれて毎日ながめている。一体私は北斎を偉いと思ったり、いやらしいと思ったり幾たびか讃嘆し、幾たびか否定したが、やはり大した作家だと思う心にかわりがない。厳密にいえば、この複製は無論ほんものとは大違い、ほんものを見た目からすれば、味もそっけもなくなっているとはいえ、そうかといってほんものとまるでちがったものでもない。しかし今日の複製はほんものの写真をとり、その乾板の膜をはがして版木にはりつけ、そのまま刻《ほ》る。少なくとも最初はほんものを側において刷るのだから、ほんものと寸分違わず、そっくりの筈であるが、第一刻りは昔のとちがって段ちがいに浅く、紙が違い、絵の具が違う、それにほんものの出来た時から百余年もの時間―古び―を無理に追いかけようとする。無理な話である。従って複製はやはりその意味でにせものであるかも知れない。しかし心は決してにせものでなく、むしろほんもの、複製の自覚さえあれば立派なほんものなのである。

いつか博物館に御物《ぎょもつ》の四十八体仏をはじめ全国に散在する金銅仏の大展観があった。その中に姿といい手頃で見ていて何か恍惚とさせられるものがあり、あんなのを一体でいいから年中側においたらいかなる悪人でもちっとは仏心もわこうと空想し、せめてあんなのの複製なりと欲しいものだと思った。複製も模造でなく、乱暴なことをいうようだけれど、ほんものの仏様をドブッと型の中に漬けて造った複製が欲しかったのである。しかしくれぐれも大切なのは複製はどこまでも複製の意識――道程はどこまでも科学的――がなければならない。そうでないとせっかくの複製のほんものがついにせものになりさがる恐れなしとしない。

人間にもほんもの、にせものがあると同時に、また複製がある。ところで人間の複製はともすれば、複製なることをわすれて、自らほんものと思いがちである。また中には自分から特に人がそう思うようにしむけるのがある。これは案外、文化人とか知識人とか有名人とかに多い。写真の膜をはがしたり刻ったり刷ったりする手段を要せず、横の文章を縦にしたり、その他色々な造作をして複製がほんものに迫るようにするのである。それはちっとも差支えないばかりかよいことなのであるが、複製の看板をかかげることを忘れてはならないのである。

私は近頃さっぱり洋本を買わなくなったが、それでも郷愁みたいなもので時折丸善へ行く。もっとも私のもとめているようなものが、丸善の本棚にあまりならんでいないことにもよるようである。しかしあっちこっち眼を近づけて本の背文字に見いる。また時々手にとって拾い読みもする。はてどっかで見たようなと思う。しかしどこでも、横文字のそんな本を見た筈がない。そうだ縦書きの本だった。それでは西洋で日本の本の複製がでていたのかな、はてと思う。例えばいつかCahier d'Artという雑誌がでていた。Œil d'aujourd'hui（眼）何とかという本が色々ある。日本で出ている美術手帳とか現代の眼とかいう本が体裁も全く同じでただ縦書きになっている。どっちかが恐らくほんもので、どっちかが複製なのであろう。

なお私はこれまで屢々触れたと思うが、支那の絵手本で芥子園画伝というのがある。私はそれをはなはだ愛し尊重している。康熙版あり、乾隆版あり、嘉慶版あり、その後何十百版、版数をかさねたか分らない。（但し本ものの康熙版にはお目にかかったことがない）私はその版味に感歎し、また末期のやすっぽい版本にも近頃とみに感心しているのである。ところで支那人の神経のおどろくべきは、段々版を重ね、落款に印が押してあるが、後版は決して元版の印を追うて同じものを使っていない。版毎に勝手な印が押してある。これは恐らく日本人の神経ではできがたいことであろう。複刻複製であっても、決して前者のにせものでなく、各々版味がかわってほんものである。さて日本にも江戸時代から明治時代にかけて同じく芥子園画伝の複刻が幾通りかでた。なかんずく河南楼版は精巧なものとして重んじられ賞讃されているようである。恐らく支那できのほんものをつぶして版下に使い刻ったのであろうか。しかし同じ版下が日本人の手にかかると複製が忠実におこなわれて、中味《なかみ》がぬけてしまう。いかに忠実にきざんでもこれではほんものでなく、にせものでなく、また複製にもなり得ないのである。これは一体何だろう。一種の判じもの近頃流行のボナンザグラムとかいうものみたいなものかも知れない。

（「新文明」七―一　昭和三十二年一月）

明治の石版画

錦絵が江戸時代の版画の代表としたら、石版画は明治時代の版画の代表といってよいかも知れない。それが証拠には浅井忠の明治風俗百態の中にチャンと石版工というのがある。幕末に新しく輸入された原始的な手刷りの石版術は、明治十年ころになって漸く実用の域に入り、二十年ころが絶頂、二十五年になると、組合ができ多量生産の波におされて凋落の色が見え、三十年ころにはもう終焉ということになる。

いわゆるボール紙表紙本の表紙や口絵、それに額絵と称する土産絵、それに葛の表紙折本仕立の小本が主なもので、砂目石版の中でも額絵は手彩色というところに特徴がある。画題は貴顕、風景、美人、子供、歴史画に大別されるが、美人画と風景、殊に東京風景がよろしい。鹿鳴館時代、憲法発布のころを中心に、その風俗は江戸時代の名残をとどめながら、ガス灯や人力車や鉄道馬車の往来する東京の風景風俗がいかんなく表現されている。

明治洋画の先駆者たちが、民衆の間にくだって出来た落し子のようなものだ。粗末な土産絵に過ぎないとして長い間忘れられ、むしろ軽蔑されて今日にいたったが、そのあるものは十分鑑賞に価すると考える。蒐集を始めて三十年、やや体をなしたから整理して系列をつけたいと思っている。若い人たちに示すと、こんなものがあったのかと目を見はる。「明治は遠くなりにけり」の感がふかい。

（「東京新聞」昭和三十二年十二月十五日）

古版本挿絵の魅力

私は何か美しいものには、きっと心をひかれます。ひかれ過ぎるようにも思いますが、元来美しさと人間の心はそういう関係にある筈のものであり、その意味で私の感覚は正直で仕合せなことだと思っています。さらに私が特に強く心をひかれるものに就いて考えて見ますと、それが大方何でも初期のものだと気がつきます。ここで語ろうとする古版本挿絵も正《まさ》しくその一つに外なりません。

古版本挿絵と申して、それは勿論版画です。版画というと多くの人は直ぐ浮世絵を連想し、同時に日本が世界で第一の版画国であるかのように妄想しますが、それはうぬぼれというものです。遊女や役者をとりあつかった、ああいう浮世絵版画は日本独特のものに違いありませんが、版画の世界は広く深く、西洋人がほめたというくらいで、すぐ鼻を高くするのは早すぎます。日本が誇る木版でも、元来その先生はお隣りのシナであり、そのシナの版画も大方の人が気がつかないだけで、実に佳品があり、殊にその挿絵本、絵本になると実に美しく陶然とさせられ、ほれぼれとするようなものが沢山あります。西洋の版画また然り。日本の浮世絵の研究家愛好家が身近にあるからといって、とかく狭い殼の中に閉じこもり、外に美しさを見ようとしないのは島国根性というものでしょう。

さて日本の木版画の遺品としては、古くは平安朝からそろそろ見えはじめ、鎌倉、室町になると、かなり出てまいります。それは多く宗教関係、すなわち仏教にちなんだもので、摺仏とか経典の扉絵とか、一枚刷の御影とかで、これはお隣のシナはもちろん、西洋でも同じことで、西洋のは殆どキリスト教関係（外に本草関係のものがありますが）のものに限られます。その味わいにいたっては、よくもと思われるほど東西軌を一にしていて、不思議に思うくらいです。

また日本にかえりますが、日本も近世期にちかづいて、融通念仏縁起（応永二十一年 A.D. 1414）これは天下の孤本で丹緑《たんろく》筆彩の素晴らしい大作の巻物でしたが、惜しくも関東の震災で焼けてしまいました。また高野大師行状図（永禄五年 A.D. 1596）など有名な大作があります。これも仏教関係の巻きもので、書物の挿絵ではありません。ところが江戸時代の声をきくと、ぼつぼつ宗教をはなれた本に挿絵を添えたものがあらわれます。先ず有名な嵯峨本の伊勢物語とか三十六歌仙とかいうものが出てまいり、それで慶長、元和と二三十年間には大したこともありませんが、寛永の声をききますと、実にそれこそ洪水のように挿絵本があらわれて来る。徳川氏の文教政策が効を奏したともいえましょうが、長い間おさえつけられて来た民衆の力が一時に花を開いたともいえましょう。仮名草子、お伽草子、舞の本、古浄瑠璃、戦記等々、これが寛永、正保、慶安、承応、明暦、万治、寛文とえんえんと続き、少しその気になって覗いて見ると、実に実にびっくりさせられます。この慶長から寛文にいたる約八十年あまり、但し慶長から元和までの三十年間は遺品が少ないので、正味寛永から寛文までの約五十年間にでた本をここでは仮に「古版本」と名づけることに致します。もう一つ浮世絵の元祖といわれる菱川師宣が万治頃からそろそろ出てまいり、これはまた実にはっきりした個性で一世を風靡するのですが、この師宣スクールも暫く今の場合私の主題からのぞきたいと考えます。もう一度改めて、私がここで語りたいのは寛永から寛文にいたる約五十年間に出た小説といわず算数、生花の本といわず、あらゆる本の挿絵を問題とし、そうするとその挿絵の作者は殆ど例外なく無名作家ということになります。実に私はその無名作家群の素朴な作品に心をひかれ、また敬意を表するのです。

私のいわゆる古版本に挿絵した人達、つまり絵師、それを彫った彫師、刷った刷師の三位一体の仕事に私は強く心をひかれます。今日の版画家達は、浮世絵画家のとった、絵師、彫師と刷師の分業的なやり方を心よしとせず絵、彫、刷りを一人でする、これを真の三位一体と称してこの道を選びます。古版本はもちろん、挿絵は、絵師と彫師と刷師が恐らく別々だったでしょう。しかし結果から見ますと、今日の創作版画家達の目ざす道と同一で、それが不思議によく行われました。絵師は、大体倭絵、土佐の系統をひいたものが多く、多少狩野の流れをくむ人もいたかと思われますが、今から見ると、誠に自由自在で、それこそ天かけるが如き創作力に富み、また模様というものをよく心得ていました。恐らく本の挿絵というものは、最初シナ、朝鮮のそれに学んだのでしょう。現に父母恩重経、牛医方、三綱行実、また三世相のようなものの複刻本が日本で出ています。しかしそれとても、今日でいう複刻本の如きただ冷たい線の模倣ではありません。とにかく不思議に彼等絵師は挿絵のツボをよく心得、物語や事件をウマく一つのタブローに煮つめる術を心得ていました。随分フザケたようなものもありますが決してフザケている訳でなく真面目な仕事です。透視画的手法に幼稚なものがあっても、今日、院展作家達のよくやる態と規を外して人の注意をひこうというような卑しい心持から出たのではありません。だから甘くないのです。第一彼等には名を出すというような考えは毛頭なく、その絵の中に正直に彼等の至純さをマル出しにしているだけです。繰りかえしていいますが、実に子供のような原始人のような想像力に富み、模様性をよく心得ている。というより不思議な天性の模様家であったという方が至当でしょう。版画は作家の絵が直接に生《なま》で見られるものでなく、必ず版という間接の手段によって人の目に訴え示されるのです。またただの絵ではなく、挿絵本という狭い天地の中に生れる絵であることもよく承知していました。従ってただの絵でなく、何かの医学や算術の説明のための図でさえ、冷たい死んだものに終らず、あたたかい生命にみちた生き生きしたものをかきました。師宣以後になると、よいものと悪いものとの間にはっきり区別がありますが、寛文以前のものには不思議にそれがない。それが私の心を強くひきつけるのです。

彫師は彫師で、いたずらに画家の描線を後生大事にたどるということをせず、つまりびくびくしないで刀で大胆に描きだす、従っていきいきした線が、―平塚運一氏の言葉をかりていえば、刀先の生みだす線の息づかいが感じられるというものです。絵師も表面の線の外形だけに拘泥せず、もっと強い本質的なものを端的にかいている。従って彫師の自由があっても何等妨げられなかったのでしょう。その彫りたるや今日の版画家か油絵の板にホンの浅くキレイ事ですませるのと違い、厚い板に驚くべきほど深くぐいぐいと彫った。それは一見無駄のごとくして決して無駄でない、古版本の挿絵が私どもに力強く訴える多くのものがそこにあると思われます。

刷りもまた、当時特に上等の墨を使った訳ではなく、安墨を使ったのでしょうが、今日何でも上等下等と分れている時代の下等でも上等でもなく、最も安い墨が即ち今日でいう上等の時代で、（筆でも絵具でも何でもそうだったような気がする）それで無造作に刷ってあってフンワリと誠にかぐわしいという訳です。

話はちょっとそれるようですが、つい近頃棟方志功氏が「板画の道」という随筆集を出され私も一本を頂戴した。早速一読して強く胸を打たれました。少し文章がお筆先みたないところがあって読みにくいのですが、その要点をとりだすと次のようになります。

—板画は間接的な働きに依って作られる。肉筆画のように画家の感得したものが直接に現われない。板画は描く仕事ではない。肉筆らしさ肉筆に近よる仕事であってはならない。下絵は描くが、板刀に切りこまれて行く時、下絵に描いていたようには絶対にならぬようになっている。下絵から離れて、おのずから「板に育って行く」「一生懸命でなければいけない最中ながらもその懸命さを忘れ」自分がノッピキならない所へひとりでに連れて行かれる。

板画の美しさは、このように他力的、間接的に流れていった美しさである。ただ「板の有難さ」に素直に連れてゆかれるのであって、自分だけの板画を作るという意識が働いては、よい板画にならない、下絵、彫り、摺りの三業が合体して肉筆でかいたものと違った幅が加わり、肉筆の癖のあるものとは別の柔い、和やかな美しさが生まれる。

これは創作版画の特徴、その美しさをいい得て妙といわなければなりません。私が古版本の挿絵を見て美しいとするものは実にここにあるのです。棟方氏は、三百年の間をへだてていますが、古版本挿絵につながる作家、一種の原始人—だと思われてなりません。

私は私の感じとった古版画の魅力について語って来ましたが、私のつまらない文章よりここに挿入した写真版挿絵をよく見ていただきたい。私の饒舌を笑う人はあっても美に直《じか》に心のふれる人でしたら、ただ笑ってはすまされない。驚いて下さるに違いありません。この挿絵について他人から借りるのは厄介なので、手許にあるものから選びました。それもなるべく色んな種類のものを選んで見ました。中には寛永頃から明暦頃まで仮名草紙や舞の本、古浄瑠璃等の挿絵に手彩色をほどこしたものがあって、これを丹緑本《たんろくぼん》（昔は「ゑどり本」といった）といいますが、その丹緑本のあるものは素晴らしい味をもっている。これも二三お目にかけます。ただ原色で出せないのが残念です。将来縁あらば西洋の手彩色挿絵本（殊にインキュナビュラの丹緑挿絵本）と比較した丹緑本の図録を出したいものだと果ない夢をもっています。

追記、雑誌「民藝」には十数個の挿絵を出しましたが、ここでは一切省略いたします。

（「民藝」四十九　昭和三十二年）

万朶譜

私のところに、棟方志功氏の版画、万朶譜《ばんだ》という松、竹、梅の三幅対がある。棟方氏がまだ今のように有名にならずもてはやされない文字どおり貧乏時代に直接氏にお願いして貰ったものである。松といい竹といい梅といい型破りの棟方氏でなければ到底生れうべくもない特異の作品、私は氏の佳作の一つだと思っている。かねて本表装に直したいと思いながら未だに仮表装のままになっている。私もまくりを幾つか経師屋にたのんで表装してもらったが、かつて気にいったためしがない。それで万朶譜もつい二の足をふみ、そのままになっているのである。

本の装釘とか掛物の表装は大事なものなのに多くの人が本屋や経師屋まかせにして知らん顔をしている。もっとも殊に掛物の表装といったら紙や裂地や軸の持ち合せが沢山なければ、いざとなって中味にあった装釘はできない。今は生活様式がかわり、坐る生活より腰かける様式が多くなったから、表装の様式も昔のままの約束を守る必要はない。ただ中味に合い、それも常に従の関係になければならない。近頃の表装を見ると、とかく従の位置をやぶって主の位置につきたがる。経師屋なにがしの私がやりましたといわんばかりである。表装が中味をひきたたせてしかも決してそれが目につくようであってはいけない。

私の手許にある掛物は多く無名の安物を揃えたのだが、その表装についていえば昔（明治以前）の経師屋の心掛けをゆかしく思う。何にも業《わざ》をほどこしていない。当り前で、謙遜で、決して見る者の心をみださないのである。ただこれも私のところにある五本ばかり心にくいばかり、よい表装のがある。それはどれも柳（宗悦）さんにお願いして仕立てていただいたのである。私も柳さんも大好きな無銘の朝鮮の絵だが、好きな絵ならやり甲斐があると紙も布も軸も向こう持ちでやっていただいたのである。中味の絵とぴたりと合い、しかも絵を生かしている。あれやこれやと考えていると、つい棟方氏の万朶譜の本表装ができない訳なのである。

さて棟方氏、万朶譜とはウマクつけた。私も庭の木々花々を語るのにこの標題をそのまま借用することにした。

この春の気候は花に無慙《むざん》であった。白欄など去る三月二十六日の日記に「大分白くなり、ために辺り明るし」と書いたその晩の霜にやられて翌朝見るかげもなくなった。ご自慢の水仙も雨がなく乾きすぎたために、背が伸びなかった。その上せっかくさいた花はそのすぐ後の急激につよい陽光と一夜の雨で、長持ちしなかった。長いこと丹精し、いよいよ花近くなってその日を待ちわびたのが一夜にしてやられると、つくづく無常を感じる。なおライラックの花も近づいたが、どういうものか白、藤紫とも今年は花房《ふさ》がやせてまばらのようで少しさみしい。

椿三十幾本の中、今年初めて花をつけたのが二本ある。いずれも一重、一本は赤も幾分紫色を帯びている。一本は白で白玉に似ているが品がやや落ちる。白い侘介はよく咲いた。椿三十幾本といったが、実はこの外に五六寸から一尺くらいの小苗がやはり三四十本ある。上方からカタログで取りよせたり、花屋でとってきたりする。例えばこんなのがある。白花太郎庵、熊谷、紺侘介、赤侘介、加茂本阿弥、白玉、外、肥後椿で、白長楽、大空、大和紅などというのがある。あまりに小さく私の生きている中に咲くかどうかうたがわしい。それは学校で一年生の子供を相手にしているのとやや似ているといえないこともない。とはいっても苗木は苗木で可愛くたのしいのである。

今、庭のあちこちで万朶と咲いているのは、イチリンソウ、ニリンソウ、白花エンレイソウ、イカリソウ、ルリソウ、ヒトリシズカ、ブローディア、ムスカリー、ジョンクィル等々、それにやがて咲きだすのが、これも私の特に大好きなエビネランである。去年大分ふやしたから、今年は庭のいたるところ百何本と花芽が立つであろう。種類も五六種はあろうか。車座になった広く長い葉の間からとうが立ち、これにべったり花をつける。花期が長く、新鮮で私の大好きな花だが、知らない人にちょっと説明して見ようもない。しかしわざわざ説明して人に賞めてもらう必要もない。花と共に片隅に生きて満足していれば足りるのである。

だんだん花期の近づいて楽しみなのはテッセンである。これも大分前、流行の日がこようといったが果してその通りになった。どこの苗屋にも必ず見られるようになった。宅のは何種類あるか知れないが、去年全部植えかえたせいか、今年は成績やや不良である。テッセンの美を屢々説いたためあちこちから拝見を申しこまれている。花を見ていただくのはよいとして門柱のたおれかかり手がとどかず、玄関の袖の壁が落ち、また家の内外いたるところ乱雑にしてあるのが気がかりである。しかし負けおしみをいえば、手のとどかない美、乱雑の美もまたあるのだがと思っている。

（「新文明」昭和三十二年六月　七―六）

丹表紙本の美

私はさっきから座右に、寛永丹表紙の平家物語第一巻を伏せたまま眺めていい気持になっている。別に今「祇園しょうじゃの鐘のこえ諸行無常のひびきあり」と読む気はない。縦九寸六分、横六寸四分、いかにも寛永版らしく大ぶりで、題簽《だいせん》の字も墨色もよく、それより何より空摺の大まかな唐草模様はあるが、全体真赤な表紙で、その美しさは目も覚めるばかりといいたい。赤いといってもそれは新鮮な柿の実のような色、いわゆる丹《たん》なのである。

その内容はとにかく、寛永版のただ丹表紙なるが故に買い求めた本が、既に幾種類になったろうか。古書肆や古書展で、それを見て心を引かれ、そのままやりすごせなかったのである。古来日本における造本の美しいものに色々あるが、その工芸的な美しさにおいて丹表紙の本もまた十分讃えられて然るべきだと考えている。しかし私はただ声を大にしてその美しさを讃えるだけで、丹表紙本そのものに就いての知識は皆無にちかい。また二三の書誌学者に就いて尋ねて見たが、何れも満足の解答が得られなかった。それでも丹表紙本についていささか記すのは、世にかくれた博雅の士に示教を得たいからである。

丹表紙の本といえば、すぐ寛永と連想されるほど寛永と縁が深いようである。既に五山版の中に丹表紙の本があるそうである。すると時代は鎌倉、室町に遡る。また直江版の文選に丹表紙の本があると聞いた。されば慶長である。私は嘗て元和活字本の信長記で赤い表紙の本を見たことがある。但し、それはやや紅色を帯び、いわゆる丹の色とは幾分違っているように思えた。従って五山版に丹表紙のものがあると伝え聞いても、自分の目で見ない限り、その丹色に疑いがある。(時代から考えて恐らく色の良いことは間違いなかろうが)

丹《あか》い表紙の本の源流は恐らくシナにあるのであろう。しかし日本の丹表紙の本の手本になったかと思われる唐本を見たことがない。朝鮮本の表紙も美しいが、殆ど黄色系統に限られているようである。

再び日本にかえって丹表紙の本は寛永と共にありといいたいほど、この時代は盛んであり、また発色の優れてよいのがある。

寛永以降、江戸時代を通じて丹表紙本はずっと続いて行われ、幕末に来て、むしろ一時多きを加えたようにさえ見える。しかし、寛永前後のものを除けば、目に見えて発色が劣り殊に幕末のものなど紙質と共に見るに耐えないものになる。

それでは寛永の丹表紙本にどんなものがあるか、市井に最も多く見られるのは東鑑二十五巻であろう。私はその豊かな大きな美しい本の堆積に圧倒され、それを見るにつけ、鎖国前の日本人の気宇の大きさ豊かさが思われてならない。初期肉筆浮世絵に見るあの絢爛《けんらん》たる大らかさである。丹表紙の本でも殊に献上本（雲上大名等へ献上した本）のさらに大ぶりなものになると、その美しさに於いて世界のどの本に伍しても引けをとらない。その他保元、平治物語、曾我物語、義経記のような戦記物があり、経書史集、仏書等にもあるようである。（いずれ目撃したものの目録を作りたいと思っている）

その丹表紙本の美しさは紙質と色の調和、空摺の雷文、唐草模様、題簽の文字、墨色等から来るものと思われる。元禄以降のものは既に何となくぎごちなく興覚めである。元禄以降幕末になると、大体本の形が半紙本で小さくなり、けち臭く、色がおち、面白くない。（但し幕末にも美濃版の丹表紙本が多く出ている）丹表紙本は寛永と共にあり、といいたい。

因みに、古版本の本文、文字面の美しさについて近時、木活字本が稀少価値を以て問題にされ、整版本の美しさは余り論じられていないようである。将来は必ずしも珍奇な奈良、平安、鎌倉の古版本ならずとも、少なくとも江戸時代の整版本の文字の美しさが吟味され、論ぜられる時機が来ると考える。

紙と文字と墨色、それが工芸という特殊な摂理によって織りだされる美しさ、やはり時代が遡るに従って美しさの増すことはいうまでもない。しかし木活字本が信仰的に珍重される見方も、一半の理由はあるとしても、さらに広く無名な素朴な古版本の美しさを吟味して見なければならない。
古版本の書誌学的な研究は、年と共に盛んであり、詳細をきわめているが、その美しさを論ずる点において、全く処女地である。誰かその人あって大いに驥足《きそく》をのばされんことを望んでやまない。

（「民藝」六十一　昭和三十二年）

梅・桃・桜

敗戦このかた今年くらい鶯がよく来てないてくれた年も珍しい。鶯どもも、世の中がようやく落ちつき、焼け野が原も緑こくなって、山を下りてくる気にもなったのであろう。早朝床の中で目をさまし、いきなりすぐ近くで鶯の声をきくと、何かこの世のものでないような気持になる。時に遠く遥かに、またすぐ窓近く、二羽三羽かけ合いでないていることさえある。私はただ嬉しく、枕から頭を浮かし、その声をもっとよく捕えようとする。その昔、私は何度も鶯を飼ったことがあるから、そのキリッとした姿、落ちついた地味な羽色、ちょっともじっとしていない敏捷な動きが、寝たまま目にうかんでくるのである。

それにチョッとカワラヒワに似た鳥、ノジコというのだろうか、これは殆ど宅の庭に流連《いつづ》けで、ボケの藪やオオデマリの枝にうずくまるようにしてさえずりつづける。庭をあるく時も、私は彼の邪魔をしないように、ぬき足さし足で歩き、時々立ちどまる。彼はくちばしを天に向けて大声でさえずりつづける。雲雀のようなすんだ声の連続である。ヒタキも大抵午前夫婦づれでやって来て、時々一声ヒーッとなく。いずれにしても庭に小鳥たちが来てくれることはこんなうれしいことはない。神様は自然の中に大した贈物をされたものだ。

さて、梅、桃、桜とこう三つ花の名をならべただけで、春がだんだん近づいて来るような気になる。寒がりやで、梅の花をわざわざ遠くまで見に出かける勇気はないが、それでも勤めの行きかえり、あちこちの垣根からぬっと枝が出で、その下を通るたびに瞬間ぷんとよい匂いにめぐまれることがある。品がよくてゆかしい匂いだ。しかし、世間で見る大抵の花が裏からのぞくと萼《がく》が赤っぽくて少し興ざめである。枝も萼も思いっきり青く、それに白いべんとなるとその美しさはたとえようがない。白加賀という種類だそうである。

いつかも書いたが、宅の地続き、地主さんの屋敷に、正真正銘、その白加賀が一本ある。手頃で、それも大して優遇されているようでもなかったから譲って欲しいと申しこんだ。私のぞっこんほれこんだような言いかたがいけなかった。向う様では急に箱入りのようなことを言いだして断って来た。いたしかたなくヒコバエをもらって育て、ちらほら花をつけるようになったのを見ると、その花は砧木《だいき》から出たただの梅の花だった。

その話を懇意な植木屋さんにすると、挿木をして進ぜましょうということで、まだ春浅い頃、親木の枝二尺ばかりのをもらいうけ、その一尺五寸ほどを深植えにし、その上にかこいをしておくと、日がたつ中にいきおいよく芽をふいて来た。それが既に丈六尺にもなり、去年タッタ一輪、今年二輪咲いた。まだ生気のない花だが白加賀には違いない。もう二三年たったらあの薦たき花が我が庭にこぼれ咲くと思えば、楽しさは格別、それへウグイスでも来てくれれば申し分ない。

桃、桜というけれど、東京では殆ど同時に咲くようである。現に宅の近所にはあちこち桜の老大木があって、既に盛りをすぎて花は白っぽくなってきたが、桃の方は今が盛りである。これも地主さんの広い屋敷に実をとるためのが地元から枝をひろげて賑やかに咲いている。若いご婦人が少々きこしめして、眼のあたりをほんのり染めてどこかおきゃんといった風情である。もっともお雛様をかざる頃にはこれはまた花専門の花桃がある。これも地主さんの庭に相当の大木があって毎年、べったり花をつけてにぎやかである。その枝をいただいて雛人形の上にかざした。

桃の花といえば、少年の頃の郷里の花見を思いだす。桜の名所はなく、近在の砂丘につくった果実のための桃畑が、花時になると花見の場所となった。やはり花の下であちこち、おけさや三階節の三味線に合せた歌声がにぎやかで、酔っぱらいがさわいでいた。田舎のウチでは毎年新しい意匠の花見手拭を売りだした。この桃畑へ屋台店を出し、私も売子になってついていったことがあるが、あまり売れゆきはよくなかったように覚えている。

桜もただ見ておれば捨てがたい花だ。私は生粋の田舎漢のくせに、江戸や明治の東京風景に愛着をもっている。錦絵や明治の石版画によく桜の花が出てくるし、それも一種の型として取扱われている。型というとすぐ反撥する人もあろうが、人間が型をつくり、また型で受けとろうとするのも面白いことである。殊に石版画に出てくる桜を見ていると、これは清親《きよちか》にない真実の写生から出た桜が描かれ、近頃、私は現実の桜を見るたびに、石版画を見ているような気がする、面白いことだと思っている。

しかし、桜にはいやな連想があって、花見にいこうという気がしない。砂ほこり、酔っぱらい、花ぬすびと、いやだいやだと思う。それに花のあとは毛虫とくる。もう二十年前になる。この小屋を建てる時、敷地に大きな桜の木があった。土地をかりる話が決まると同時におしげもなくその木を切ってもらった。どんな木でも木を切ることには何時も反対する私がこの仕業におよんだのは、毛虫がいやだったからである。実は桜の木はいたる所にある。よその桜を見た方がむしろよいくらいのものである。

なお桜の花も吟味すれば、なかなかよいのがある。隣り近所に見られるのは大抵染井吉野のようだけれど、何という種類か、花が小さく下向きに咲くもの、赤い葉と共にさく山桜は殊によろしい。私の勤め先は福沢先生の元別荘跡につづいている。いたずらざかりの子供達が縦横にかけまわるために大分あれてしまったが、なかなか石にも木にもよいのがあった。福沢先生がお好きだったのか、あるいは庭師の好みであったか、殊に椿や桜に選ばれた木があった。今でも桜に何本か、他所には見られない洒落れたのがある。私は時々自分一人でたのしんでながめている。しかしいずれ運命に従うであろう。福沢先生の詩には人事が多く、あまり自然がうたわれていないような気がするが、（よくしらべた訳ではない）別荘内の椿や桜はどうであろうか。

（「新文明」八―六　昭和三十三年六月）

Ⅱ

無銘の作品

作品というのは、美術や工芸の作品を指す。無銘の作品というのは作者の署名がない作品という意味である。現代は個人尊重の時代であるから、作品というからには、署名のないものは先ずないといっていい。どの展覧会をのぞいても、作者は必ず顔を出している。見る方でも作品より先に作者に意をとめる傾向がある。元来職人の仕事で、名前など名乗らないのが本筋だと思うのに、れいれいしく署名がしてある。東北の「こけし」など、そのよい例で、作者が芸術家のように扱われている。映画の字幕をみると、原作者、編集者、カメラ、美術、音楽と責任者の名を挙げ、限定本の奥付を見ると、著者、発行者、印刷者、装釘の図案家、用紙の製作者、本文のレイアウトの担当者の名がずらりと並べてある。個人尊重の時代で、当事者は仕事に責任を持つ意味でそれは結構なことである。

ところで、時代がさかのぼると、作品に署名のないものが沢山ある。それもこの世を圧するような絶品に署名がなく、誰がつくったものとも分らない。西洋ではルネサンス以前、日本では室町以前の作品には署名のないものの方がむしろ多い。それも「すごい」というよりいいようのない作品——たとえば絵巻——に殆ど作者の署名がない。陶磁器の世界になると署名のないのが普通で、日本の特殊のものをのぞいては、どれにも署名がない。殊に中国のあの驚くべき作品のどれにも作者の名はかいてない。

その時代のことを思うと、ただ頭がさがる。作者は全身全霊をうちこんで作品をつくり、命をかけて責任を果した作品が出来上ると、アトは自分の名などどうでもよかったのである。志賀直哉氏が作品は出来てしまうと、それは作者とはなれた独立の存在だという意味のことを、いわれているが、あるいはそんなものかも知れない。

天下に問題となるような作品ばかりではない。桃山時代の屏風とか、仏教版画とか大津絵とか、明治時代の石版画のあるものとか、誰がかいたか分らないものに面白いものが沢山ある。私はこうした無銘の作品を見るのが大好きである。その自分の心持を察して見ると、作者が作品に十分集中して責任を果しながら、その上は、名をのこそうとしない、そのゆかしい心情をおもうのが第一、それから自分が作者の名にこだわらず、作品を直下に自由に見る気楽さと楽しさ、そんなことであるらしい。

（「仔馬」十八—一　昭和四十一年）

文献の収集

この題を出されて、すぐ思いだしたのは、この春亡くなられた勝本清一郎氏のことである。勝本さんの明治文学に関する文献収集は天下に鳴りひびいているから誰も知っていよう。その中に版画の収集が交っているのは案外人は知らないかもしれない。氏がユネスコの事務長（?）かされていた頃、屢々浮世絵に関する講演をされたときいて、私は怪訝に思った。考えてみると勝本氏は元来塾の文科では美術史を専攻されたのだから、浮世絵の講演をされたからといって不思議とするには当らない。私は遠くから眺めていて、氏の浮世絵は西洋画の影響を受けた版画という意味らしく、従って、錦絵の外に銅版画、それも江漢や田善の逸品を数多く揃えておられたようである。晩年には文学の方のものを多少出して版画に代えておられたようにも聞いているから、版画には余程ご熱心だったのだろう。確か文学と版画とどちらが先に西洋の影響を受けたかなどに興味の中心があったらしい。私もいつか見せていただこうと思いながら、それを果さない中に逝かれてしまった。氏の文献収集は、金を惜しまずねちねちと執拗に追求されて徹底的のものであった。戦争中は那須の一軒家に資料を疎開され、戦後は四谷に鉄筋コンクリート建ての住居兼書庫を建てて、万が一に備えられていた。歿後この貴重な文献について、整理一切を岩波の玉井乾介氏に任す旨の遺言書があったそうで、間接に聞いた話によると時価〇〇円とか大変なもののようである。塾の図書館に入ったらいいなどと空想していたが、塾の財政ではどうにもなるまい。

文献の収集といっても色々流儀があるようである。専ら本筋のもの——勿体つけて根本史料ばかり漁って雑魚は歯牙にかけないというのもあれば、また一方では、一つのテーマの内外、風が吹けば桶屋が儲かる式の関係をたどって何でもかんでも集めるというのがある。噂に聞くと某官立大学の教育史専攻の某教授のお宅なんかすさまじい、どこの部屋もいっぱいで足の踏み場もなく、どうにか空地に立つのがせいぜいだそうである。（無論文献ばかりでなくモノが多いせいであろう）要するに集めた文献をうまく料理するのが研究者の腕・才能ということになるが、あんまり本筋のものばかりで料理したものは何か冷たく秀才然として栄養料理みたいである。それに反して何でもやの方は、雑然としているが、何かタレの染みこんだおでん、コンニャクやガンモドキの味がしそうである。

私の師匠の幸田成友先生は、日本経済史と日欧通交史を専攻しておられたが、自他共に許す史学者であると同時に、愛書家蔵書家であった。先生は基本的なものの外、内外の文献を丹念に収集しておられた。雑誌はもちろん、片々たるパンフレット、抜刷がよく整理され利用を待っていた。しかし先生には厳密にいえば、本道楽、愛書家の癖があり、例えば、早く（明治十一年）太政官の手で翻訳された日本西教史（原文日本教会史、仏文、一七一五年版）の原本二種の外に、その英訳、独訳、イタリー訳、ポルトガル訳などを備えておられ、その確かイタリー訳だったか、表紙が豚皮だといって撫でまわし悦にいっておられた。

先生の蔵書の大部分は、先生の生前と歿後の二回に分けて塾の図書館に入った。当時の図書館長は野村兼太郎博士であったが、幸田先生の異版、各国語訳収集について、多少冷笑の眼をもって見ておられたようである。（もっとも野村先生には冷笑癖がなかったとはいえない）

とにかく研究者であれば、血眼になって文献を収集する、それは当然のことである。もう十年位前になるが、名古屋の藤園堂の目録に、師宣の「東海道分間絵図」（四冊）が出て、私もハガキで注文した。ところが売切れたという。折りかえし誰が買ったかを問合すとそれは勝本清一郎氏で、電話で注文だったという。ハガキと電話では勝負にならない。その勢い完全に私の負けである。文献の収集について、最近某紙コラム欄に載った春山行夫氏の文章が私の注意を引いた。短いから全文転載させていただく。春山氏は文化史の専門家だが、普通の人の気のつかない花の歴史とか台所道具の歴史とか変ったテーマを扱う人である。

仕事の関係もあって二十日も外へ出ないことが多い。遠出しないということでなく、玄関から一歩も足を踏み出さない完全な自宅生活だ。この間たいていは著述や読書に追われる。もちろん疲れ休めや社会の情勢を知るためにテレビも見る。しかしちょっとひまがあれば各種の資料を整理しなければならない。新聞の切り抜き、これは一日分も欠かさない。それこそ事件の経緯から広告に至るまで、すぐ役に立ちそうなものは「速達便」として別の箱に入れる。

このほか何がどの本の何ページに書いてあるか、項目別に索引カードを作る。積もり積もっていままではこのカードも十六万枚。この資料整理は結構重労働だが、それでも町中へ抜け出して息抜きという気分にはならない。非常にストイック（禁欲的）な生活だと自分でも思っているが、急行列車に乗らなければ遅れをとる……といった現代社会で、私のように「てくてく歩く」のもぜいたくといえるかもしれない。

これは極めて勤勉な文献収集家の告白であるが、研究家と名のつくものは大なり小なりこんな収集をしているものらしい。

（「三田評論」六六五　昭和四十二年十一月）

店

神田の神保町界隈は日本一の古本屋街、その中で一誠堂は日本一の古本屋ということになっている。何しろ三十年前に地下一階地上四階のコンクリート造りの店を建てたのだからそう評判されるのも無理はない。その後戦災にもあわず益々繁昌なのは先ず芽出たい。昭和六年にあの建物が出来た時、総工費六万何千円とか、今あの店に並んでいる本で五万十万のはザラであろう。時には古新聞の一塊りでそんな値のするものがないでもない。明治末期に先代の酒井宇吉氏が越後の長岡から出て来て、粒々辛苦一代であの城を築きあげた。一誠堂の名はその酒井氏が兵隊にとられて、軍人勅諭の中にある「一の誠心こそ大切なれ」から考えついたものだという。今の一誠堂は二代目、確か元は賢一郎さん、先代を襲名されて同じく酒井宇吉、一橋出のインテリで、余り頑健の方ではなく医者と薬に馴染みが深いとか、それでもイザ本のことになると急にファイトがわき研究心は旺盛になる。亡くなった勝本清一郎氏が何かの折に「一誠堂は紳士ですよ」といわれたが、商人らしくない潔癖すぎるようなところがある。三代目の健彦君は今塾の文学部で書誌学専攻だというから、一誠堂の将来愈々万々歳というところだろう。

さて店は間口五六間の奥行がその何倍、外に面した両袖にガラスの飾り窓があって右手が和書で左手が洋書、常に本好きの気を引きそうなものが並べてある。中に入ると一階が和書、二階が洋書、そこにはなお和本や大きな美術書がおいてあるが、階段にもウズ高く全集物が積上げてある。二階の奥に応接間があって永年の信用で常に天下の学者、愛書家、時には外国の著名な学者、図書館員などが顔を見せている。なお言い落としてならないのは大勢いる店員の中に三十年四十年勤続の大番頭小梛《おなぎ》、矢尾板という、それこそ本の中から生れて来たようなベテランが控えていること、昔から奉公人の長く住みつく家はどうとかいうではないか。

(「三田評論」六七一　昭和四十三年五月)

私の古典
——柳宗悦著「茶と美」——

古典とはどういう意味なのだろうか。かたわらの辞引によると「昔の書物、昔の経典、転じて長く残るべき価値の定まった書」などとある。柳宗悦氏の『茶と美』は、昭和十六年に初版が出て、それほど古い本ではないが、私がおもうに、永く読みつぎ読みつがれるべき名著古典たるべしと信じる。

柳氏は「茶」を美の宗教と説く。和敬清寂は繰りかえされる標語である、しかし標語はわれわれに心の準備を求める。準備は甚だ難しい、茶道は物の教えから心の教えと高まる。心なくして物が生きるであろうか。そういって柳氏は物によって茶の心を説こうとするのである。ただ茶の心を抽象的に述べている中は無難であるが、一たび茶器を具体的に実物に就いて語るとなれば、その差は大きく開くのである。

柳氏はいう。物を直《じか》に見よ、直下《じきげ》に見よと。しかしそれは甚だむずかしい。ところで初期の茶人達はそれを敢てして来たのである。茶祖達は茶で物を見たのではなく、自由の目で物を見、

柳宗悦、バーナード・リーチ両氏と（上野毛吉田邸にて）昭和 28 年

それを茶器として取りあげたのである。定まった茶趣味で見たのではなく、使いたくて選び、それが茶器となったのである。その茶器が何であったか。例外なく、元来茶器でも何でもない下手物《げてもの》、民器であった。今日大名物とうたわれ、錦の衣をまとい幾重の箱の中に納められた大名物大井戸茶碗も元をただせば、朝鮮の農夫の飯茶碗であったと柳氏はズバリという。

茶器は工芸の領域である。工芸には貴族的工芸と民衆的工芸、即ち民藝がある。茶祖達の取りあげた茶器は総てこの民藝品であった。民藝品は棚に飾ったり鑑賞用に作られたものではない。ひたすら人に奉仕せんがために作られたのである。従って素朴な自然な奢らない姿である。今日、名物、大名物と美の極地とされるものが、元は、皆民藝品なのである。正しく価値の転倒である。

しかし茶の歴史は進展し、茶はいつしか病をはらみ、物を見る目は自由を失い、ただ型を追うようになった。茶祖達がとりあげた茶木に法則を求め、その法則によって新しく茶器を作るようになった。風流が型に納まったのである。農民の飯茶碗と風流の作為によって作られた楽茶碗とはその生れと美の性質において天地霄壌《しょうじょう》の差がある、と柳氏は説く。万人の景仰する光悦の茶碗また然りと説くのである。

おそらく名物の楽茶碗や光悦の価値について異論をとなえる人は多かろう。しかし茶道における最高の名器が総て無名の民藝出身であることに変りない。

そして柳氏はいう。今日は初期の茶人達の住んでいた室町時代とは違う、一たび目を開き、直に品物を見るとすれば、名器必ずしも乏しくない、否むしろ巷にはんらんしていると、何たる朗報福音であるか。


（「三田評論」七〇一　昭和四十六年一月）

草紙の読初

種彦の随筆集「用捨箱」の開巻第一に、「草紙の読初」というのがある。むかし正月、書初の次に草紙の読初というのがあった。女子は文正草紙を読み、今文正草紙が大本、小本、摺板の多く残っているのも、むかしはどこの家にも無くてかなわぬものだったからだとある。そういえば、今日でも文正草紙は奈良絵本を始め、古板本いろいろ、丹緑本まで何種類かある。

文正草紙とは、お伽文庫の第一に位し、実は雑色（下男）から成り上った文太というものが実直によく働いて長者になり、名を文正と改める。ただ惜しむらくは子宝がない。そこで鹿島大明神に願をかけ、二人の女の子をさずかった。二人とも見目麗しく才たけて、やがて二人とも大臣、天子の北の方となり、お蔭で文正も宰相となり大納言にまで出世したという目出たずくめの物語。昔の親は女の子をそんなことにあやからせようと願ったのだろうか。今の娘さんに読ませたら、玉の輿に乗ったっていうの、莫迦にしているわという位が落ちだろう。

それで、今日正月草紙の読初をするとしたら、そのテキストには何がいいだろう。慶應義塾の社中の家庭であったら、私は一も二もなく福沢先生の「女大学評論」と「新女大学」のセットを挙げるとしよう。社中のお宅なら「福沢諭吉全集」が応接間に飾ってあるか、どこか埃をかぶっておいてあるだろう。その第六巻に収められている。

福沢先生は、ご自分でも、どういう訳か幼少の頃から婦人に対して同情の深い性質だったと言っておられるが、早くから男尊女卑の弊風を糾弾し、事あるごとに一夫一婦を基調とした男女同権を説いて来られた。門閥制度は親の仇でござると嘆いておられた先生は、封建下の女性の惨めさに耐えられなかったのであろう。早くも明治三年の「中津留別の記」の中にその片鱗が見られ、明治十八、九年頃には「日本婦人論」「品行論」「男女交際論」「日本男子論」と続けざまに書いておられるが、要するに何れも婦人解放論である。

その最後にあらわれたのが、明治三十一年の「女大学評論」と「新女大学」で一セットになっている。せいぜい一時間もあれば読める、正月の「草紙の読初」にはもって来いである。貝原益軒（一六三〇―一七一四）の「女大学」は易しい文章で婦人の心得を記したもので余程広く読まれたものらしい。全篇これ悉く女性は男性の奴隷として書かれ、男性にとっては誠に都合がいい。一、二の例を挙げれば「総じて婦人の道は人に従うにあり」「朝早く起き、夜は遅く寝ね、昼は寝ずして家の内のことに心を用い」「若き時は夫の親類友達下部《しもべ》等の若男には打解けて物語近付べからず」「身の装も衣裳の染色模様杯《など》も目にたたぬ様にすべし」「我親より等《など》も嫜《しゅうとめ》を大切に思い孝行を為べし」「歌舞伎・小唄・浄瑠璃杯の淫《たわれ》たることを見聴べからず」（あまりなのは特に略した）等々、福沢先生は、いちいち益軒の典拠を挙げて小気味よく論駁を加え、正しい道を示しておられる。

その後に続いて出たのが、先生の編みだした「新女大学」である。新時代の育児・運動・言語・衛生・教育、殊に女子に経済思想法律思想の必要なこと、配偶者の選択、嫁、しゅうと、こじゅうとの問題、女子にも財産を持たしむべきこと等々、かゆい所に手のとどくように行きとどいて余すところがない。七十年前に書かれた文章が今も実に新鮮である。

終戦後、婦人の株は大いに上り、三従はむしろ男性側の言い草になった感があるが、その基調に於て福沢先生はまだまだとおっしゃっているかも知れない。先生はこれを書き終って間もなく重患に陥り、一時回復されたが再び筆を執られなかった。言わば先生の遺言である。

私は、この二篇を先生の重要な著作の中に数えている。「草紙の読初」のテキストとして推薦する所以である。

（「三田評論」七一一　昭和四十七年一月）

丹緑本覚書

一　丹緑本の名称

江戸時代初期の絵入刊本の中に、丹、緑、その他で筆彩を施したものがあって、今日普通これを丹緑本といっている。たんりょく本ではなく、たんろく本と読む。[*註1] それで丹緑本という名称は、浮世絵における、丹絵、紅絵のように、江戸時代からあった古いものではなくして、[*註2] 明治末期から大正初期にかけて出来た新しい言葉である。しからば、今日の丹緑本は明治以前には何といっていたか。「ゑ《え》どり本」といっていたようである。あるいは彩色本ともいっていたかも知れない。

種彦の用捨箱（下の巻）の浄瑠璃刊行の初の条に、

こゝに模したる冊子三種とも、昔えどり本ととなへし物の麁悪《そあく》なるにて、丹緑青を筆に任せて彩色ともなく点じて、最古雅なり。

と見えている。[*註3] 丹緑本の中でも、古浄瑠璃や説経節の正本の彩色は、一体に簡素で、種彦はその辺のところを巧みに言いあらわしている。

「ゑどり本」のえどるとは、彩色を施す意味で、また「さいしき」とか「さいしき本」も同じ意味であった。[*註4]

それでは、そのゑどり本の名が、何時、丹緑本と変ったか、仲田勝之助氏は、その「絵本の研究」[*註5]の中で、宮崎晴美氏の説[*註6]を容れて、はっきり「大正以来丹緑本と称せられた」と言いきっている。果してそうであろうか。

明治二十一年五月、尾崎紅葉らの硯友社で出した「我楽多文庫」第一巻の巻頭の辞で、「同好の勇士を蒐り集や……われら自ら筆を採り、字は古篆の読み悪く絵は丹緑風にあどけなく夫さへ愛翫の種となり」云々（石橋思案の筆）といっている。絵は丹緑風にあどけないとは正に丹緑本のことをいっているに違いない。今のところ、丹緑本の名称として最も古い例は、水谷不倒氏が、明治四十三年（一九二〇年）刊行の、文藝百科全書、「ゑどり本」の項に寄せた「これを絵どり本一名丹緑本と呼び」云々という文章であろう。[*註7]

しかし当時、一般には「丹緑本」という用語では通用しなかったようである。明治四十年代に大阪の鹿田松雲堂に勤務し、その後独立して、和本専門の書肆として今日も繁昌を続けてい

る伊賀上野市の沖森書店主直三郎氏の報告（昭和四十五年五月十四日付）によれば、

私の大阪入店の頃（明治四十年代）ゑどり本と総称、丹緑本とは言いませんでした。丹緑本では一般に通ぜず、丹緑絵入本と称した方がよく判りました。（中略）丹緑絵入、または丹緑彩入、明治四十年代では、この言葉を使っています。そして私の聞く所では専ら寛永板に限って、丹緑絵入本と称しました。丹緑絵入本が略称して丹緑本と称するようになりました。

幸いに沖森氏が勤務した鹿田松雲堂の、明治二十三年以来の古書目録（書籍月報、明治四十二年から「古典聚目」と改名）の大揃いが慶大の図書館に所蔵されている。*註8 その目録によると、丹緑本の名称の推移が略《ほぼ》うかがわれる。明治三十六年五月、同店で開催した「古板書籍展覧会」に左の四点の丹緑本と外一点の売品が出品されている。

一、御行幸次第　寛永行幸記行列絵巻詞書色どり彩色寛永板　松雲堂出品
一、保元平治物語　仮名絵入丹色どり寛永三年六月本丹表紙　〃
一、四しやうのうた合　虫・鳥・獣活字本絵本丹色どり　〃
一、三人法師　色どり絵入明暦頃之板　京都富岡氏出品

外に売品として
一、保元平治物語　寛永板絵入丹表紙上本丹色どり本　六冊（四円）
右に「ゑどり本」とはなく、ただ「絵入丹色どり」とか「色どり彩色」とか「絵本丹色どり」などといっている。「丹色どり」とは丹絵になぞらえたのであろう。さらに同目録を仔細に見て行くと、当時既に丹緑本は品薄であったが、次のように見えている。

目録第七十六号（明治四十三年九月）まんぢう　舞の本　えどり本　下巻（一円五十銭）
目録第七十九号（大正二年十月）
さゝれ石　御伽本の類彩画入紙員七葉　横　一冊（一円五十銭）
目録第八十号（大正三年十月）かげきよ　下の巻　幸若舞の本明暦頃板丹緑本大形　一冊（五円）
目録第八十一号（大正四年八月）
八嶋　幸若舞の本明暦頃板丹緑ゑどり本　裏打あり　一冊（三円五十銭）
大織冠　舞の本　慶安丹緑本　一冊（一円二十銭）
目録第八十五号（大正六年七月）曾我物語　正保三年板古雅絵入丹緑ゑどり本　十二冊（十円）

目録第八十七号（大正八年九月）さるげんし　奈良絵体ゑどり本古雅表紙外題元佷横古本
二冊（十八円）
目録第九十五号（大正十一年十月）義経記 丹緑本 正保板古雅ゑどり本巻一、二、三、八
四冊（十円）
目録第九十七号（大正十二年十月）くまの、本地　寛永頃丹緑ゑとり本補修所多し二冊合
一冊（十円）
弘法大師御本地　同頃ゑどり本古雅絵巻下は写三冊合（十五円）
目録第九十八号（大正十三年九月）たいしよくくわん　舞の本丹緑奥一丁欠 一冊（二十円）

以上によって見るに、松雲堂の目録では、大正三年になって初めて「丹緑本」なる名称が出てくるが、大正末年に近くなっても、依然として「丹緑ゑどり本」となっている。またおなじく、大阪の杉本梁江堂の目録「古典と錦絵目録」の第一冊は、大正十四年に出ているが、その第一冊に「木活ゑどり本」（つきみつの草子）とあり、その第二冊の大正十五年の分から初めて「丹緑本」（曾我物語）と見えている。されば水谷不倒氏の「文藝百科全書」の例は特殊のものであり、世間一般には大正になって初めて「丹緑本」というようになったらしく、また大正の末年までは「ゑどり本」で通用したらしい。

それでは、丹緑本と命名したのは誰であるか。沖森氏のいう丹緑絵入本を略称して、「丹緑本」といったのは、古書肆であるか、あるいはそれを文字にしたのは、水谷不倒氏であるか、詳かにしない。

次に丹緑本を三色本といったという説がある。稀書複製会の第四期第九回（大正十四年）の、丹緑本「虫の歌合」の解説の中に、

通俗本の挿絵に、丹、緑、黄の、三色の筆彩を加ふるもの出づるに及び、これを丹緑本、または三色本と称せり。

とある。この例の外に、嘗て三色本の名称に出遭ったことがない。これは恐らく、水谷氏の「仮名草子」中に記されている「実の所、丹、緑、黄の三色本で、黄色は奈良絵で使った金泥の化けたのである」云々とある「三色本」の意味を誤解したのではあるまいか。[*註9]

＊註1　岩波書店発行の「広辞苑」初版（昭和三十年）には「たんりよくぼん」と見えているが、その第二版（昭和四十五年）に「たんろくぼん」と訂正された。

＊註2　馬琴の「燕石雑誌」（文化七年）と京伝の「骨董集」（文化十年）に、丹絵、紅絵のことが見えてい

る。

＊註3　用捨箱に、ここに模したる三種とは浄瑠璃本の「八しま」説経節の「さんせう太夫」と「かるかや」を指している。

＊註4　禿氏祐祥氏「色刷本雑考」（「近世印刷文化史考」、大阪出版社、昭和十三年）の中で、貝原益軒の名所図絵「和州吉野勝景図」外三図のことを記して次のように言っている。丹緑本の類とは異り、頗る丁寧に筆彩を加へてゐる。……享保六年の広告文に、吉野厳島の両図を載せ「さいしき」と附記してゐる。彩色本とは、出版者が一々、彩色を加へて売出したものをいふのであって、最も早く現はれた丹緑本としては寛永年間の古活字本である。

＊註5　仲田勝之助氏「絵本の研究」美術出版社　昭和二十五年。

＊註6　〔近世文学の研究〕藤村博士功績記念会編、至文堂刊（昭和十一年）の中に宮崎氏の「丹緑本に就いて」の一篇があり、これに「是等を類推して見るに、丹緑本の名称は、明治ではなくて、大正から行はれて来たものではないであらうか」とある。

＊註7　小野忠重氏　版画　日本のくらしの絵　ダヴィッド社　昭和三十三年　さらに稲村徹元氏報告。

＊註8　故幸田成友博士引継本。

＊註9　水谷不倒「仮名草子」太洋社　大正八年。

二　丹緑本の発生と刊行の時期

版画に筆彩色を施すことは、既に室町時代から始まっている。それは仏教版画の一部、もしくはその絵巻物の類で、有名な応永の融通念仏縁起（関東大震災で焼失）を始めとして、十二天像、真言八祖像、両界曼荼羅等があり、やや降って高野大部行状図画等々、その他、大小種々の筆彩色した仏教版画は決して珍しくない。従って我が国で版画に筆彩色する伝統は夙《はや》くからあったのである。[*註1]

鎌倉時代から、室町時代、さらに江戸時代の初期にかけて、文学と絵画を結ぶものは、絵巻物か奈良絵本で、それは当時、富裕階級の独占物であった。今日、丹緑本の起原を説くものは、等しく、それは奈良絵本の版画化したものだという。水谷不倒氏が早くその説をとなえ、多くの人々がそれに唱和した。水谷氏はその著「仮名草子　上」「魚と獣の歌合」の解説の中で次のように言っている。

仮名草子の版本中、挿絵あるものにて最も古しと思はるるは、嵯峨本の「伊勢物語」「十二段草子」等なるべし。其版行は慶長年間と推定せらる。丹緑本はいつ頃流行せしか、思ふに、版本に図画を挿入する事は、絵巻物の遺風にして、其頃既に、絵巻物の縮冊ともいふべき、奈良絵本盛んに流行したり。

奈良絵本に就ては、予未だ深く之を究めず。故に其由来もしくは如何なるものを奈良絵と称すべき歟《か》等の範囲を説明する能はず、今仮りに、絵入彩色の古写本をすべて奈良絵本の中に包含すれば、慶長以前のものには、竪一尺五寸横八寸前後の大形本あり、今普通、奈良絵本と称するは、之を横に二ツ切にしたる大キサの横本に製し（中略）、此奈良絵の筆彩色を、版画の上に試みたるが、蓋し丹緑本の起源なるべし。

とある。

それでは奈良絵本とは何か。奈良絵という名称は、明治以後のものらしく、その定義は簡単でない。名称からすれば、奈良絵を挿絵にした本のことで、普通、室町末期から江戸の前期頃（十六世紀末──十八世紀初）まで盛んに作られた絵入の写本をいう。*註2

さてその奈良絵であるが、春日神社の絵所の末流が作りだしたという説があり、また奈良法師が仏画に筆を執るかたわら物語の絵本を描いた。それを南都絵というが、これ即ち奈良絵なりとの説もある。しかしその根元は今日のところ判然しないというのが真に近い。その発生が奈良にあるらしいというだけであって、その明確な証拠もない。

一歩を譲って、奈良に発生したとしても、今日ある奈良絵もしくは奈良絵本が、総て奈良で作られたとも思えない。恐らくその多くのものが京都で作られたのであろう。それは丁度、幕末・明治初期の横浜絵（錦絵）と称するものの大部分が、江戸、東京で作られたのと同然であろうと思う。

その奈良絵本とはどんなものか。初期すなわち慶長か慶長以前のものには、巻子本か、縦の大形本が多い。普通、奈良絵本と称するものは横本が多く、鳥の子または、間似合紙に能筆で書かれた本文に、多色または極彩色、時に金銀箔を用いた挿絵を入れ、打曇表紙や、紺紙金銀泥の草花模様の表紙、時には金襴表紙などあり、それに朱色、あるいは金紙の題簽を貼り、胡蝶装に仕立てられた一見華麗な冊子である。

絵は大体大和絵風で、中に狩野風のものとその他色々ある。慶長頃か、それ以前のものにはたとえ稚拙であろうとも、絵として妙味のあるものもあるが、普通寛文頃と称せられるもの、あるいはその以後のものには、見るべき作品は少ないように思う。従って、元和の末頃に発生したといわれる丹緑本が、もし影響を受けたとすれば、当然慶長以前の巻子本か縦の大形本とせねばなるまい。

ここで、我が国に於ける挿絵入りの版本について少し述べておく要がある。古くは鎌倉時代の初期に遡るが、その後室町時代に至るまで、その殆ど全部が仏教関係のものであり、それも中国、朝鮮の影響を受けたものであった。京、泉涌寺比丘道久判行の「仏制比丘六物図」寛元四年（一二四六年）や、兪良甫版の「仏法正宗記」至徳元年（一三八四年）や、五山版中の「四部録」「五味禅」に収められた十牛図等は有名である。その後江戸時代に入って、「帝鑑図説」（慶長十一年）や「君臣図像」（慶長十五年）のようなものがあるが、依然朝鮮や中国のものの複刻であり、僅かに「花伝書」（慶長後期、能楽の故実を記す）や「仙伝抄」（慶長後期、生花に関する口伝三十三条を記す）「拾芥抄」（行基作といわれる日本図あり、慶長後期）や「碁経」、「将基経」、「刀剣銘鑑」のようなものにそれぞれ簡単な説明のための絵図が入っている。版画として面白いものであるが、情緒をさそう挿絵というようなものではない。

しかるに近世にいたり、朝鮮を経由して、活字印刷術が導入されるに及んで、その中に国文学関係の仮名交り本の刊行を見るにいたって、初めて真の挿絵入刊本が出現することになる。その嚆矢というべきものが、本阿弥光悦や角倉素庵の考案になる嵯峨本の「伊勢物語」や「二十四孝」である。

殊に「伊勢物語」の如き、その料紙、装幀、共に善美を尽し、本の美術品といわれているが（私は工芸品といいたい）川瀬一馬氏の研究によれば、「伊勢物語」だけでも、慶長十三、四、五の三年間に、異版が九種もあり、さらにその整版本もあるという。貴顕、知友の間にのみ頒たれたという説は通じがたい。[*註3] 挿絵入本の如何に時人に迎えられたかが察せられる。

これは一部二冊からなり、一頁大の挿絵が上巻に二十五図、下巻に二十三図も納められている。挿絵は純然たる大和絵で、料紙、装幀の吟味されているのに比べて、その絵も彫りも、おだやかで、ノン気なところがあってその点却って落ちつきと気品を添えている。

慶長中、これに続いて「伏見常盤」とか、「花鳥風月」とか、「上るりごぜん十二段草子」とか、「扇の草子」などがあらわれたが、元和の末頃から寛永に至ると、絵入の版本が洪水のごとく続々あらわれるようになった。

しかし、当時一般には、二、三の例外を除いて、印刷術が幼稚で、色刷印刷は行われなかった。[*註4] 先に述べたように、既に仏教版画には筆彩色をする伝統があり、殊に寺院と出版とは関係が深く、ここに何か刺激を受け、キッカケがあれば、挿絵に筆彩色することは容易な筈であった。その刺激のキッカケが、従来言われているように、奈良絵本そのものであったか、中国の筆彩本であったか。[*註5] または飛躍するようであるが、必ずしも否定できない西欧の筆彩本であったか。[*註6] 俄かには断定しがたい。嵯峨本の「伊勢物語」の恐らく元和初年と思われる整版本には、二本まで丹緑の彩色を施したのがあるという。[*註7] それを丹緑本といい得るか、実物を見ない限り分らない。

最後に、丹緑本の発生年代を何時とするか。今日、寛永以前、明白に元和の刊記のある丹緑本は一点も見当らない。しかし、慶長二十年五月七日と判然記載のある瓦板「大坂阿部之合戦図」には簡単ながら丹緑の手彩色があり、さすれば、丹緑本は慶長に既に、そのキザシを見せ、元和、寛永と最初は活字本、次いで寛永に入っては活字本と同時に整版本の挿絵に丹緑彩色が施されたようである。要するに丹緑本の起原は元和末頃とするのが穏当であろう。しかし何としても寛永を頂点とする。今日遺存する丹緑本の大部分が寛永刊本と称して過言ではない。寛永以後のものはむしろ少ないと思えるほどである。事実、正保、慶安頃になると丹緑本は既に降り坂となり、およそ明暦、万治の頃で終りを告げることになるようである。

丹緑本は、明暦、万治頃にいたって、何故終止符を打つにいたったか。丹緑本の発生以来既に約四十年、手数のかかる割に利潤も少なく、それより一般の読者大衆が大人になり、筆彩による彩色を求めるよりも、墨刷の挿絵で十分満足し、むしろ、個性のある作家を要求するようになったからであろう。

丹緑本にして刊年の明らかなものは稀であるが、敢てこれを求めるとすれば、左記のようなものがある。幸若舞曲、御伽草子、仮名草子等に刊記のあるものは珍しく、古浄瑠璃や説経節の正本には刊記のあるのがむしろ普通である。

たかだち（横本古浄瑠璃、戦災で焼亡）　寛永二年
保元・平治物語（軍記物語）　寛永三年

寛永行幸記
（後水尾天皇が二条城に行幸された時の行列絵巻）　〃
不二の人穴（御伽草子）　寛永四年
義経記（軍記物語）　寛永八年
せっきょうかるかや（説経正本）　〃
不二の人穴（御伽草子）　寛永九年
薄雪物語（仮名草子）　〃
はなや（古浄瑠璃）　寛永十一年
いづみがじょう（〃）　寛永十二年
義経記（軍記物語）　〃
大織冠（幸若舞曲）　〃
常盤問答（幸若舞曲）　〃
敦盛（〃）　〃
烏帽子折（〃）　〃
三人法師（御伽草子）　〃
七人びくに（仮名草子）　〃

燈台記（古浄瑠璃） 寛永十二年
薄雪物語（仮名草子） 寛永十三年
あぐちの判官（古浄瑠璃） 寛永十四年
ともなが（〃） 〃
むらまつ（〃） 〃
八　島（〃） 寛永十六年
あだ物語（〃） 寛永十七年
甘楽太夫（〃） 寛永十八年
小袖そか（〃） 寛永十九年
こ大ぶ（〃） 〃
いけどり夜うち（〃） 寛永二十年
一谷逆落（〃） 〃
待賢門平氏合戦（〃） 〃
阿弥陀本地（〃） 寛永二十一年
あかし（〃） 正保二年
きよしけ（〃） 〃

小あつもり（〃）　正保二年
曾我物語（軍記物語）　正保三年
よりまさ（古浄瑠璃）　正保四年
はらだ（〃）　〃
石橋山七きおち（〃）　〃
あみだの本地（〃）　〃
しんとく丸（説経正本）　正保五年
ゆみつき（古浄瑠璃）　〃
天神本地（御伽草子）　慶安一年
富士の人穴（〃）　慶安三年
かばの御そうし（古浄瑠璃）　〃
とうだいき（〃）　〃
清水の御本地（〃）　慶安四年
むねわり（〃）　〃
ふきあげひてひら入（〃）　〃
愛宕地蔵之物語（御伽草子）　承応二年

文正草子（〃）　承応二年
伊勢物語（古物語）　〃
弘法大師の本地（御伽草子）　承応三年
日蓮記（古浄瑠璃）　〃
たなばた（御伽草子）　明暦一年
せっきょうさんしょう太夫（説経正本）　明暦二年
釈迦の本地（御伽草子）　〃
おひさがし（幸若舞曲）　明暦四年
猿源氏（御伽草子）　万治一年

＊註1　平安時代に扇面古写経なるものがある。木版によるデッサンの上に濃彩を施したものであるが、これは所謂、筆彩の部には入れがたいであろう。
＊註2　奈良絵、奈良絵本に就ては、松本隆信氏「御伽草子と奈良絵本」（五島美術館美術講座 1965—No23）に負うところが多い。奈良絵の内容は、御伽草子と呼ばれる室町時代の物語が大半を占めている。外に幸若舞曲やまた古くは鎌倉時代の物語、住吉物語や平安朝の伊勢、竹取、源氏などもあるが、御伽草子が断然多い（同上書）

＊註3　川瀬一馬氏「嵯峨本図考」一誠堂書店　昭和七年。

＊註4　江戸時代初期に、色刷印刷は一般には行われなかったが、例外として簡単に二色をかけたものが若干ある。寛永八年版、またはその後の「塵劫記」があり、寛永二十一年の「宣明暦」や正保二年の「和漢合運図」がある。これらは皆吉田光由の作で、彼は角倉の一族であるから嵯峨本に関係した家は、色刷印刷をも試みたのである。その外に「御馬印」がある。異形多面の多色刷りであるが、これは合羽刷を利用したかとの説もある。その不備なところには手彩色を加えてある。これも角倉一族の製作ではあるまいか。今は巻三と巻四があるのみである。

＊註5　「近世印刷文化史」（大阪出版社、昭和十三年）中、禿氏祐祥氏の論文「色刷本雑考」

＊註6　横山重氏「活字本、絵入本、色彩の本」（国語と国文学昭和二十九年四月）市古貞次・野間光辰編、御伽草子、角川書店（昭和三十八年）中、横山重氏「御伽草子」

慶長から寛永頃までは、南蛮風俗流行の時代で、将来品の中にインキュナビュラ（十五世紀揺藍本）か、その後のものなどなかったとは言えない。インキュナビュラや西洋古地図の中には丹緑本の色彩とそっくりのものがある。

＊註7　川瀬氏前掲書、元杉浦丘園氏蔵本、並に岩崎文庫蔵本。

追記　横山重先生の御教示を得たことを感謝します。

三　丹緑本の系譜

前章で述べた通り、丹緑本とは元和末年から、明暦、万治に至る、およそ四十年間に刊行されたものである。家康は、治世の当初から文治を旨として、学校を興し、学者を重んじ、集書に力をそそぎ、開版事業を王侯の業として大いに推進した。しかし、伏見版も駿河版もみな漢字漢文で、庶民のものとは言えなかった。しかし、元和偃武《えんぶ》以来、漸次庶民文化の台頭を見るにいたったが、その著しいものが、出版界にあったと言える。古活字版の開発、殊に嵯峨本の伊勢物語があらわれてから、仮名交り絵入りの国文学書の続出氾濫は、真に目を見張らせるものがある。これまで奈良絵本や写本の形で一部の人々に独占されていたものが、続々と印刷に付されて、庶民の目にさらされた。

それを端的に示すものが、書賈《しょこ》の繁栄である。書賈の最初は天正ごろといわれ、板元は小売を兼ねていたらしいが、寛永以降の書賈の増加と隆盛とは、実に目覚ましいものがあった。今仮りに、井上和雄氏の「慶長以来書賈集覧」*註1によって計算して見ると、京都だけで、慶長から寛永に至る二十八年間に、書賈の数は僅かに十五軒に過ぎなかったものが、寛永以後、寛文延宝に至る三十七年間に七十四軒の新しい書賈を増している。その中、御伽草子や仮名草子を取扱った書賈は、極めて稀であるが、大体、説経節や浄瑠璃の正本を除いて、草子類には刊記のないのがむしろ普通である。従って、井上氏の著書に漏れているものが多々ある筈であり、寛永以降に開店した書賈の数字はさらに多きを加える道理である。

今、丹緑本の出版地を考えて見ると、それは例外なく京都であった。大坂や江戸で印行された丹緑本というものはない。もし仮りに、江戸板や大坂板に手彩色を施したものがあるとしたら、必ず疑ってよい。本の持主が慰みに彩色したものか、後世為にするところがあって彩色したものに違いない。

また丹緑本はどういう人々に迎えられたのであろうか。幸若舞が信長以下の権門に迎えられ、アヤツリ芝居が禁裡に入る世の中であったから、公卿や武家の子女や、門跡の尼僧も、秘かに丹緑本を購ったであろう。しかしこの頃既に、町人階級の経済力は著しく伸長し、身分的に制限のない彼等こそ、上得意だったのではなかろうか。本の片隅に見られる楽書や署名がよくそれを物語っている。

今われわれの尊重する丹緑本も当時の出版界から見たら、片隅のものだったであろう。しかし、その丹緑本を整理すれば、自ずから系譜が出来る。現存する丹緑本の系譜を作れば、およそ左の六種に分類することが出来る。但し、これは文学上から見た分類であるが、また大体挿絵の分類にもなる。

（一）軍記物語の丹緑本
（二）幸若舞曲の丹緑本
（三）御伽草子の丹緑本
　付　横本御伽草子の丹緑本
（四）仮名草子の丹緑本
（五）説経節正本の丹緑本
（六）古浄瑠璃正本の丹緑本
　付　古活字本の丹緑本

右の順序に従って、先ず現存する丹緑本の系譜を作って見たい。

（一）軍記物語の丹緑本、その他

軍記物語は、一に戦記物語ともいい、保元平治物語、平家物語、太平記のような叙情詩的叙事詩的なもの、義経記、曾我物語などのような英雄物語的なものがあり、その中に若干丹緑本がある。殊に曾我物語の如き、丹緑本中の丹緑本と思える傑作がある。

保元・平治物語　六冊　寛永三年
義経記（古活字版）　八冊　寛永初年

義経記（整版本）　八冊　同十二年
曾我物語（古活字版）十二冊　寛永
曾我物語（整版本）　十二冊　正保三年
付
大坂阿部之合戦図一枚絵　慶長二十年五月　一枚の瓦版に彩色したもの故、丹緑本とは言えない。
寛永行幸記　整版巻子本三巻　寛永三年　寛永行幸記には活字版あり、活字本には手彩色はなく、活字本を覆刻《かぶせぼり》したものにのみ手彩色あり。但し、巻子本ゆえ丹緑本といえるか、どうか。

（二）幸若舞曲の丹緑本

幸若舞曲とは、室町時代の初期に、越前の産で、桃井直詮、幼名幸若丸なるものが創始したものと言われている。彼は天性音律の道に長じ、舞を舞いながら物語に曲節をつけて語った。それを読み本に仕立てたものを「舞の本」といい、三十六番というのが普通である。番外の版本や写本十余番を加えると五十余番ほどになる。大部分が、保元・平治・平家・義経記・曾我物語などから取材している。*註2 中に秀吉が大村由己に作らしめた「三木」「本能寺」がある。さてその幸若舞曲の丹緑本には、次のようなものがある。

大織冠　寛永十二年
烏帽子折　寛永十二年
常盤問答　寛永十二年
満仲　寛永
信田《しだ》　寛永
百合若大臣　寛永
夜討曾我（古活字版）　寛永
笈さがし　寛永
高館　寛永
敦盛　寛永
景清　寛永
八島　寛永
伏見常盤（古活字版）　寛永
文覚　寛永
鎌田　寛永

築島（古活字版）　寛永
新曲　寛永
和田酒盛　寛永
和泉が城　寛永
元服曾我　寛永
小袖曾我　寛永
堀河夜討　寛永
笛の巻　寛永
琉王が島　寛永
未来記　寛永
入鹿　寛永
清重　寛永
剱讃嘆　寛永
静　寛永
富樫　明暦四年

(三) 御伽草子の丹緑本

御伽草子とは、室町時代から江戸時代の初期にかけて作られた物語で、およそ三百篇はあるという。多く奈良絵本や写本の形で伝えられ、江戸時代に入って、その中のあるものは絵入の板本として流布された。殊に、享保の頃、大坂の柏原屋渋川氏から御伽文庫、もしくは御伽草子として刊行された横本二十三篇（後に詳記する）が広く行われ、これが御伽草子の代名詞のようになっている。しかし前記の如く御伽草子の数は夥しく、内容も雑多で、学者はそれを色々に分類している。御伽草子の中の丹緑本で現存するものは左記の通りである。

十二段草子（古活字版）	元和ころ
横笛滝口の草子（古活字版）	元和、寛永頃
竹生島の本地（古活字版）	元和、寛永頃
富士の人穴（古活字版）	元和、寛永頃
四十二の物あらそい（古活字版）	寛永初年
同	寛永四年
同	寛永五年
熊野の本地	寛永

三人法師（古活字版）　寛永
同　寛永十二年
岩屋の草子（古活字本）　寛永ごろ
（外に整版本あり）
花鳥風月（古活字版）　寛永十二年
文正草子（二種）　寛永
つきみつ（古活字版）　寛永
月日の本地　寛永
火桶の草子　寛永
貴船の本地　寛永
蛤の草子　寛永
祇王　寛永
ふくろう　寛永
しぐれ（時雨）　寛永
浦島　寛永
天狗の内裏　寛永

唐糸草子　寛永
小町草子　寛永
玉虫の草子　寛永
おたぎの本地（物ぐさ太郎）　寛永
狭衣の草子　寛永
強盗鬼神　寛永
若衆物語　寛永
不二の人穴　慶安三年
文正草子　承応二年
愛宕地蔵の物語　承応二年
弘法大師の本地　承応三年
たなばた　明暦二年

付　横本御伽草子の丹緑本

江戸時代の中期に「御伽文庫」もしくは「御伽草子」の名で呼ばれたものに、「文正草子」以下「しゅてん童子」に終る二十三篇の叢書がある。最後の「しゅてん童子」の刊記に「書林大坂心斎橋順慶町　渋川清右衛門」とあるが、遺憾ながら刊年を欠いている。一般に享保頃のものと言われているが、井上和雄氏の「慶長以来書賈集覧」によると、板元の渋川氏は柏原屋といい、延宝ごろから慶応ころまで続いた書肆である。「御伽文庫」または「御伽草子」は横本で、彩色は入れてない。右の渋川版とおなじ形式で早期に刊行されたものに、間似合紙を用い、紅、丹、青、薄桃色、緑、白緑、黄、茶、銀等で彩色したものが、若干遺っている。元は二十三篇揃っていたのであろう。これを寛文頃の刊行と説く人もあるが、恐らく、明暦・万治ころまでは遡るであろうと思われる。恐らく、初期の丹緑彩色した分は、京都で刊行され、享保の頃、渋川氏が、その板木を譲り受けて再版したものであろう。僅か二部ではあるが、古い間似合紙の丹緑本と色のない渋川板とを仔細に照合した結果、そう思われるのである。

なお日本民藝館に、横本の丹緑本文正草子の三冊本（横山重氏旧蔵）がある。これは元表紙元題簽の揃った美本である。また別に同じ文正草子の中巻一冊の零本がある。その奥付に「二条通古橋町山形屋七兵衛」という押印がある。これで早期のものが京都で刊行されたことが証明された訳である。横本丹緑本の御伽草子は、極めて稀れであるから、せめてその題名と所蔵者名を記しておく。

一、文正草子　　日本民藝館、竜門文庫、小汀文庫
二、小町草子　　早大図書館

三、御曹司島渡（下巻）　架蔵
四、ななくさ草子　岩崎文庫
五、ものぐさ太郎　京大図書館
六、さされいし　日本民藝館
七、いづみしきふ（ぶ）　架蔵

（四）仮名草子の丹緑本

単に「仮名草子」という言葉だけなら案外古く、室町時代からあり、寛文の書籍目録にも「和書並仮名類」の項があり、それらは単に仮名交りで書いた草子という程の意味で、広く啓蒙教訓書や、実用的な名所記や評判記類をも含めている。しかし、学術用語としての「仮名草子」は、室町時代の御伽草子の後を受けて、天和二年刊の西鶴の「好色一代男」を第一作とする浮世草子へと連なる物語、草子類の総称ということになっている。*註3 それで、仮名草子の丹緑本は余り多いとはいえない。

四生の歌合（古活字版）　寛永初年刊
薄雪物語（古活字版）　寛永ころ刊
外に寛永九年版と無刊記のものあり

七人びくに（古活字本）　寛永初年刊
外に寛永十二年の整版本あり
恨之介　寛永ころ刊

（五）説経節正本の丹緑本

説経節とは、元仏家の説経に始まり、その起源は鎌倉の末期から室町時代といわれ、浄瑠璃より早い。浄瑠璃と同様、慶長末には人形アヤツリと提携して、大いに流行し、寛永から万治・寛文頃がその全盛期であった。その詞章が即ち正本である。*註4

説経節正本の丹緑本は、極めて数が少なく、ようやく次の五本に丹緑二色の手彩色を加えてある。

をくり（古活字版）　寛永初年刊
かるかや　寛永八年刊
さんしょう太夫（与七郎）　寛永中期刊
しんとく丸（七太夫）　正保五年
さんしょう太夫（七太夫）　明暦二年刊

（六）古浄瑠璃正本の丹緑本

歴史の古い人形アヤツリと、室町時代に発生したという浄瑠璃と、天正の初め頃輸入された蛇皮線が改良されて三味線となり、この三者がミックスして浄瑠璃アヤツリ芝居となったのは慶長末年と言う。浄瑠璃アヤツリ芝居は文学的に漸次進展して行くが、近松門左衛門が、宇治嘉太夫や竹本義太夫のために新作を書き下す以前を、古浄瑠璃時代といい、その間の作品を古浄瑠璃という。正本というのは、そのテキストのことである。＊註5

上るり十二段（古活字版）	元和末
たかだち（横本）	寛永二年
大橋の中将	寛永初年
はなや	寛永十一年
燈台記	寛永十二年
ともなが	寛永十四年
あくちめ判官	寛永十四年
むらまつ	寛永十四年
こ大ぶ（甘楽太夫）	寛永十八年

いけとり夜討	寛永二十年
待賢門平氏合戦	寛永二十年
阿弥陀本地	寛永二十一年
石橋山七騎落	寛永ごろ
小袖そが	寛永末期
きよしげ	正保二年
あかし	正保二年
こあつもり	正保二年
すわのほんぢ兼家	正保三年
よりまさ	正保三年
はらだ	正保四年
石橋山七きおち	正保四年
あみたのほんち	正保四年
ゆみつき	正保五年
小篠	刊記なし
とうだいき	慶安三年

かばの御そうし　慶安三年
清水の御本地　慶安四年
むねわり　慶安四年
ふきあけひてひら入　慶安四年
たむら　慶安五年
にちれんき　承応三年

付　古活字版の丹緑本

慶長から寛永ころにかけて、活字版が整版を圧して、一時一世を風靡したことがある。この頃の活字版を後世のそれと区別して特に古活字版といい、この古活字版の中に丹緑本がある。本文の活字は、平仮名で早期のものは一字一字の活字を用いたが、後には、行書の筆写体をそのまま活字にし、二字、三字、稀に四字の連続活字を用い、大体二十字詰から二十二字詰、十行、十一行、十二行が、普通である。

また挿絵をも活字のように取扱い、たとえば寛永行幸記の古活字版には、図版の中の人物像を、次の場面に何度も重用している。但し、この古活字版には丹緑の彩色がなく、覆刻《かぶせぼり》したものにのみ、彩色がある。文禄五年の整版の「高野大師行状図画」にも、挿図の中の人物その他、同様な方法が採られている。また、曾我物語に見られるように、一枚の挿絵を四分して、これを他の挿絵の中に再び組み合せて利用した例もある。

また一見古活字版に見えて、実は整版のものがある。それは一旦活字版として刊行し、それを元に覆刻して印行したものである。注意を要する点である。

古活字版中の丹緑本には次のようなものがある。

義経記（軍記物語）　寛永
曾我物語（軍記物語）　寛永
敦盛（幸若舞曲）　寛永
満仲（幸若舞曲）　寛永
鎌田（幸若舞曲）　寛永
烏帽子折（幸若舞曲）　寛永
笈さがし（幸若舞曲）　寛永
富樫（幸若舞曲）　寛永
文覚（幸若舞曲）　寛永
築島（幸若舞曲）　寛永
伏見常盤（幸若舞曲）　寛永
夜討曾我（幸若舞曲）　寛永

上るり十二段草子（御伽草子）　元和ころ
横笛滝口の草子（御伽草子）　元和寛永ころ
三人法師（御伽草子）　寛永
富士の人穴（御伽草子）　寛永
花鳥風月（御伽草子）　寛永
岩屋の草子（御伽草子）　寛永
竹生島の本地（御伽草子）　寛永
四十二の物あらそい（御伽草子）　寛永
小町の草子（御伽草子）　寛永
唐糸の草子（御伽草子）　寛永
つきみつの草子（御伽草子）　寛永
四生の歌合（仮名草子）　寛永
薄雪物語（仮名草子）　寛永
七人びくに（仮名草子）　寛永
おぐり（説経節）　寛永
上るり十二段（古浄瑠璃）　元和末

＊註1　井上和雄「慶長以来書賈集覧」彙文堂書店　大正五年
井上氏が多年にわたり「間がな隙がな古本の奥書と首っ引して」蒐集された慶長以来の書（板元）千百四十軒を五十音順に排列したものである。最近大阪の高尾書店から増補版が出た。
＊註2　吉沢義則「室町文学史」東京堂　昭和十八年
＊註3　「仮名草子」（日本古典文学大系）岩波書店　昭和四十五年、暉峻康隆「仮名草子」（岩波講座日本文学史）昭和三十三年
＊註4　「日本文学大辞典」新潮社　昭和二十八年
＊註5　角田一郎「古浄瑠璃」（岩波講座日本文学史）昭和三十三年

追記　仲田勝之助氏の「絵本の研究」に丹緑本の一覧表あり、私の系譜にないものがあるが、疑問があって採れない。

四　丹緑本の挿絵

この前、丹緑本の系譜について書いた。しかし、それは文学上の内容種類によって分類したもので、肝心の挿絵について何等触れるところがなかった。丹緑本の特色は、筆彩色をした挿絵にあり、その尊重される所以もまた、その挿絵にありと言わなければならない。

私は丹緑本を版画として鑑賞しているのである。日本の版画といえば、ひとはすぐ浮世絵や錦絵のことをいい、古くは仏教版画、近世に入って、版本の挿絵に美しいもののあることを忘れているもののようである。むろん浮世絵や錦絵に美しいものが沢山あることは言うまでもない。(但しその初期の作品がさらに力強く、その美を説く人の少ないのは遺憾である）さらに遡って仏教版画や古版本の挿絵が本筋のものと思えるのに、それに触れる人の少ないのは淋しい。時代が遡ると、絵を版にしたというより、版によって初めて成りたった絵であり、版でなければあり得ない絵というべきでなかろうか。版画は美術というより工芸に属する（と言って工芸が美術の下位にあるという意味ではさらにない）版画は常に制作の工程に於てある掣肘《せいちゅう》があって普通の絵画のようには自由がきかない。版木という媒介によって効果は間接になって現われる。それが版技術の進歩によって版画は原画の複製化に近づく。版画の特色を離れるのである。浮世絵や錦絵は美しい。しかし江戸初期の挿絵本に見る版画の原祖的の美しさを失っていないだろうか。画家・刻師の自由が失われているのである。

さて、丹緑本には縦本あり、横本あり、また大きさも、大・中・小さまざまである。挿絵の数も本によって区々である。*註1 その挿絵も一頁大のものが普通であるが、中には本文の中にややこしくはめ込んだものがあり（例えば横本古浄瑠璃「高館」の如き）、また上に本文があって下に挿絵を入れたもの（仮名草子「四生の歌合」の如き）がある。さらに珍しいのは挿絵を活字のごとく幾つかに割って、幾ケ所にも使ったものがある。絵巻物でも見るように数頁にわたって挿絵のつづくもの（例えば御伽草子の「熊野の本地」の如き十六頁にもわたるものがある）があり、オモテ・ウラ両面に挿絵をしてこれを別丁として入れたものがある。（例えば軍記物語「義経記」「曾我物語」の如き、さらに珍しいのは挿絵の中に（「右上」もしくは「左下」本文の何字かがはみ出しているのがある。）

それでは、丹緑本の挿絵の作者は何者であったか、それは全く分らない。分るような知名の作者ではなかった。末流も末流、町絵師とか画工職人といわれた人々に違いない。寛文も後期になって、西に吉田半兵衛、東に菱川師宣（彼の肉筆より、その版画の方が如何に美しいか、それに賛成しない人の方が多かろう）が名乗りを上げるまで、絵入本の作者は全く不明である。

寛文に近づくに従って、明暦頃から特色のある作者があらわれて来るが、また不明というより、当時、有名と無名にかかわらず、挿絵に名をかざす習慣がなかったのである。染工が着物の模様を描き、陶工が器物に絵付をするのと同じ心だったのであろう。また、慶長から寛永頃、あの素晴らしい作品を遺した風俗画家、あるいは初期肉筆浮世絵の作家達が殆ど署名をしていない。個人主義の今日から見ると不思議な時代といえる。(慕わしい時代といえないだろうか)

余談ではあるが、当時の画壇をのぞいて見ると、漢画系の狩野派では、巨匠といわれた永楽、山楽の如き、既にこの世の人ではなかったが、相変らず狩野派は全盛をきわめ、外に同じく漢画系の長谷川・雲谷の人々があった。土佐派は、室町時代を下ると共に衰退の一途をたどり、絵所預の職も解かれて、京都を落ちて泉州堺に逃避し、時めく狩野派に追随して僅かに余喘《よぜん》を残していたが、その末流は恐らく奈良絵の草子類に筆を染めて糊口の資をかせいでいたのであろう。

ところで近世絵入本の魁をなした嵯峨本、伊勢物語の挿絵は純然たる大和絵であった。作者は色々にいう人があるが、それは分らない。その跋の中で中院通勝は「聊か雅童の眼目を悦ばしめんがためのみ」と言っている。恐らく奈良絵の粉本によったのであろうが、特に名だたる作者という訳ではなかったであろう。一工房の一工人だったかも知れない。それにしても、おだやかで静かで一種の気品がある。私は寛文頃の町絵師の手になり、刻師の縦横に腕を振ったと思われる丹緑本の破片を持っている。嵯峨本のように気品はないが、美しさに於て果して劣るか一考を要する。

何としても嵯峨本の伊勢物語には気品がある。その挿絵として大和絵を選んだのはさすがに光悦の見識である。その上料紙や装幀に意匠をこらし、五色の紙色を使うにいたっては心にくい試みである。その後に出た絵入本、例えば「伏見常盤」「花鳥風月」「じょうるり御前十二段そうし」等、この流れを追ったのである。その後も暫く絵入本と大和絵系統の絵との間には密接の関係を生じ、就中《なかんずく》、幸若舞曲、御伽草子（御伽草子の挿絵には変化が多い）仮名草子の中の多くのものがそうである。

大和絵系統といっても、いたって自由で、狩野も入り「大和絵くずれの三文画家」といった風情のもの楽々と入りまじっている。しかし自由奔放、端倪《たんげい》すべからざるものでありながら、一種丹緑本様式の絵になると、それがそのまま美しくなるから不思議である。絵を仔細に見れば、絵師の絵として通らないようなものもないではない。調度も異様な人物、個性などはなくただ引目釣鼻の人物が狩衣《かりぎぬ》をつけ十二単衣の女房となって、靨雲をあしらった吹抜屋台の中に納まると、そのまま美しい絵として通る。それには時代が大いに関係する。これが丹緑時代を外れると、技は巧みになっても美は醜となる。時代は恐しい。彼等は何をどう描いても美しくなったのである。それに刻師の功を忘れてはならない。原画に拘泥せず、深く強くぐいぐいと刻っていったのである。（稀に遺る版木を見よ）この世界にくると上手も下手もなくなるのである。作者が署名するような時になると、むしろ巧みすぎて醜となる場合が起りかねないのである。

丹緑本を見ると、大和絵に層雲（すやり雲）をあしらった挿絵が多い。但し雲にも色々ある。極《ごく》簡単に線二、三本で間に合わせたものがあり、如何にも渦を巻く雲らしく描いた雲もあり、また雲の中に平行線を引き、（西洋の銅版画の影響という説もある。）また朝鮮の絵入本「三綱行実」に暗示を得たのか、中間に層雲をおいて二つの場面を一枚の挿絵の中に納めたものもある。

丹緑本の中には、なお横本御伽草子のそれのように間似合紙を用い比較的細い線で丁寧に描いたものがあり、古浄瑠璃や説経節の正本のそれのように稚拙そのもののような作品もある。何れにしても直接心に訴えてくるものを持っている。それは何故なのであろうか。画家に邪心（功名心）がなく「無有好醜の願」*註2 に支えられているためであろうか。

丹緑本の美しさは、その単純な色とその手彩色にある。丹と緑、奈良の枕言葉「青丹吉」とは、これを言ったのであろうか。挿絵の原作者は恐らく最初丁寧にいわゆる「えどり」したのであろう。多くといっても知れたものであるが、筆はなれて走るが如きものになって、丹緑風の塗り方になっていく。あるいは色を分けて家内で分業的にぬったこともあろう。それが不思議に美しいのである。丹と緑が基本になっているが、なおそれに紫（小豆色）や黄が加わる。さらに横本御伽草子の如きは十種にも及びかつ丁寧にぬってあり、これは別種の美しさを呈している。

その丹緑本の彩色について次のように言った人がある。

彩色というべく余りにも絵画的ならぬ彩りの手法である。その色のぬり方は、墨刷りの原画の図柄などには少しも拘らず、いい加減になすり付けてあるに過ぎないから、知らぬ人が見ると、まるで子供のいたずらであろうとしか思われない位である。[*註3]

そう見る人もあろう。ところでそれがまたなく美しいのである。天下に名高い棟方志功の版画を最初から美しいと見た人が果して何人あったろうか。丹緑本の彩色の美しさは、その繰り返しと速さにある。その速さと美が矛盾しないのは工芸世界の定則である。種彦が「丹緑青を筆に任せて彩色ともなく点じて最も古雅なり」と見たのは正しい。線をはみ出た丹、緑、黄、紫の色彩を眺めて、つくづくその不思議な美しさを感じる。折々彩色の丁寧に過ぎて興ざめなのがある。例えば御伽草子の「強盗鬼神」の如き色数も多く使い、而《しこう》して美しさに欠けるのはどうしたことか。

丹緑本にはその彩色の方法に色々あるようである。ボカシの方法を使ったのもあれば、筆の腹で点のごとく打ちのめしたのもあれば、静かに筆を動したのもあれば、一気呵成に筆を走らせたのもある。所謂丹緑本といえば、この一気呵成型が多い。どれがよいとは現物に当らなければ分らない。さらに丹緑本で注意すべきは、同じ題目の書物でも、その殆どが、彩色に於てみな違うということである。

なお、絵の具の研究家の説によれば、当時（江戸時代）の顔料は、今日われわれが巷の絵の具屋へ走れば、その折々すぐ間に合うというものではなく、その折々に材料を調え、その都度絵の具を作ってかからなければならなかった。そういう不自由があったのである。しかも絵の具といっても当時、最も安価なものだったろう。それがそのまま今日美しい。不思議でありがたいことである。

＊註一　丹緑本にも色々あるが、その大きさは大体左の四種類に分類される。

A　大本、美濃版、保元・平治物語・義経記、曾我物語、一般の仮名草子など、大体縦二八センチ、横一八・五センチ位

B　半紙本、幸若舞曲など、縦二四センチ横一七センチ位

C　横形本、古浄瑠璃、御伽草子のあるもの、縦一五・六センチ、横二三センチ位

D　小本、古浄瑠璃、説経節の正本など、大体縦一九・五センチ、横一四センチ位

丹緑本の挿絵の数は、正保頃の「熊野の本地」など上、中、下総数七十七丁（一五四頁）の中挿絵六十

四頁分もつづくところがある。御伽草子、仮名草子などは毎冊五、六面から七、八面くらいに及ぶものがある。小本の古浄瑠璃や説経節の正本など毎冊三、四面くらいの挿絵がある。

＊註二　柳宗悦「無有好醜の願」（私家版）昭和三十二年

＊註三　河原万吉「古書叢話」昭和十一年　啓文社

五　失われた丹緑本

丹緑本ではないが、世に貴重本とされている嵯峨本伊勢物語のごとき、今日遺存するものが案外多い。それは恐らく、思いの外、版を重ねたことと、天下の光悦、または素庵の名に於て、最初から大切にされたからであろう。

その点丹緑本は、事情が全く違う。最初から婦女子の玩弄物として軽視され、粗末に取扱われたのであろうから、亡失したものが、如何に多いことか。今日僅かに遺存しているものの中にも、墨黒々と悪戯をされ、無惨な姿をしているものが少なくない。

丹緑本の中で、比較的多く遺っていると思われる舞の本といえども、その数は知れたものである。前章で述べた横本御伽草子の如き、恐らく明暦、万治の頃には、全篇二十三冊が全部丹緑本として存在していたのであろう。然るに今日では、諸文庫に見られるものは僅かに七種類に過ぎない。将来、幾ばくか発見されるにしても、その数は知れたものであろう。舞の本にしても三十六番の中、何種類かは未だに発見されていない。その他、御伽草子、仮名草子、どれだけ印行されて、どれだけ亡失したか、思い半ばに過ぎるものがあろう。説経節や古浄瑠璃の正本の如き、今日、それぞれの文庫に収蔵されているが、その殆どが天下の孤本である。丹緑本はことほど左様に稀少なのである。

ところで、亡失した筈の丹緑本の中で、その断片が偶然日の目を見た例がある。いずれも、寛永の本の表紙裏から発見されたものである。一は恩師幸田成友先生から筆者に譲られたものであり、他は辱知川瀬一馬博士からの贈物である。

その一、幸田先生より譲られたもの。明治四十年代、先生が大阪市史の編纂中、偶々《たまたま》史料採集のため、名古屋へ出張され、某古書肆の主人が、寛永の本の表紙裏から出たといって先生に一覧を請うたという。先生はそのまま買いとられ、終戦後に、筆者に譲られた。その中に丹緑本の断片が数葉あった。

A　寛永行幸記の断片　三葉

一、縦一三・五センチ、横一六・五センチで、「御きやりかうのしだひ」と言葉書の一葉。他は絵入りで、縦一二・六センチ、横二一・五センチのものと、縦一二・六センチ、横三八センチのものとの二葉である。これは世間によくある寛永行幸記とは全く異り、整版で、世にある大判のもの、挿絵が比較的繊細な線で描かれているのに比べて、これは太く素朴な線で、迫力を有し動きがある。かつ、丹、緑、黄の、彩色が奔放で、丹緑本の醍醐味を遺憾なく発揮している。珍本中の珍本ということが出来る。これは天地の狭い巻物であったか、あるいは横長の一枚刷りであったか、不明である。

B　夜討曾我の紋尽し　二葉

一は、縦一二・五センチ、横三七センチ。他もまた、縦一二・五センチ、横三七センチ。上段に例の紋所が並べてあり、下段にその説明がある。絵も文字も素朴であり、丹、緑の筆彩が無造作に施され、その味わい甚だ宜しい。これも横物の一枚絵らしい。他に何の断片か不明のものが二枚ある。

その二、川瀬博士よりの贈物。

祇園祭礼行列絵巻　断片十六葉

川瀬氏の識語（昭和三十八年）によれば、寛永十二年判義経記八冊の厚い表紙裏から出て来たものという。多分祇園絵巻とか京洛祭礼絵巻とかいうものの断片で、これまで未発見のものである。雲母引の料紙を用い、十六葉の中丹緑の彩色あるものが九葉ある。その内四葉は、たぶん表紙の墨色におかされたらしく、黒地に丹緑のアトが見えるが判然せず、五葉は元の姿を存している。当時の庶民の祭礼風景で逆鉾屋台をひく若衆、牛車や山車をひく民衆の姿が鮮やかである。

川瀬氏の説には、寛永行幸記などと同時同類の絵巻刊本ならんとある。

（完）

（「民藝」二二〇〜二二四　昭和四十六年）

色刷本事始

古今東西、版画は先ず墨刷りに始まり、次に筆彩色に移り、最後に色刷りへと進むのが定石である。（但し、銅版画は線が主となる関係上、色を重ねベタの色刷りは無理であるから、必要な場合、木版をもって補っているようである）慶長におこった墨刷りの絵入本が、元和・寛永に入って手彩色を加えた丹緑本となり、それが普通にいって色刷り本となるのは百年後の元禄を過ぎて正徳、享保に入ってからのことである。*註1

然るにそれより遠い昔、寛永から明暦初年にかけて、幾つかの色刷本が刊行されたのは異例とせねばならぬ。中国にあっては、既に明代に於て万暦年中に五彩の色刷本が行われて、その中のあるものは早く日本へ輸入されていたらしい。それに刺激を受けたものか、日本にも早く色刷本が現われたのである。

その著名なものが、吉田光由と署名のある「塵劫記」と「新編塵劫記」である。塵劫記は和算の本で、寛永四年から幕末・明治に至るまで種々改編改竄したものまで数えれば三百種にも及ぶという。*註2 その初期のもの（吉田光由著作）の中に色刷りを施したものが三種または四種ある。林鶴一博士の「和算研究集録」*註3 下によると、博士は、寛永四年（一六二七年）玄光とある上中二巻を蔵しておられ、この序文に朱刷の振仮名を付し、花形の挿図にも朱色で印刷してあったという。また山崎与右衛門博士の「塵劫記の研究」図録編によれば、寛永十一年八月版と寛永十三年六月版の「新編塵劫記」に色刷りを試みた部分があるということである。*註4 所で、寛永十三年版について見るに、墨刷りの地に太い線や、丸や、二重丸、算盤の珠、漢字等を特に朱刷りにして出している。また寛永十八年版にも色刷りの部分があり、序文の光由の上に大きく「角倉」という押印を据えてある。これらの色刷本は非常な苦心の結果なし得たものであろう。

しかるに、わたくしの架蔵に、零本の下巻ではあるが「塵劫記」の別版がある。その刊記に光由みずから「寛永八年六月日」「吉田七兵衛光由」（花押、並　印記）と記している。その扉に花木（桜なりと）の図があり、また第一丁オモテに、池のまわりに大勢の子供が立っているいわゆる「継子立《ままこだて》」の図があり、どれも二色三色の色刷りになっている。扉の花木の図は花弁は丹色、葉は緑?色にしてある。また「継子立」の図は、今は色褪せているが、子供の着物を丹色と黄色で使いわけている。丹色は焼けてかなり銀化している。この二色の色刷りはキチンと整っており、ずれたところもなく、素朴ながら天晴《あっぱれ》な技法と称してよい。

それでは、塵劫記の著者の吉田光由とはいかなる人物であろうか。彼は慶長十三年以降いわゆる嵯峨本を刊行した中心人物なる角倉素庵の縁者に当り、本姓は共に吉田であり、共に嵯峨の角倉地区に住んでいた。系図をたどれば下記の通りである。[*註5]

なお林鶴一博士の「和算研究集録」（下巻一五九頁）によって光由の略伝を示す。

角倉徳春—宗臨
宗忠—宗桂—光好—（了意 了以）—玄之（素庵）—玄記
　　　　　与左衛門—栄可
　　　　　六郎左衛門—宗運—周庵—光由（久庵）

吉田光由

七兵衛と称す。父を周庵といひ、慶長三年（一五九八）山城葛野郡嵯峨角倉《すみつくら》に生る。京洛に入り毛利重能に従ふもその意を充たさず。祖父の従弟の子なる同姓素庵につきて算法統宗の義を聴き、九章に通じ塵劫記を著はす。後ち熊本城主細川越中守忠利に仕へしが、寛永十八年（一六四一）忠利の死後旧里に帰り、剃髪して久庵と号す。晩年明を失ひ、身を角倉

（吉田姓か）玄通に寄す。寛文十二年（一六九二）死す。行年七十五、悠久庵顕機円哲居士と諡す。

寛永四年（一六二七）始めて塵劫記を著はす。同八年（一六三一）同書に偽版あることを警告す。同十一年（一六三四）新編塵劫記を著はす。同十八年（一六四一）慶安四年（一六五一）寛文九年（一六六九）等相次ぐ。又正保二年（一六四五）和漢合運を、慶安元年（一六四八）古暦便覧を著はす。（原文は片仮名）

右によって、彼が早くから角倉素庵の家に出入し、その所蔵の書物を閲覧したことは想像できる。角倉素庵は著名な貿易家で量地術家なる吉田光好（角倉了以、または了意に作る）の後嗣で、彼もまた安南貿易に従い、学を尊び、芸術を解し、蔵書家としても知られていた。*註6 塵劫記の著者吉田光由と、素庵の父吉田（角倉光好）とは、名前の発音が同じために、往々にして事蹟の混同する場合がある。（辞書などに）従って了意光好についても、同じく林博士の記事を補註として加えておこう。*註7

素庵は光悦に私淑し、その富力を以て嵯峨の私邸内に工房を設け、いわゆる、美本の典型ともいうべき嵯峨本を刊行したことは人のよく知るところである。光由はここに出入して、書物刊行の工程を目の辺り見、また蔵書家たる素庵によって、中国の色刷本を見る機会に恵まれたであろう。最初は線や丸や漢字のみによる色刷りを工夫し、進んで花木（桜という）や「継子立」の色刷りに及んだのであろう。

百年の後、享保頃になって色刷の狂歌本の「父の恩」が刊行され、明和に至って板木師金六なるものが摺師と語りあって「見当」なるものを発明し、また上村某もまたその発明者とされ、見当のことを一名「上村」といわれる云々の話は有名である。これが錦絵の発端をなすものといわれているが、[*註8]「見当」なる言葉の有る無しに拘らず、光由もまた同じ工夫をこらしたであろう。[*註9]我が国に於ける色刷本の先駆者として、塵劫記の著者、吉田光由の名は夢忘れてはならない。

なお、彼は正保二年に「指掌和漢合運図」を刊行した。和漢合運は元と、下野の僧円智の撰で、中国と本邦との事歴の対照表であるが、印度の事歴をも交えてある。光由はこれを参考にして新しく合運図を編集した。[*註10]上巻首に「大日本帝系略之図」二頁分があり、神武天皇から百十一代今上（後光明）までの皇統図があるが、その内、『神功、推古、斎明、持統、元明、孝謙、称徳』と、女帝と系統を示す線を朱刷にしている。また斎明、孝謙、称徳の三女帝は薄鼠色にして出してある。

次に、寛永頃と思われる刊本の巻物に「御馬印」なるものがある。元は六巻揃っていたのであろう。今宮内庁の書陵部にその第一巻があり横山重氏の許に第四巻が所蔵されている。（なお昭和三十五年十一月東京古典会創立五十周年記念善本図録に同じく御馬印が掲載されているが、第何巻か不明である）書陵部の目録に久庵とあるが、実物について見るに、そのどこにも久庵の文字はない。久庵はいうまでもなく吉田光由の号である。「御馬印」は複雑多形のいわゆるお馬印が無数に組合されて、墨刷りの上に金色（恐らく真鍮箔であろう）青・黄・赤・肉色・呉粉等多彩の色刷りである。時に合羽摺（ステンシル）を利用したところもあり、肉筆でぼかしたところもある。しかるに明暦頃刊行の六冊本に同じ名の「御馬印」があり、その第六冊目の跋に次のように記されている。

右一図先此或人鏤梓而行干世巳、尚矣久庵老翁嘗慨其未備、捜討家集以大成

右によってこれを見れば、六冊本の先に刊行された色刷りの巻物「御馬印」は久庵、即ち吉田光由の作品と称してよいのではなかろうか。

次に、同じく寛永中に出た宣明暦に鮮やかな色刷本がある。宣明暦は長慶宣明暦を全名とし、唐の穆宗皇帝の長慶二年（八二二年）に徐昂なるものの作るところという。我が国では清和天皇貞観元年（八五九年）渤海の大使馬孝慎これを貢し、同三年辛巳（八六一年）六月十六日これを頒ち、翌年からこれを用いしめ、その後、霊元天皇貞享元年甲子（一六八四年）に至るま

で、長きこと八百二十二年間に及ぶという。[*註11] 無論上代のものは写本で伝えられた。
然るに寛永二十一年（一六四四年）七冊本として開板され、その一部に色刷がある。架蔵のものは五冊の不完全本であるが、その第一冊に二丁四頁分、第五冊に一丁二頁分に丹と藍二色の色版がかかっている。これは塵劫記のそれに比べて技術はさらに進んでいる。色刷りの部分は

第一冊　両儀西曜図
　　　　望後生魄之図
　　　　望前生明之図
　　　　太極己判図
第五冊　今制蓮漏図
　　　　（外に素朴な天文図）

右の原図は中国のものに依ったもののようであるが、この色刷本の作者は誰であるか、弘文荘目録第三十三号にはその撰者を判然吉田光由としている。既に記したように、光由には「古暦便覧」の著があり、それが宣明暦によって撰述されたものといい、宣明暦もまた光由の力で刊行されたものであるかも知れない。[*註12]
最後に、寛永より十数年遅れるが、明暦三年（一六五七年）刊「格致算書」（上巻）なる和

算書の零本がある。著者は江戸の人で柴村藤左衛門盛之である。柴村は、同明暦三年に「地方細論集」を著したというが、「格致算書」の上巻の一部に色版が施してある。この本が上方で印刷されたか江戸で刊行されたか、不明であるが恐らく上方であろう。

こうして見ると、日本に於ける色刷本の先駆者は、嵯峨本を刊行した角倉（または吉田）氏の一族であり、主として暦算に関する書物であったということになる。そして色刷りに関しては江戸に比べて上方の方が百年も早かったということになる訳である。

＊註1　寛永以後の色刷本で最も早いものは享保十四年（一七三九年）の狂歌本「父の恩」だという。（田中喜作「浮世絵概説」昭和四年岩波書店）丹緑本が跡を断って、浮世絵がこれに代り、墨刷の上に丹、緑、黄、を奔放に塗ったいわゆる、丹絵、紅絵があらわれるのは貞享元禄（一六八四―一七〇三年）の頃である。（菱川の一統、鳥居派、奥村派、懐月堂など）次いで寛延（一七四八―九年）の末頃から宝暦（一七五一―一七六三年）にかけて紅摺絵があらわれてくる（鳥居派、奥村派、西村重長、石川豊信）次いで明和の頃、中国版画の影響を受けて板木師金六というものが板摺師某と語らって「見当」なるものを工夫して、四五遍の彩色摺を作ったこと（馬琴の燕石雑誌）春信が大いにこれを利用し、蜀山人がその美しきこと錦のようだと錦絵というようになったという。

＊註2　林鶴一博士「和算研究集録」、東京開成録、昭和十八年二九七頁

＊註3　山崎与右衛門「古刊本の塵劫記」帝京経済学研究第五巻第二号、昭和四十七年三月

＊註4　山崎与右衛門「塵劫記の研究」、図録篇、北森出版株式会社、昭和四十一年

＊註5　林鶴一博士、前掲書

＊註6　川島元次郎「徳川時代の海外貿易家」（右の中、角蔵氏父子の条）朝日新聞社、大正五年

＊註7　吉田光好、与七と称し、了以または了意と号す。角倉了以を以て知らる。父を宗桂という。吉田光由の外祖父なり。天文十三年（一五五四年）山城葛野郡嵯峨角倉に生る。豊臣秀吉及び徳川家康より朱印を受けて南洋貿易に従事す。慶長十一年（一六〇六年）洛西大堰川の舟行を便ならしむ。同十二年（一六〇七年）徳川家康の命によりて、駿河富士川の舟路を開く。上流鰍沢より下流岩淵に達する間には大に勉めたり。また遠江天竜川をも通ず。慶長十六年（一六一一年）洛東加茂川および高瀬川を通ず。慶長十九年（一六一四年）近江瀬多川を開き、舟路を宇治に通ぜんとす。事成らずして同年死す。行年六十一、此時方に富士川を修浚す。光好病めるを以てその子玄之これに代る。後世水利をいうもの光好を祖述せざるものなし。

寛永七年（一六三〇年）碑を嵐山に建つ。林羅山その文を作る。寛政九年（一七九七年）甲駿の人、碑を鰍沢に建つ。光好が水利を企つる多くは私財を抛つ。彼は徳川家康に受くる恩顧に報いたるなり。明治四十四年（一九一一年）正五位を贈らる。（彼の事業の後をついだ玄之が即ち素庵である）林鶴一博士、前掲書

＊註8　藤懸静也「浮世絵の研究　中」昭和十八年　雄山閣

＊註9　小野忠重氏によると、中国には「見当」に依らず独特の色刷り法があるらしい。

＊註10　林鶴一博士、前掲書、並びに横山重氏示教。
＊註11　林鶴一博士、前掲書
＊註12　山崎与右衛門「古刊本の塵劫記」（帝京経済研究第五巻第二号）昭和四十七年三月

「塵劫記」並びに「宣明暦」については、早くから田中喜作氏や禿氏祐祥氏の紹介があり、この小篇はそれにホンの半歩を進めたものである。

この小篇を執筆するに当り横山重氏から受けた恩恵は大きい。記して感謝の意を表する。

（「民藝」二四一　昭和四十八年）

韓国瞥見

一

美術の国として私の尊敬しておかぬ韓国は、私には朝鮮といった方が親しみがあってよいのだけれど、あちら様がそう呼ばれるのを好まぬとすれば致し方もない。

ツテがあって三泊四日（十一月四―七日）のいそがしい韓国旅行をして来た。ツテというのは長岡の某織物問屋から県内小売屋三十五、六軒に招待があった。ウチの店も長い間の取引だそうで、その上最近親戚になった、問屋のご主人が「おマハンもどうですか」と勧めてくださった。招かれる客はいずれも呉服屋の大旦那で、私も参加するとすれば、要するにもぐりである。幸いなことに、もう一人親戚の民俗学者八十二翁が、やはりもぐりとして参加されるという。八十二翁といっても、眼鏡をかけないで新聞が読め、韓国の税関ではパスポートの年齢と見合わせて間違ではないかと、咎めだてを食ったほど若い人である。それに念仏こそ唱えないが妙好人《みょうこう》みたいなお人柄、このお方が参加されるとなれば私もいきおい行かして貰うことにした。

韓国は美術の国として若い頃からあこがれていた。私の周りには韓国好きな人で、いっぱい。たとえば柳宗悦先生を始めとして故内山省三、田中豊太郎、赤星五郎、料治熊太の諸氏。考えてみれば韓国は、わが国の文化にとって母なる国、飛鳥の文化も韓国なくしては考えられない。下ってはセトモノだって韓国は日本の先生である。また美術といわず、工芸品、木工品、石工品、金工品、民画にいたるまで我々の心をゆり動かさないものはない。その韓国に対して日本人は何を報いたか。あらゆる狼籍をほしいままにしたのである。第二次の世界大戦の結果、韓国が日本を離れた時、内心それを祝して、私が柳先生にしみじみ「愈々《いよいよ》親子水いらずになりましたネ」といった時、先生は何もおっしゃらなかったが、そのお顔に同感の色がありありと見えた。

韓国行きといっても三泊四日では、いかにも忙しい。ソウルの一部と新羅の古都慶州のホンの一部をかい間見たに過ぎない。葦の髄から天井のぞくというがそれ以上である。

その上、主客が呉服屋の大旦那若旦那と来ているから、古い千年前の石仏の顔よりナイトクラブや、キーサン・ハウスの生仏の方が大切なので、その方に力を入れてプログラムが組んである。覚悟は出来ていたが、私は何でも割に直観が速く働く方であるから、それでも見るものは見たつもりである。

行きは羽田からボーイング機で二時間でソウルに着く。観光バスで街をぐるぐるめぐって後、ウォーカーヒルとかの歓楽場へ。翌日は汽車でソウルから大田《たいでん》を経て大邱へ、大邱からバスで慶州へ。三日目また元来た道をソウルへ帰り、夜はキーサン・ハウス、それで韓国見物スゴロクは上がりとなった。

そこで見たものは、まず慶州の仏国寺、ここは韓国人が日本のお伊勢参りのように一生に一度は参詣を希望するところの由。慶州というところは周囲に山を周らした盆地で、そこへのどかなだらかな古墳群が何百となくある。いわば桃源郷のような里である。千年前の仏国寺は、征韓の役の時わが軍に焼き払われた。その後に再興されたのも焼け、現在のものは近世のものであろう。思いがけなかったのは観光客のために近年続々復興が行われ、それが皆目もまばゆいうんげん極彩色なのである。日光のように、丁度紅葉の季節で辺りの風景と調和して美しかったが、私はそれより素朴な三重の石塔の美しさに見とれた。案内人はそれより古いという多宝塔のご利益《りやく》を述べたが、私は芸もない直線的な釈迦塔の方にずっと心を引かれた。それに本殿、大雄殿前の灯籠、私は早速写真師に頼んでこの二点を特に写真を撮ってもらった。灯籠の宝珠はあるいは別なもので補ったのかも知れないが、そのために決して美しさを乱していない。

家へ帰ってから慶州の本を引っくりかえして見ると私の目に狂いはなかったようだ。しかし、せっかく慶州へ来て見るべきものは無限で、殊に石窟庵を見ないで帰る、無念この上もない。

この夕飯後約一時間ばかり、この四日の旅行中初めて自由の時間がとれた。うす暗い街の骨董屋をひやかし、民画三点を得たのはよい土産になった。

ソウルから大邱までの汽車中、人は一杯のんだり雑誌を読んだりしていたが、私は子供のように終始窓にへばりついて外を見つづけていた。韓国の山は元来みな石で出来ているらしい。従って木は大きく育たないのであろう。殆ど松の木で時にポプラの木が葉を黄色にそめてひょろ高くそびえている。なだらかな丘や丸みを帯びた小山の中の平らなところには稲を作っている。牛の姿を見るだけで耕耘機のようなものは絶無である。日本のワラ葺屋根とちがって屋根全体がオールバックにしたようなワラ葺で大きな茸のように見える。そういう家の間に富本さんの箸置にあるような軒の反った家が快い。田舎へ入ると昔ながらの韓国の民族衣裳（私はどうも民族衣裳という言葉を好まぬ。近頃の民族衣裳というと南洋の土人の衣裳でも琉球の紅型でも大抵まがいものばかりだからである）をつけた人の姿が見える。ソウルから大邱まで随分長い間、殆ど工場の煙突を見ない。これがもし文化的に遅れているというのであれば、貧しくともそれこそむしろ名誉である。それにしても、韓国の飛行場について以来、待合室といわず往来といわず、トイレの中といわず、どこにも煙草の吸殻一つ、キャラメルの箱、紙、ビニールの袋一つ落ちていない。美事である。

二

今度韓国へ行くまで、韓国の国花が木槿《むくげ》（柏崎地方では訛って、もくげなどという）だとは知らなかった。夏の花で、子供の時分学校へ通う道々専福寺や郡役所の裏の辺りに、埃にまみれて咲いていたが、当時、木槿の花は嫌いであった。ところが今は違う。私の好きな花の一つである。田舎のおかみさんといったような地味な、それでどこか趣がある。朝咲いても夕方にはしぼんでしまう。タッタ一日の花である。何でも所変れば品変る、卑近な例でいってみれば、雀や燕のような鳥でも西洋の辞引でひいてみると、日本のそれとはどこか違う。韓国の木槿なるものを一目見たかったが、時期既におそく、どこでも、その木の姿さえ見ることが出来なかった。

仏国寺を見物をしての帰りに植木職人らしい人が四人で、かなりの大木を担いで運んでいた。何という木ですと尋ねると桜の木だと答え、さらに「染井吉野」とつけ加えた。これは日本の国花である。韓国の木槿は僅か一日でしぼんでしまうし、日本の桜はパッと咲いてパッと散る。国花とはそういうものかと思った。つい近頃知ったことだが、昔、韓国は別名を青丘といったり槿域などといったこともあるという。韓国と木槿とは昔から縁があったのであろう。

さて三日目、慶州から再びソウルへ戻った。やはり私は厭きもせずに汽車の窓から外ばかり見ていた。そうして韓国の運命みたいなものを考えていた。こんな桃源郷そのもののようなところが、中国、日本にいためつけられつつ、美術に栄えて来たのである。未だに、工業が開けないばかりに、美しいものがいっぱいある。ホテルの廊下においてある植木鉢一つ見ても（何でもない粗末な）よい形をしている。漬物の甕だっていい、公園の屑入れだってなかなかよろしい。汽車の窓から眺めていると、どんな小さな村、町にも必ず尖塔のあるキリスト教の教会が見える。少し大きな町になると、忽ち五つ六つ七つの教会がある。何か心の支えになっているのであろう。そんな風に考えた。しかしそれだけ苦しいのであろうとも思った。

午過ぎにソウルに着き、バスでソウルの町をぐるぐるめぐり、大急ぎで景福宮と、去年完成したばかりという国立博物館を見学した。昔ソウルには四方に堂々たる城門があった。それが今は段々失われつつある。嘗て韓国が日本の統治時代に、失われんとする光化門のために、柳宗悦先生は死力をつくしてその阻止に当られた。一時官憲の目がこれを非とし尾行までつくようになったが、とにかく一時取りこわしは延期になった。一つの城門さえ力強く地からはえたもののように迫ってくるが、景福宮を見て（これにも文禄慶長の役の恥ずかしい歴史がある）王国なるものの権力の大きさというものをつくづく感じる。何時の世にも強い権力はこの王宮さえ踏みつぶさんとするのである。（日本ばかりではない、中国はさらにたけだけしかった。）

この宮殿もまたうんげん塗りの極彩色であった。そこへ行くと日本人は、たとえ宮殿にしても白木の美しさを知っている。これも偉い見識である。時計を見つつ犬に追われる羊のように急いで、がっちりした極彩色の建物の側をただ小走りに進むのである。とにかく大陸の建物の、建てたというより、根がはえて建っているといった感じを強く受けた。それに底力というようなものを感じた。

次いで博物館を見た。去年完成したという近代的の建物である。建物より陳列されている品物そのものが素晴らしい。ところが、ここでも時間的に追いたてられて、その素晴らしさをかみしめて見ることが出来ない。やはり考古学室から始まる。大正期に慶州で金冠塚が発見されてから世界的の話題となり、次いで金冠は方々で出土したようであるが、ヒスイの曲玉が幾つぶらさがっていても、私はあまり心を引かれない。ルリ色をしたガラス玉や瓦や甎などに目を近よせてよく見たい。しかしせかされてそれが出来ないのである。陶器の室へ入ると素晴らしいものが並んでいる。ざっと見廻しての話である。一体、近頃は世界中の人の陶器を見る見方が日本人のそれに近よって来ている。昔、西洋人のこしらえた東洋陶器の図録などはおよそ見られたものではなかった。内面の美に関係なく表面の珍奇に捕われて、およそ我々の目から見たら美に遠いものが多かった。

韓国へ行く少し前上京した折も折、丸善に美術書の展覧会があったので覗いて見ると、殊に陶器の本は殆ど日本人の見方の影響を受けている。初期の茶人達の器物を見る目の伝統は争われない。長い間何でも西洋人から教わって来た日本人も、この方では堂々とお返しが出来るというものである。

李朝の辰砂で嘗て日本で見たのと同じような蓮華の模様で素晴らしいものを見た。李朝白磁でも染付でも日本人の見方で選んであると見た。仏像、絵画室など、私はまだ上野の動物園でパンダというけだものを見たことはないが、何秒としか見ていられないという。そういう速さで博物館の中をかけ歩いた。

ただ一つ、木造の韓国式の建物の中に、近頃はやりの民具を並べた一室がある。農耕の道具とか日用品、その中には美しいものもあり、つまらないものもあったが、出口に近いケースに多分百姓の使ったドブロクを呑むための丼一個（美術工芸品の部屋ではない）、これには、まいった。形といい大きさといい、膚といい私には最高の美しさに見えた。

後髪を引かれる思いで、博物館を後にしたが、私は再び韓国の独立を祝福した。ここに並べてある美しい品物は全部、一つ残らず韓国人の作品である。大きな誇りをもって世界の人に見せていい。ルーブル博物館や大英博物館（私は行ったことはないが）、そこに並んでいる夥しいギリシャ、ローマ、エジプト、それに東洋の美術品は、何を誇ろうとするのであるか、殊にその獲得の手段を吟味すれば、それを誇るどころか汚辱に充ちた宝物である。人には聞かせられない、言わば恥部である。

四日目（十一月七日）四百六十人乗りとかのジャンボ機で羽田へ帰って来た。僅かに一時間半であった。四日間とも完全な好天気に恵まれた。その四日間に私は大の愛国者となって帰って来たのであるが、その話はまた何時か折のあった時、することにしよう。

（「越後タイムス」十一月二十五日、十二月九日　昭和四十八年）

明治の石版画と私

　昨年の六月末、郷里越後へ引込む直前、書肆春陽堂が創業百年記念と銘うって、私の編著『明治の石版画』を出版し、同時に銀座の松屋でその原画と複製による小展覧会を開いてくれた。私が東京の舞台を退くのとタイミングがよいとひやかす友人がいた。そうかも知れん。

　私には私の好みがある。浮世絵の全盛期の錚々たる大家、春信、清長、写楽、歌麿、北斎、広重の作品みな結構と申すにやぶさかでないが、私自身としては、もっと古く素朴な丹絵、紅絵、漆絵などの方に余計心を引かれる。浮世絵ではないが、江戸時代初期の絵入本の挿絵、丹緑本、西洋では一世紀前のインキュナビュラの挿絵など皆私にとって好ましい絵である。理屈ではない、私の生れついた性情なのである。

　それに比べて、極く新しい明治の石版画、そんなものにも興味を持ち、いささか集めたりもした。丹絵、漆絵となれば、一枚出ても大変なことになるが、明治の石版画は誰も軽蔑して相手にしなかったので、私の乏しい小遣銭でも十分収集できたのである。

一体、明治の石版画などといっても、大抵の人が実物を見ておらず、従って誰も知らない。そもそもそんなものに手を出した因縁から語りたい。今から四十幾年前、和時計の収集家として著名だった遠州浜松在の故高林兵衛氏（同氏蔵の和時計は現在上野の科学博物館に委託されている）が、手土産にといって、明治二十一、二年頃の石版画美人を二枚恵まれた。私も少年時代を明治末期に過したものであるから、新年の新聞付録や、少年雑誌の付録に石版画のあることを知っていた。しかし一向面白くも何ともないものであった。ところが高林氏に贈られた美人画は誰の作か分らず、いささか安っぽいところがあるが、私の胸にピンと来るものがあった。当時、絵草紙屋も書林も相手にしないものであるからこれを探し求めるのは容易でなかった。あれば値段があって無いようなものであった。明治は四十五年間つづく。石版画でたまに出会うのは大抵明治二十年頃から二十五年頃までのもので二十年以前のものは至って少ない。

そこで石版画なるものを簡単に検べて見ることにする。多くの人が版の様式などには案外関心がない、木版が一番古く、版画の字や画になる部分がとび出しているから凸版、次に古いのは西洋で十五世紀頃から行われ、日本でもキリシタン時代に銅版に鋭利な刀で刻《ほ》り込んで刻《きざ》みを入れ、そこへインキを刷りこみ紙をあて、押圧する、つまり版面がへこんでいるから凹版（司馬江漢時代の銅版画は刀《ビュラン》で刻るのでなくて薬品の腐蝕作用を利用したもの）、次に石版がくる。発明されたのは十八世紀の末も末で、凸版、凹版のように物理的操作による版でなく、石版は水と油のはじき合う化学作用を応用した版画である。版面はノッペラボーの平面、それで平版という。今のグラビヤ、オフセットみなこの応用である。何故こんな余計なことをいうかと言えば、私はよく書店の目録で石版絵入の本を注文した。ところが実物を手にとって見ると石版の筈のが銅版画だったりする。（一流の本屋のものまで）その苦《にが》い経験を屢々味わったからである。

新吉原銘妓喜代［『明治の石版画』（春陽堂、昭和 47 年）より］

石版術が発明されたのは先に言った通り十八世紀も末の末一七九八年ということであるが、ヨーロッパ、アメリカへは忽ち拡がり、十九世紀は石版の世紀の観があるが、日本へは鎖国の影響であろう。発明後七十年もたって漸く機械が持ちこまれるという有様であった。日本で実際機械が動きだしたのは明治初年と申してよいであろう、実物で現存する最古の作品は明治二年頃といわれる下岡蓮杖作の徳川家康像ということになっている。そして実用に供されるようになったのは明治十年以後と見てよろしい。

石版術の伝来については、日本創始と称するものが幾つもある。我々の学生時代、上野の黒門町に「いもりの黒焼」（ほれ薬）と看板をかけた店が二軒あり、一軒が元祖で一軒が本家であったが、石版画の伝来にもそれに似た五、六件の事実がある。因に幕末に長崎の出島に来て九年間も滞在し、江戸にも来たことのあるオランダ人フィッセル（ファン・オーベルメール）は、日本の文字は活版に適さないから、石版を採用すべしといったが、何ぞ知らん、我が国では文禄、慶長時代に既に活字版があり、寛永時代はその最盛期であった。

明治の石版画として、私が興味を持つのは大体明治十年頃から二十五年頃のものである。手工芸的作品で、工程が今日の創作版画と共通するものがある。明治二十五年を過ぎると、需要が増し、これまでの手工業的生産では間に合わなくなり輪転機を使う大量製作へと移行し、作品は俄然複製版画となりさがるのである。

明治の石版画は、一枚絵、本の挿絵等に使われ、初期のものには極く大判（新聞紙大）のものまた小判のものがあったが、明治十二、三年頃から額絵と称して画面二五―三五センチ位の大きさのものに落ちつき、これが土産絵として広く盛んに地方へ散っていった。貴顕、風景、美人、歴史風俗、小児等を画題とし、また二十三年頃からは、色刷小判（画面一五―二一センチ）のものが、バラもしくは帖造りにして盛んに売りだされた。明治十年頃には既に色刷りが可能になった筈であるが、額絵に限って僅かな例外をのぞいてみな筆彩色である。作者自身の彩色と思われるものもあるが、多くは画学生もしくは名もなき人の賃仕事であった。墨刷りの上に自由に大胆に彩色を施すのである。従って同じ構図の作品でも、色彩によって画品の上下は甚だしい。作者は誰かといえば、明治上半期の著名な洋画家が多くこれに手を染め、当時この石版の額絵を油絵と称したこともあった。しかしいわゆる額絵の大部分には画作兼発行人某とあるが、多くは企業者の名で、作者は別にあったのである。恐らく当時洋画では生活が成りたたぬ時代で、画家のアルバイトであったと思われる。また明治三十年代まで続く錦絵を蹴ちらす勢いであったから、俄かに錦絵画家が石版画家に転向したり、珍しいのは彫刻家や新派俳優で石版画家に鞍替えした人もあった。作者は誰であるにしろ、美しいものはとり、つまらないものは捨ててよい。作者に拘泥せず、自分の目で選べるところに明治の石版画の醍醐味があるといえるかも知れない。

時に恐れながら一事ここで記しておきたいことがある。去る日松屋で小展覧会が開かれた時、高橋誠一郎先生は、ご老体、かつ超ご多忙の中を私のために推薦文を書いて下さった。左にその一節を引用させていただく。

わたしは今、明治十四年松木平吉版、後年砂目の名手とうたわれた亀井至一筆「日光名所」木版画二十枚揃いと、明治二十五年版、同一画伯筆「東海道懐古帖」五十三枚揃いを座右において眺めていると、明治石版画「額絵」は江戸名物の東錦絵に取って代って明治時代の人気を集める運命を有しておるように思われてならない。

ところで弘法も筆の誤り、高橋先生にも、時に誤りをおかされることがある。もっとものようでもあるが、また絵を熟視すれば当然わかる筈ともいえる。先生は亀井至一の赤っぽい小判の「日光名所」を挙げ、同時に石版「東海道懐古帖」の作者をも同至一作とされている。当時亀井至一氏は洋画壇で相当の名声を博していたらしく明治二十三年の勧業博覧会に出品した「弾琴美人」(煙草王村井吉兵衛夫人をモデルにしたものという)は評判で、またこれより先、彼は玄々堂で石版部の主任として多くの美人画を描き砂目の亀井として名声嘖々《さくさく》たるものがあった。余談で恐縮であるが、有名好きな私の父の日記(明治三十年十一月二十九日)に商用で上京し、上野の商品陳列所で亀井至一の油絵(不忍池の景)を七円五十銭で買った記事がある。しかし亀井は当時有名であったが、腕前はさほどのものでなく、私は通俗作家に過ぎなかったと思っている。

ところで高橋先生が同一人作と思われた「東海道懐古帖」の作者は別にある。作者は至一の弟で竹二郎といい、明治十二年（当時二十三歳？）に夭折した、この人の作品なのである。高

浅草凌雲閣之図［『明治の石版画』（春陽堂、昭和 47 年より）］

橋先生ご所持のものは恐らくバラで（帙にでも入っているのか）、これは明治二十四年十一月から翌二十五年二月にかけて遂次刊行されたのである。出来次第一枚ずつ売られたのであろうが、完結後、葛布の表紙をつけ帖造りにして売出された。そのどこにも発行年月は書いてないが、個々の作品の下にそれが記してある。明治十二年に逝去した竹二郎の作品が二十五年に石版画となって発行されるとは不思議である。しかし葛布表紙の帖には印刷した題簽「懐古東海道五十三駅真景」とあり、その前書と思われるところに左の断り書がある。

右ハ所蔵ノ油画ヲ原図トシテ石版着色摺ヲ以テ極テ精巧ニ調製シ発売スルモノナレバ懐古ノ諸君御購求アランコトヲ

此真景ハ明治ノ初年有名ナル故亀井竹二郎先生ガ実地遊歴幾多之辛苦ト精励ニヨリ写生セシモノナレバ一見昔時ノ景況ヲ窺フニ足レリ転タ懐古ノ情ニ堪ヘザルモノニシテ古今ノ名画タルコトハ内外美術家ノ高評ニ仍テ明ナリ（以下略）

出版所　東京京橋区加賀町三番地　大山印刷所

大山印刷所は竹二郎の兄至一と共に玄々堂に印刷専門者として働いていた大山周造であろう。右によれば竹二郎の油絵作品を後に石版画にすりかえたのである。従って油絵を石版に写した人が外にいる筈である。作品の隅にＲＴとあるものがある。（小野忠重氏は徳永柳洲と断じておられる）しかしこの明治の石版画東海道を通覧すると、天保の広重のそれにも匹敵する優れた作品だと私は見ているのである。(但し明治二十五年は石版画の大量生産に向う転換期であるから版味に少し不足がある)原画の油絵とこの石版と技術的に見てどんな関係にあるのか分らないが、神奈川駅、藤沢駅、三島駅、島田駅、赤坂駅等々傑作と称して恥ずかしくない。その構図に於て描写に於て兄至一の遠く及ぶところでない。この石版画から見て夭折した弟竹二郎は優れた作家であったと思われる。

これは油絵を石版に写した例であるが、私は予て清親の作品にも一種の不思議さを感じている。世に清親の肉筆と称するもの(水彩画、日本画)は少なくない。私はそれを見てそれほどの名手とも思わないのである。然るに明治九年以後数年にわたる清親の新鮮な版画を見ると明治の錦絵の第一級の名品たる資格は十分にある。明治の情調がいかんなく発揮され不思議な美しさがただよっている。その肉筆と版画との関係はどうしたことかと不思議でならない。版画の下絵が見たくなる。

私と雖《いえど》も明治の石版画の総てを良しとするものではない。俗悪のものが少なくない。むしろ多いと言えようか。これを殊に鹿鳴館時代をはさんで、明治の風俗画として重じると説く人もある。むろんそれもある。しかし吟味すれば芸術的価値の十分あるものにもこと欠かないのである。ただ作者不明の作品を直かに見てくれる人が少ない。それ故にこそ私はいささか収集する気にもなり、またそれが出来たのである。

ただ明治の石版画はブームになる資格はない。それは絶対数がきわめて少ないからである。その発行当時は無限といってもよいほど多く広く安値に発行され散っていった。一見粗野であり作者は無名であり粗悪な洋紙のために軽蔑され粗末に扱われて今は殆ど地上から消えてしまったのである。それに浮世絵錦絵の二百数十年に対して、これは僅かに、よいところ十数年のものである。従って市場に出ることは極めて少ない。佳品にいたってはさらに少ない。錦絵の方は金力によって世に出てくる余地はあろう。しかし石版画の方は見込薄である。

西洋には石版作家として名をなしている者がいくらもある。ドーミエ、ゴヤ、ラツール、ロートレーク等々、然るに明治時代、わが国では実力ある石版作家はついにあらわれなかった。先に挙げた亀井至一を始めとして泊々伯捨四郎、石井重賢、小柴錦侍、清水三寿、二神純孝、村井羆之輔、岡村政子等々（順序不同）専門の石版画家と呼ばれる人がおり、明治十八年には「石版技手人名鏡」などというものが発行されている。しかし特に石版作家として取り上げるべき人はついに出なかった。しかし無銘作品の中に、間々推賞すべきものがある。私はその無名作家のよき作品を見落してはならないと思っている。

明治の末から大正、昭和を通じ、石版作家として押通した人がただ一人ある。それは昨年秋リッカーミシン画廊で個展を開いた故織田一磨氏である。彼は精力的に仕事をし、また東京風景、大阪風景のごとき不朽の名作をのこした。近頃、洋画家、日本画家の著名作家がリトグラフとか称する一種の道楽仕事とは趣を異にし、彼は石版画に全力投球をした。一筋に石版画の道を歩き、その効果を追ってやまなかった唯一の人である。織田氏はまた一面筆の人でもあった。浮世絵を研究し、その方の著書もいくつかある。その中に明治の石版画を論じたものが幾篇かある。氏は亀井らの石版画家の描いた美人画を俗悪なものとし軽蔑しているようである。しかし彼が挙げている写真挿絵を見ても分る通り、佳品にめぐり合っていないためである。私は織田氏の作品は推賞するが明治の石版画に対する氏の意見には賛成しがたい。

蛇足、去年の秋、西武デパートの古書展に珍しい石版画が一枚でた。私は田舎にいて是非入手したく思い、東京で懇意な書店主に依頼した。幸いに私の手に帰したが、外に三人の希望者があったという。金六万円也、今や明治の石版画を希望する人も出て来たかと感慨無量である。

（「三田評論」七三三　昭和四十九年一月）

引出

私は引出《ひきだし》が好きである。在京の時分、私の部屋をのぞいた友人から、「君は引出が好きだね」と真正面からいわれたこともある。引出といえば、先ず簞笥である。簞笥といっても色々あるが、第一衣類を入れるただの簞笥、引出のついた机、小引出、とにかく引出した箱の中に何でも入れることが出来る。便利である。簞笥もひとりものに似合わず幾棹も持っていたが、それに態々《わざわざ》家具屋に命じて造らせた幅四尺の高さも約四尺、小引出の沢山ついた簞笥、それに刀簞笥、薬簞笥、何に使ったものか、多分掛物でも入れたものか奥行の深い扉のついた小簞笥、これでは引出が好きだネといわれても文句はいえない。一体簞笥というものは何時頃からあるものであろう。西洋では図録で見たのだが、十六世紀というのがあった。もっと古くからあったのかも知れない。日本では何時頃からあったのか。絵巻物でも丹念に捜せば見つかるかも知れないが、実物で見たのではせいぜい江戸期のものである。絵で見たものからいうと、江戸以前は箱を幾つか積重ねたもので、引出になっているのを見たことがない。能面を入れた簞笥など能面は室町のものであっても、簞笥の方は江戸時代以後のもののように思った。源氏物語とか何とか絵入の古写本を入れた立派な塗簞笥、これも本は古くても簞笥の方は江戸期のもののように見えた。中国の簞笥というものの実物を見たことはないが、朝鮮の簞笥、引出のついた机などは大正期から以後、沢山輸入されているが、李朝の中期以後のものであろう。

昔の簞笥も近頃流行で、頑丈な金具のついた欅の仙台簞笥、（私が初めて見たのは今から三十年ばかり前、四国の土佐高知であった。その持主は学校の先生で、元仙台にいたことがあり、仙台から持ちかえったのだと聞いた。）それから鎧を着たような船簞笥、とにかく古いよい簞笥には魅力がある。

私はあんまり自慢の出来るようなよい簞笥は一つも持合せていないが、とにかく普通の人よりは少し沢山持っている。何れも古道具屋から買入れたもので、その中に引出の沢山ついた薬簞笥がある。昔お医者のつかった極く小さな塗簞笥で、引出といってもせいぜい一つの引出が巻烟草三個くらいの大きさだが、私の薬簞笥は薬屋が店で使っていたものらしく相当大きい。古道具屋で買った当時、色んな薬の名を書いた紙袋がいっぱい入っていた。

さてこの色んな簞笥の引出に色んなものを入れている。物を分類してその引出に紙を貼り入れてある品物の名を書いておけばよいのにそれを怠っている。怠っているともいえるが、大体わかるような気がしてついそのままになっていたのである。東京にいた時は、何でも思うものをすぐ出せたが、去年田舎へ引込んで、急いで何でも詰めこんだ。サァ何がどこへ入っているかわからない。片っぱしから引出を明けて探すことになる。思うものがなかなか出て来ない。その代り、思いかけない所から思いかけもないものが出て来て、喜ぶこともある。爪切りだの鋲だの安全剃刀の刃だの、そうかと思うと某篆刻家が作ってくれた印の一かたまりだの昔の豆本のような（私は近頃流行る豆本なるものを好きでない）ものが出て来たりする。大して必要なものが入っているのでないから、これでよいようなものの、必要なものの場合は困ってしまう。

さてこの引出を人間の頭にたとえて見る。いわゆる頭のよい人というのは、頭の中に沢山引出があって、それが整然と整理されていて、ひとたび指令を出すと立ちどころに、どこかの引出があいて、そこから何でも出てくる。その代りどこどこの引出には何にも入れておかなかったことをもよく心得ている。百科辞典のように何でも入っていると思いこんでいる人がある。世の中にはよくそういう人がいる。自分の引出に品物がないことを気づかぬようでは、よい頭とは言われない。

引出は沢山もっている。何が何だかわからないが、何か入っている。さて入要のものがどこに入っているかわからない。引出を片端から全部あけて「あったあった」と喜ぶのが私のような頭のわるい人間である。余計な時間がかかるのである。つまり頭の回転が遅いのである。

議論というものがある。議論に強いというのは、引出に整然とものを入れておく人が勝つ、誰もそう思うであろう。実はそれは正論だが、引出に何か入っていようが、いち早くとり出して見せる、つまり頭の回転の早い方が勝つのである。後から考えて、初めて品物をとりだし証拠にしたって議論は既にすんで後の祭である。近世の天才画家岸田劉生は画道にもすぐれていたが、頭の回転の早い人であった。普段いっていたそうだ。議論なら必ずオレが勝って見せると。たしか福沢先生の自伝の中にもそんなことが出ていたと覚えている。どっちの方へまわっても必ず自分が勝って見せる、どっちにするかお前さんの好きな方をとりなさい。本来なら真理が勝つ筈である。引出に物を入れてまごまごしている、つまり頭の回転の遅い方が、その場の議論では負けてしまう。

ところで世の中には、箪笥は一つもなく、葛籠《つづら》や行李《こうり》さえなく、最初からカラッポという人もたまにある。これでは物を引出しようにも最初からないのである。誰もそう思うだろう。ところがそうではない。空っぽから何でも出てくるのである。つまり手品である。手品の上手な人は案外多いものである。

引出談議はこれでおしまい。

追記　家具研究家の小泉和子という人の書いた「箪笥十話」（毎日新聞六月十八日号）によると、日本では、天和二年（一六八二年）の西鶴の「好色一代男」の挿絵に初めて箪笥が出て来るということである。

（「越後タイムス」昭和四十九年九月二十九日）

端本の山

教養あるタイムスの読者にこんな事をいうのは失礼かも知れないけれど、老爺心と思って聞いていただきたい。

三冊なり五冊揃った本に一冊でも欠けた本があれば、こういう本には欠本があるといい、また総じて欠本ということもある。その三冊とか五冊とかから離れた、一種の親元を離れた孤児みたいな本、こういう一冊なり二冊離れた本を端本《はほん》とか零本《れいほん》とかいう。

誰も五冊揃いに一冊欠けた本などを人は嫌う。ところが私は長い間（もう五十年も）その端本や零本を集めて来て、それが大分たまった。端本の山と書いたが、同じ山でも富士山のような山もあれば、柏崎の剣野山のような丘のような山もある。家中の塵も掃き集めれば小さな山が出来る。私の端本はどの程度か、せいぜい塵の山くらいなものである。しかしカードにとって見れば相当なものだ。

私が何故わざわざ好んで端本を集めたか、在京の時分、長年古書展覧会に通ったが、無論まともの本を目ざして行くのである。しかし絵入りの本の好きな私は、展覧会に行くたびに端本ではあるが捨てがたい、よい挿絵の本が目につく。多く和本の話である。ここに和本とは明治以前の和紙和綴の本を指す。明治も二十年頃までは、学校の教科書など大抵和本であって、ペラペラとめくって見ると、明治二十年に合田清が初めて日本に持ちこんだ木口木版の挿絵が入っていたりする。捨てておくのが勿体なくてつい買って帰る。

大体、絵入りの和本といっても私は江戸時代も初期、寛文以前を標準にしていた。師宣以前の個人的の画家でない町絵師の時代、個人作家以前のものである。日本の刊本で挿絵の入るのは慶長以後と見てよい。(それ以前は仏教の教典の扉くらいなものである。)

個人作家以前の画家の絵は、透視法などを無視し、自由で奔放でしかも楽しい。どんな本があるかといえば、室町小説、お伽草子だとか舞の本だとか、それに古典の源氏物語、伊勢物語、それに軍記物語というものが大部分である。さらに目をひろげて見ると仏教、それも御門徒の本に、例えば往生要集とか山分とか観音経和談抄とか、仏説十王経とか、殊に仏説十王経の挿絵などこたえられない。

その外、茶道に関したもの御飾書《おかざりしょ》とか玩貨名物記とか、花道それも当時立花の本が色々でている。今の草月流の元祖みたいな大仕掛の、孔雀が羽をひろげたような大掛りなものだったらしいが、その絵本がなかなか面白い。口では説明できないが、その挿絵の絵としての取扱いよう、本の大きさも大きなのがあって、それに手彩色してあっては、たまらない。それに番匠、つまり大工の寺社の建築調度を取扱った本が色々ある。複雑でいて、おおどかで、近頃の設計図のようにこせこせしていない。万事ノンビリしていて、面白く、見あきがしない。

少し時代が下ると浮世草紙、西鶴本などとなるが、私はそれ以前のものに興味がある。戦後アメリカから来た浮世絵の研究家にリチャード・レイン君という人がある。彼氏日本文を自由に読み日本文学に通じ、世界を股にかけて日本の絵入本を漁り歩いているが、彼も「端本党」で、根気よく西鶴の「好色一代男」を端本で集めきったのは偉い。彼は私の集めた端本の中から沢山ぬいて、西洋のインキュナビラ（十五世紀揺籃本、日本の丹緑本）何枚かと交換した。日本の丹緑本に比べて一世紀早いが、美しさの性質は全く同じ、東西軌を一にしている。

それから赤本とか黒本とか、黄表紙とかいうものがある。私はやはり、そんなものの端本をも手に入れた（但し赤本は一冊もない）。黒本や黄表紙の挿絵もまた捨てがたい。その一枚を切りぬいて額に入れて眺めて見たまえ。近頃のいわゆる名画にまさる。数月前「古書通信」に「グレンジャライズ」論を一席ぶった所以である。

なお私は幕末になって多く上方で出た合羽刷りの本が目につくと買い、それがたまって四五十冊にもなったろうか。合羽刷りとは西洋でいうステンシルで、いわば型染のようなもので、多分渋紙の型で色を刷りこんだのだろう。時に品《ひん》のあるのもあるが、大体「ゲテ味」のものである。武者絵が多く風俗絵、お伽話などが画題の主となっている。婦女子によほど弄ばれたものと見えて満足の本はメッタにない。大抵表紙がとれ、絵にはいたずら描きがしてあり、あるいは頁はちぎれ、また妙に虫のついた本が多い。二冊なり三冊なり揃った本というものは珍しい。世に出る本が大抵端本なのである。それでいて妙に楽しい本である。今座右に本を積んで、よくぞこんな「こぎたない本」を買っておいたと思う。いずれ合羽刷りの本がかえりみられる時が来るであろう。あんまり誰も何ともいわなければ、その中私が何とか口火を切って見てもよい。

先に明治の教科書にふれたが、これがまた面白い。最初は本文はもちろん、挿絵も翻訳、洋服を着た子供の遊びを和服の日本の子供にそのまま直したのがある。本を作る人は知識は幼稚であっても態度は極めて真面目である。無論木版の挿絵が多いが、銅版あり石版あり木口木版あり、一体態度が真面目で真剣なのは何にしろよいものである。

端本を集めていたなどとはこれまで誰にも明かしたことがない。別にかくしていた訳ではないが、吹聴する気にならなかった。老人になった。こんなものを眺めて楽しめる、ありがたい話である。

追記、古版本の挿絵については数年前の雑誌「民藝」に少し書いた。

（「越後タイムス」昭和四十九年十一月十日）

無尽蔵

陶工浜田庄司氏は、去年の十月二十七日から十二月一日まで宇都宮の県立美術館で「目と手」と題する大展覧会を開かれた。「目」は浜田さんの目を通して集められた所蔵品、「手」はつまり氏の作品である。その陳列には鈴木繁男氏が当られ、私もいって見たが稀に見る立派な大展覧会であった。実は浜田氏は、同じく栃木県の益子に目下浜田参考館を建設中で同時に開館の筈であった。ところが不幸にしてその頃浜田氏は発病されたのである。

ここに紹介する「無尽蔵」は浜田氏の随筆集である。私は古くから浜田氏の作品には感心していたが、浜田氏の何でもなく語られる話にとても心を引かれ、それを筆にされた随筆集の出版を熱望していた。もう二年半くらい前になろうか。浜田氏は某書店から随筆集を出す約束をされ、その編集の一切をこの私に任されたのである。私が某出版社と話をすすめて行く中に私は不安を感じだした。某出版社というのはこれまで、某大実業家の説教雑誌みたいなものを出し、この雑誌は広く読まれているらしいが、これから、単行本の出版を始めるについて、浜田氏に話があったらしく、浜田氏は深く考えず、うかうかその話に応じられたのである。

それでも私は、私の先生の本、私の本、合せて二十数冊ばかりの編集から造本にいたるまで終始し完成した経験をもっている。単行本に経験のないかけ出しの雑誌屋がそうそう易々と立派な本が出せる訳がない。印刷所から製本屋から箱屋にいたるまで精選し、ふだんスムーズな取引が行われていなければならない。浜田さんの最初の本に万一のことがあってはならない。私は非常な不安を感じた。そういうことに経験のない浜田さんが約束してしまわれたのだから私はやきやきして来た。それで私はこの契約（幸いに契約書などは取りかわしてなかった）をとりつぶすことを考えた。出版社の係りの人とも既に何度も会っている。それにその係りの人は慶應出身ときている。しかし、とにかく私は契約をとりつぶすことに成功したが、私がべんべんとその仕事を続ける訳には行かない。私はこころよく手を引いた。

その本が、十二月初、朝日新聞社の出版部から「無尽蔵」となって発行された。ところが浜田氏は宇都宮の展覧会の開かれ、この本が出版された頃、病気をされ入院されたのである。

私は一時も早く本が見たかったけれど、どうせ寄贈を受ける筈だと思い、それに東京であれば本屋の店で姿だけでもおがむことが出来るのだが、その中に浜田さんのご子息琉司氏から便りがあって、父は本に署名して贈りたいといっているが、入院中で暫く待って欲しいとあった。その間、私が待ちくたびれたことはお察し願いたい。

本は年も押しつまって十二月の二十九日だかに着いた。一月も遅れたが署名はなかった。残念だがいたし方ない。

題して「無尽蔵」という。朝日新聞社の出版だから、先ず無難である。A5判三四一頁、挿入写真八頁、白っぽい麻布表紙、特にこったところのないのがよい。Ⅰ「目と手」Ⅱ「窯と旅」Ⅲ「人と作品」Ⅳ「五十年の思い出」（対談バーナード・リーチ・浜田庄司）。

本書の大体は雑誌「工藝」や「民藝」や「陶説」などに載ったものである。

標題の「無尽蔵」は棟方志功から贈られた掛物から来ているので、浜田氏は、これを「ことごとく蔵するなし」と読みたいといっておられる。何でも「無尽蔵」では気が引けたのであろう。

浜田氏は誰も知る偉大な陶工である。氏は確か今年八十歳になられる筈である。私がいつも感心するのは、浜田氏の精進で、今日に至るまで、常に前進を続けている。いわゆる老大家なるものは、老年になると大抵進歩は止るどころかむしろ退歩し、人間国宝とか「文化勲章」とかの名だけで生き、とり巻きはその作品の値をつり上げることに腐心する。浜田氏は一切秘伝もなくご自分で試みていられることは、悉く公開していられる。よき伝統はとり入れ、世界の工芸品でよしとするものは坐右に置き、とるべきものは遠慮なく摂取される。

氏の窮極の願いは自分が作ったものでなく、自然が作ったもの、つまり作られたもののようなものを作りたい。従って氏の作品には一切署名がない。土は自然の恵みであり、ロクロも自分の手でひくとはいえ、ロクロが作品を作ってくれ、釉《うわぐすり》もまた木の灰自然のものであり、熱は三、四十年どころが丁度よい赤松、これも自然から恵まれたものである。それを自分の名前で一人占めにしてよかろうか。氏が一切作品に署名されない所以である。

所が不思議である。浜田氏の模倣者は無限にあり、益子の名は浜田氏あるがため、世界的になっている。秘伝はなく、自らされる材料、方法は開けっぱなしである。形も釉も筆使いも浜田氏を真似るものは頗る多い。ところが、一目見て浜田氏の作品はすぐ分るのである。どうして分るかと私にきいた人があるが、そういう人は野菜といえば茄子も南瓜も一つなのである。答えに値しない質問である。

今回の一回分はこれで終った訳であるが、この本の中に浜田氏が朝鮮の寺小屋を訪ねた折の話がのっていて面白い。少し長いが書きとってお伝えする。

「…その頃は田舎へいくと書堂といって、昔の寺小屋みたいな学校があって、日本で昔教わったように、天地玄黄という、それを先生が「天地玄黄」と読むと、皆が真似をする。本も何も無くて、体を振りながら勉強するんですが、体一杯に習っているようで、見ていて気持がいいですね。ほんとうの勉強はこれだと思った。生徒はこっちが行ったのが面白くて窓からのぞいて見る。

もっと感心したのは、天地玄黄の次に「推句」という本を習う。それは「天は高く地は低し」という言葉から始って、中程へ読んでいくと「白き酒は人の面を赤くし、黄色き金は吏の腹を黒くする」そういうことが書いてあるんです。この本を譲ってもらおうと頼んだが、譲って貰えない、云々」

（「越後タイムス」昭和五十年一月十二日）

中国漢唐壁画展を見る

私は新年早々二回上京した。一回目慮《はばか》らずも、日本橋高島屋で「中華人民共和国漢唐壁画展」を見、さらに二回目に同じ展覧会を長時間見て、感嘆した。しきりに柳（宗悦、既に故人）さんを想い出し、これを是非お見せしたかった。柳さんの絵画論を実証する絵であり、柳さんは、民藝館に新しく佳い品物が入ると、見に来ないかと態々《わざわざ》ハガキを下さった。

一昨年か飛鳥の高松塚の壁画が発見されると、世は挙げてこれを讃えた。高松塚が葉書一枚分とすれば、その展覧会に並んでいる壁画の分量は新聞紙全紙にも及ぼう。但し両者全く同じ性質の絵である。もちろんこれは模写であるが、あっぱれ模写なることを忘れさせ感嘆これを久しうした。

千年二千年前に、こんなにも美しい絵があったのか、しかしこの考えは僭越である。千年二千年前だからこそ、こういう美しい絵が訳もなく描けたのである。ルネサンス以後、絵画と工芸とは岐を分ち、また個人主義の時代に入る。在銘の作品をたたえ、無銘の作品を軽蔑する。

しかし西欧では中世以前、日本では鎌倉期以前、美術工芸の作品は殆ど無銘であった（勿論例外はあるが）。ところで、この無銘時代になると、殆ど作品に醜いものがなくなってくる。個人主義の時代に入ると美醜の差が急に激しくなる。

さて高島屋に陳列された壁画は一九四九年人民共和国が成立して以来発見されたもので、地域は甘粛、陝西、山西、山東、河北の五省にわたり、時代は略《ほぼ》二千年前の漢と千年前の唐時代である。何れも王侯貴族の墳墓から発見されたものである。美しいものを特に選んだということなかれ。よき時代に描かれたものは、例外なく美しいのである。高松塚にしても、将来日本で、さらにあの時代のあの様式の壁画が発見されるとしたら、必ず美しいと予言するにはばからない。

それぞれ当時の画人が描いたものであろう。しかし、今日のように著名な個人的ないわゆる芸術家によって描かれたものではない。冠を作る人や靴を作る人、釵《かんざし》を作る人と同じく絵を描く職人、即ち画工の手になったものに違いない。ない個性を無理に出そうとする今日の芸術家の作品とは選を異にする。習い覚えた伝統を守り、様式を守って描いたに過ぎない。職人、即ち画工が、命ぜられるままに、精魂はこめたであろうが、名を遺すとか、他人に描けない絵を描こうとかいうような野心はなかったに違いない。絵は自然のままに模様化している。

殊に漢代の庶民の生活を描いたものに心をひかれた。自在に描けていて生き生きとしているが、単なる絵というよりは工芸品に近く、日本の絵馬や大津絵や奈良絵（いやなものも多いが）、丹緑本の挿絵とどこか通うところがある。野心ある芸術家にはこうは描けないであろう。邪心なく、筆の走るに任せて描いたのであろうが、生き生きとしていて実に美しい。誰が描いたか、個人を越えた漢代の絵である。漢代の画工なら誰が描いても同じ効果を挙げたに違いない。

唐代に入ると、絵は絵の専門家が既に活躍したことを思わせる。高松塚の壁画と共通するところがあり、正倉院にある樹下美人を思わせるものがある。相へだたる地方から発見された絵の筆法がみな同じであり、その色彩も相似ている。そして極めて美しいのである。柳さんは美しい絵はどこか模様化があるといわれたが、正にその通りである。画人は恐らく自ら画工と思い、今日の如き芸術家意識はなかったに違いない。

今日の画人はひたすら個性を重んじ、伝統を守るなどは卑しむべきことのように思う。無い袖を振るというが、無い個性をしぼりだして天才を夢みる。美しいものを創ろうとする場合、碁や将棋に定石があるように、その定石をふんでよいと心得る。早い話が私の懇意にねがい敬愛している画家に椿貞雄（やはり故人）という人があった。近時椿さんの絵は評判を高めて来た。椿さんは少年時代から岸田劉生を尊敬し郷里山形から上京して岸田劉生の門に入り、その誠実と善良さによって誰からも愛された。椿さんは劉生にぞっこん惚れこんで師に迫らんとして画題、運筆すべて師に倣い迫らんとした。世間は椿さんを劉生の模倣と呼んだ。晩年椿さんもそれを気にして師から離れるよう心掛けられたようである。しかし、私から見れば、椿さんの作品として一筆々々劉生に迫らんとした時のものが最高のように思う。椿さんが如何に劉生に打ちこんでも劉生は劉生であり椿は椿である。劉生はきっすいの都会人であり、椿さんは何としても山形出身の田舎漢である。模写でない限り、模倣時代といえども椿さんの絵は劉生のものとは全然違う。私は世間に何といわれようと、その道一筋に進まれた方がよかったのではなかったかと、今にして思う。椿さん贔屓の批評家達は椿さんの絵が劉生のものと違うことを強調するようであるが、（極端なのは椿さんが劉生に会ったことを不幸とするというようにいう人がある）それは当然であり、何としても椿さんは椿さんであり、劉生を眼中においた時代のものが最も充実し、しかも美しいと私は考える。

妙なことを長々と語ったと人は思うであろうが、仮りに飛鳥時代の美術工芸品、殆ど醜いものを探すに困難を感じるほどであるが、当時のものは総て様式を守り、個性などとそりかえったものは一品もなく、総てが模倣に明けて模倣に暮れたのである。

中国の漢、唐の壁画は、その大宗である。私は二度目に行った時、近頃の展覧会には珍しく何度も振出しにもどり、その美しさに酔って会場を出た。

（「越後タイムス」昭和五十年一月二十日）

ものとこと

柳（宗悦）さんの評論の中にこれと同じ題のものがある。柳さんは生涯ものを直かに見よ直下に見よと説かれたが、私の結論も結局そこへ行くと思うが、文章の筋道は全然ちがう筈である。

ここに政治史とか政治学、社会史とか社会学とかいう学問がある。学問の対象とする政治現象、社会現象ともに全く無形のもので、ものでなく、ことから出来上っている。そこへ行くと考古学とか美学美術史となると、場面は全く違う。考古学は無論のこと美学の理想とする崇高美なんていって見たところで、ものがないことには話にならない。ところで近頃は考古学をやる人もいくらか、火焔土器が重要文化財になったとか、縄文土器の美とかいうようになったが、これまではものを対象にしていながら、ただ往古何に使ったものだとか、何千年前、何万年前のものだとか、つまりことに頭がいって、ものそのものの快を味わわなかった。そうして仮に美術史を開いて見ると、作者の人物列伝で、何のたれがしは何年に生れて何年に没し、誰の弟子で系統は何流に属するかというようなことが詳しく書いてある。有名な人は詳しく賞めて書いてあるが、落款がないと問題にせず、有名なものより立派な作品（こういう場合は実に多い）でも挿絵としてとりあげない。ものを問題にすべき美術史がことにこだわって、判断ができないのである。（つまり自分の目に自信がなく世間の批判を恐れているのである。）

絵画から陶器へ移ると、これは工芸の世界で、世界中、作者の名を記さないのがむしろ普通である。日本は割合に江戸時代にも個人作家の多い方であろうが、西洋では工房名、中国では官窯があるくらいで作者名はないといっても過言ではない。ところが日本一国にとって見ても、惜しいかな越後は見るべきものがないが、いたるところに民窯はある。それでも、名があるとなかなかやかましいのである。

ここに一個の壺がある。壺は一個のものに過ぎない。品定めは美しいと否とで一刀両断、立ちどころに決まる。ところが世間の愛陶家はそれでは納らない。どうしてもことが付け加えたくなるものらしい。日本に六大古窯とかいうものがあって、一個の壺を前において、信楽《しがらき》だ古丹波だ越前だなどと月旦する。その壺の形がよくてほれぼれとし、その上で月旦するのなら話はわかるけれど、あられもない壺を前にして常滑《とこなめ》だ伊賀だといっても始まらないと私は思う。肝心なものでないことで議論しているのである。それが研究だと人はいうかも知れない。しかし私にすれば、工芸美術に於てことを如何に詳しく研究しても始まらない。ものが肝心である。

しかしそこが人間の分れるところである。ものを大切にする人とことを重要視する人に分れる。鑑賞家は多くものを尊び、学者研究家はことに精力をそそぐ。さて世間の人はどちらを大切にし尊敬するかというと、ことを大切にする人に手を挙げる。虫眼鏡で見て、この土は可児町大萱の土と有田皿山の土を交ぜて千三百度の熱をかけて焼いたなどと講釈をきくといっぺんにまいって大先生にしてしまう。ところで鑑賞の方は千三百度くらいで焼いてもどうにもならぬ。勿論修行もあるがこれは天性のものである。私は知人の中に美術史の先生もいるし焼物の大家もいる。しゃべらせると一時間でも二時間でもしゃべりまくる。しかしどうしてああ目が見えないだろうと思うくらい明めくらが多いのである。

しかし広い世の中には分った人もいる。本屋にたのまれて陶器の本を書き、その挿入写真は全部、信頼する目の持主某氏の選定に任せた。これは私の身辺におこった事件で、分った話と思い後世に伝うべき美談だと思っている。

ついでにいっておくが、近頃美術関係の画集、あるいは、挿絵入りの本が盛んに出る。私は多少内幕を知っているから諸君に告げる。それは殆ど出版会社が企画し、文章はその道の（目が見えても見えなくとも）文章の書ける学者にたのむ。挿絵は会社の係りの人がツテを求めて集める。文章を書いた著者は全くあずかり知らないのである。妙な話ではないか。ここ十年間、私は各種の画集、挿絵本に材料を多く提供して来たから内情はよく心得ている。驚くべきことは著者から一片の挨拶の来たためしがない。つい最近も、名はふせるが、東京から某社の写真班が大きな写真機をかついで私のところへくり込む筈である。

もう一つ笑話をつけ加える。慶應義塾大学が所蔵する常滑の秋草の大壺は国宝となり、かなり有名になっている。これは誰が見てもよいものである。

ところがこの品物である。大正十二年頃から慶應は神奈川県の日吉に進出し、横浜電鉄、目蒲電鉄会社から約十五万余坪の土地をあるいは寄附されあるいは買収した。その地ならし工事が始まると敷地内に古代人の住居跡が発見され、見苦しい漆喰で固めたりして保存につとめたりした。その頃、日吉に近い加瀬山とかの農家の近くの古墳で、大きな骨壺が掘りだされた話が伝わった。考古学教室の人たちは雨の降る日だったとか聞くが、その農家に交渉しその骨壺を譲られて帰って来た。金五円とかいった。大体当時考古学の人達には美術に関心はなく、また平安鎌倉あたりの古さでは古さの中に入らない、大して大切にもしないで列品室においたらしいが、偶々《たまたま》それを陶器学者小山富士夫氏に見せた。壺の肩の辺りに瓜や蝶々トンボなどの線刻りがあり、絶品としてついに国宝になった。考古学教室の人々の誇るまいことか誇りに誇った。人にいわれて国宝になって大威張りとは、少々面白い。

（「越後タイムス」昭和五十年二月九日）

有馬屋敷

私は今年の年賀状に江戸系泥絵の「有馬屋敷」を網目版にして出した。田舎の印刷にしては割にウマくいったと喜んでいる。私はこの絵をすごく好きなのであるが、受けとった人はどう見て下さったか。恐らく心から喜んでくださったお方は何人もあるまい。

ただ、泥絵とは何か、有馬屋敷はどこにあったかの質問があり、手紙をくださらなくとも、その疑問を持った人は少なくなかったろう。

岩波の「広辞苑」をひくと、「泥絵」について間違った解釈が載っている。岩波の「広辞苑」が初めて出たのは昭和三十年で、その時、「丹緑本」が「たんりょくぼん」と読んであったから私は「たんろくぼん」と読むべきだと訂正の手紙を出したら、昭和四十四年の改訂版には、私のいう通りに直してあった。「泥絵」という言葉は古い文献にあるが、それには「でいえ」と読ませてある。私のいう泥絵とは全然ちがったものである。岩波へ注意して上げるのが親切と思うが、今は面倒くさくて、その気がしない。私は今から三十何年か前、雑誌「工藝」（第八十八号）に「泥絵に就いて」の論文を書き、この言葉の歴史から泥絵の意義についてかなり詳しく書いた。その後、泥絵について書いたものには、大抵私の論文が引用されている。

簡単にいえば、幕末以後出た泥絵具で描いた洋画で、それも正当の手法を踏んで描いたものでなく、無名の画工職人（稀に署名のあるものがあるが）が無造作に描いた一種の伝統的な型の絵である。それが何故美しいかは柳先生の「絵画論」の中に説いてある。

泥絵の美を初めて文字にしたのは恐らく岸田劉生だろう。（田善の泥絵にちょっとふれているだけであるが。）そして泥絵を早く収集したのは恐らく岸田門下の洋画家で、晩年には人形芝居の頭《かしら》の研究に没頭された斎藤清二郎氏であろう。余談になるが、斎藤氏は太平洋戦争の起こる五、六年前泥絵の優品四、五十枚を私に送りとどけ（氏は当時大阪の天下茶屋に住んでおられた）そのままあずけっぱなし。二年たち三年たってもその儘で別に返せという催促もないので、そのままになっていたが、余り長くなるので気がひけて、荷造りを厳重にして氏へ送りかえした。ところが、それから一、二年たってあの大戦災。氏の住宅は焼け泥絵も全部焼けてしまった。その後で氏が私によこされた手紙、あの時君が返してくれなければよかったのにと、恨むがごとく泣くがごとき、レターペーパーに十枚にも余る長い長い手紙をよこされた。

私が初めて泥絵を手に入れたのは、慶應の学生時代で、今から思えば私達が学生時代には銀座に夜店が出て古本屋、骨董屋も並びかなり上物も出た。その時買った十何枚の泥絵は今も手許にあり（ああもう五十年を越える）、夜店で私に売った画商N君とは今でも年賀状のやりとりをしている。その後少しずつ求め、今では小コレクションをなしている。しかし泥絵の一大コレクションをした人がある。嘗てラジオであったか「二十の扉」で物識り博士として有名な渡辺紳一郎氏、その蒐集は少なくとも量において天下の名物といってよい。積み重ねたら一メートルにはなろう。なかなかの優品がある。私は度々伺ってその全部を丁寧に見せていただいたが、ある日氏は私の茅屋を訪ねて来られ、私の小コレクションを見て、数は少なくてもよいものはよいなと言われたのを今に覚えている。

このゲテの洋風画には大体江戸系と、上方系と長崎系の三種がある。強いていえば須賀川の亜欧堂田善《あおうどうでんぜん》の一派を加えてもよい。それぞれ特色がある。殊に江戸系と上方系には著しい特色がある。実物なしにはそれを説明するのは難しい。

私が今度年賀状にしたのは、代表的な江戸系の泥絵で、自分でいうのもおかしいが、天下無双といばって見たい。ある日、近頃、新聞雑誌に美術骨董のことを盛んに書かれる料治熊太氏を訪問した。多分終戦後十年くらいたってからだと覚えている。氏の応接間にこの絵が粗末な額縁に入れてあった。大ゲサだといい給うことなかれ、私はとび上るほどびっくりした。嘆声を上げて、その日はそのまま帰り、二三日して氏に「有馬屋敷」の譲渡方を懇願した。毎度のことで氏に譲渡のお願いをすると必ずことわられる。私は氏から数点物を譲っていただいたが、必ず一応ピシャッとことわられる。しかし、この絵に対する私の執念はつのるばかり、手をかえ品をかえ懇請した。恐らく幾月か後に漸く承諾を得た。但し当時の泥絵の相場の三倍の価を支払った。（人にいうたらバカだといわれただろう）しかし、三倍でも五倍でも私にはそれだけの価値がある。その後請われて雑誌「民藝」の表紙に色刷りで出たから知る人は知っていよう。私のこの一枚、もしフランスの異色画家アンリ・ルソーが生きていて見せたら、どんなに驚き喜ばれたかと思う。年賀状は単色であったが、わかる人には色はなくとも調子はわかってもらえるだろう。

泥絵の話を簡単にしたが、今のところ、普通絵の好きな人でも知る人は少なかろう。しかし近頃古書展覧会（近頃の古書展覧会の大半は書画の展覧会である）で時々つまらない、それも小さな泥絵が出る。その価の驚くべき、殊に肉筆浮世絵を看板にしている羽黒洞氏に出る泥絵の値段、目の玉の飛びでるほどだが、真に美しいものが高価なのは当然である。世の多くの人がまだ泥絵の美に気づかないだけである。

次に有馬屋敷はどこにあったか。三田の慶應義塾は元九州の大名島原藩の屋敷の跡を福沢諭吉が買いとったものであるが、同じく九州の大名の有馬屋敷はその北方、今の簡易保険局から済生会病院にかけてのあの辺と思えばいい。地形は今もそのままである。黒い火の見櫓が見えるが、江戸中で一番大きなものだったと聞いている。

（「越後タイムス」昭和五十一年一月二十五日）

焼却炉

今はあまり見かけないようだが、昔は紙屑買いというものがあった。古帳面古新聞、古雑誌、時によると誰が書いたか分らないような色紙や短冊、掛物まで取りあつかった。料治熊太氏の書いたものによると氏の住んでいる下落合（東京）の辺りには「すきがえし」をしている部落があって、屑紙を仕入れて来たばかりの時に行くと、時々江戸時代の古版本の端本などが得られたという。さらに古い明治時代の話にさかのぼると、東北地方から仕入れて来た屑本の中に時に丹緑本があって、屑本屋は子供がいたずらに色を塗ったのだろうくらいに思って十五銭で買った話を誰かの本で読んだ覚えがある。この前の「有馬屋敷」の項にも丹緑本のことが出たが、丹緑本とは、江戸時代の初め、印刷術が進歩しないで、色刷りができず、挿絵に手で彩色した本をいう。今ではせいぜい二十丁（一丁とは袋綴じの和紙で裏表二頁をいう）くらいのものが何十万円、品によっては何百万円もする。

また話がそれた。今でも紙屑買いはないこともないが恩に着せて塵紙と取りかえてくれたりする。週刊誌などは持っていってもくれない。

従って、われわれはとかく不要な紙屑で苦労する。二年半前に柏崎へ帰って来て、店があり大量の紙屑をトラックで持っていってくれるから（無論有料）東京住いの頃の苦労はなくなった。

それで、最初デパートで北海道のルンペン・ストーブをもう少し大きくしたようなものを買って来て、どんどん燃すと、二、三ヶ月でダメになってしまった。いたんだ焼却器をよく見ると、何か一度焼けた鉄板を再製してペンキで塗ってあるから、ちょっと分らなかったが、忽ちバケの皮がはがれた。性こりもなくまたデパートで少し丈夫そうのを求めて使っていたが、また半年もたたない中にダメになってしまった。

そこで、当時石炭でたいていた風呂の煙突掃除に来る煙突屋の息子が器用なので縦横約一メートル、高さも一メートルほどの焼却炉を白い耐火煉瓦で作ってもらった。上はマンホールの鉄蓋で、それを開いて紙屑を突っこみ下に目皿がありさらにその下から灰をかき出す仕かけ、誠によくできていて、帰国するまで数年重宝した。ただ見さかいもなく屑を突っこみ、その中にはビニールだの豆腐のおバケみたようなハッポースチロールとかいう高熱の出るものを無闇に投げこんだので耐火煉瓦の所々にひびができた。

ここまでは話の糸口なのである。昭和四十八年六月柏崎へ帰って来たが、帰る直前私はその焼却炉の中にいかに大量の紙屑を投げこんだか、今から考えれば惜しいことをしたものだ。長年、切りぬかないままの必要な新聞紙、私は人から受けとったハガキ手紙類を捨てずに大切にとっておいたが、その大半を、また人からもらった記念の色紙だの短冊だの（それは惜しいほどのものではなかったが）あるいはポスターなど、それから学生時代に学校で受けた講義ノート等々（といっても多少選択を加えたが）どしどし焼却炉に投げこんだ。

ただ、今になって残念だったのは、学生時代から長い間に書いた大量の原稿である。私は塾の史学科に席をおいたが、親しく交ったのは大抵純文学の学生であった。私は学生たる本分をそっちのけにして、色々な原稿を書き、その一つも誰にも示さなかった。特に親しくしていた北村小松は私に、ものを書くことをすすめた。彼は私を買いかぶっていて、常に他人に私のことを吹聴し、君が何かを書けば、どこの雑誌に持込むとかいってくれた。色恋沙汰の小説は一つも書いたことはないが、小説ともつかず、童話ともつかないものを随分書いた。原稿を積み上げたら長短、合せて高さ三四十センチ以上はあったろう。例えばこんなのがあった。アゲハ蝶が野原をとびまわり花の蜜をすっている時、ふと、頭デッカチの妙な長虫を見付けるのである。友達と話している中に、この臭い液を出すグロテスクな虫が自分達の前身であることを知る。アゲハは急に苦しみだすのである。どのアゲハも皆そうなんだといくら慰められても心は休まらない。やけになって、北国の海岸の突端の岩から、あてどもなく北へ北へと進み力つきて波間に落ちるのである。そんな童話のようなものもあった。またこれは久保田万太郎先生の作文の時間に似たようなものを出して「君は面白いことを考えるネ」といわれた作文―随筆である。（私は塾へ入るとすぐ予科の時、久保田万太郎先生に作文を見てもらい、翌年、国文学の講義と一緒に小島政二郎先生＝タイムスに時々お書きになる＝にも作文を見ていただいた。私は小島先生の注意をひくような作文は一つも書かなかった。）私は田舎出の子供で中学生の綴方みたいなものしか出していなかった。今は肖像画家になっている烟田春郷などは、年中枕絵を文字にしたようなものばかり出していたと後に私に語った。

久保田先生に「君は面白いことを考えるネ」といわれたのは嫁姑の話で当時と今は時勢が変っているが、嫁は姑の生きている間、いびりいじめられどおしである。しかし、姑が年をとりなくなり、その嫁の時代になると、いつしかその家の家風は嫁の実家のものになっている。そんな筋の随筆である。それから「伯夷叔斉」という戯曲を書いた。その他多数いっぱい。そんなものをまとめて焼却炉に投げこんだ。永久に誰にも見せず、灰にしてしまった。自分一人で必ずしも捨てたものではなかったといって自ら慰めている。

（今の若い人には「すきがえし」という言葉や久保田万太郎、北村小松の名は通じないだろう。それだけ私が現代から浮きあがっているのである。いちいち註をつけていたのでは興味がなくなる）

（「越後タイムス」昭和五十一年二月八日）

本を焼く

本を焼くといったら誰でもすぐ秦の始皇帝の焚書坑儒の物語を思いだすだろう。自分にとって気にくわない本を焼き、けしからん学者を生きうめにしたというのである。しかし考えて見ると、始皇帝の時代にはまだ紙が発明されていなかった筈だから竹簡とかいう竹を編んで漆で字をかいた――いわゆる本だったろう。本を運ぶにも、からんからんと音がして、のどかだったろうし、竹だからよく燃えたに違いない。

ところが本というものは、私の経験によると案外燃えにくいものである。丸たん棒ならすぐ燃えるけれど、東京の電話帳（柏崎地方の電話帳の四五倍の厚さがある）あれを焼却炉に入れて紙屑と一緒に焼こうとしても大抵火は途中で消え、電話帳は周りがこげただけで残るだろう。私を疑うなら諸君試みにやって見たまえ。本はそんなに焼けにくいものである。関東の大震災の時、東大の書庫が全部焼けた。これは話が別である。和紙や唐紙の本なら別のこと、昭和初期のいわゆる円本を十冊焼こうとしたら大変なことである。新聞紙と一緒に十冊の円本を焼こうとしても側につきっきりで、棒でつつき裏をかえし頁をひらき、ひっくりかえしてやらなければ焼けきれるものではない。

それで思いだすことがある。戦後の年代はよく覚えていないが、小島政二郎先生が、「日経」（日本経済新聞）に「私の履歴書」をお書きになったことがあった。その中に、先生が中学時代に、学校の勉強をそっちのけにして、小説ばかり読んでいる。父君がお腹だちで、先生の小説本を庭へおっぽりだして忽ち焼いてしまったという一節があった。私はその時、すぐこれは事実ではない、先生の言葉のあやというものだと思っていた。それくらい、二、三十冊の本となれば、容易に焼けるものではない。石油でもぶっかけたのなら知れたこと、否石油をぶっかけても石油のしみた所だけ焼けると火は自然に消えてしまう。

本はそんなに焼けにくいものなのである。秦の始皇帝は別として、ドイツのナチが大量の本を焼いたというし、日本でも大正のデモクラシー時代には発禁本というのが盛んで出版社はもちろん、街の本屋からも取りあげてみな焼いた。これは多分火葬場の焼却炉をもっと大仕掛けにしたもので焼いたのだろう。

柳宗悦先生がお亡くなりになる少し前の話だから、もう十数年になろう。春秋社から「茶の改革」という本を出された。いわゆる茶道の長所は十分認め、その上でその欠点、殊に茶の家元制度のことに触れられた。生花の方もそうだが、（宗教の方でいえば本願寺など似たところがあるが）今の世に不思議な家元なるものが残っていて、茶は禅に通じるなどとウマいことをいっていながら、世にも荒っぽい搾取が公然とおこなわれている。その道の人はみな見て見ぬふりをして知らん顔をしているけれど、巧みな組織でえげつない搾取をおこなっている。柳先生は家元制度についてホンの僅か触れられた。ウソか本当か知れないけれど、茶の家元では柳先生の本を何千冊か何万冊か買い占めて焼いたそうである。昔とちがって今は増刷りは朝飯前だから、儲けたのは出版元である。今はっきりした記憶はないが、当時私は柳先生にその話をしたら、たしか「そうだって」と言われたような気がする。家元は買い集めた本をどう始末したか知れないけれど、焼きすてるにしても相当骨が折れたろう。茶の家元制度など外から何といってもどうしようもない。内部からカルヴァンやルーテルが現われなければどうにもならない。

私が本を焼いた話、本を焼くなど常識からいって、良い話でないが、何でどんな本を焼いたのか。根が本好きだから、どうせ良い本を焼く筈がない。列車の時刻表だの（列車の時刻表だって、たしか列車の時刻表が本の形で出たのは明治三十年頃と思うが、古本屋に出れば何千円もするだろう）同窓会の旧い名簿だの（同窓会の名簿だって、例えば東京帝国大学の卒業生の最初の名簿が出たらこれまた何千円もするだろう。近頃の古本屋は変なものに高い価をつけるし、物好きの方でも勇敢に買う。この間上京したら、某古本屋で明治中期のランプ屋のポスターが一万八千円と価がついていた）いらなくなった電話帳、役に立たない古雑誌（古雑誌だって、左翼系の新聞みたいな何とかという雑誌が一冊で四万何千円で落札されたという話をきいた）それにこの前に話した——これは少し惜しかったが長年書いて誰にも見せなかった相当のカサの原稿、こんなものをこの前書いた焼却炉に入れて焼いた。諸君は原稿なんかすぐ灰になるだろうと思うだろうが、そうはいかない。百枚綴りの原稿など周りがこげるだけで、余程鉄の棒で引っかきまわさなければ焼けきるものではない。菓子箱や張子の玩具なら忽ち灰になるが、紙を綴じたものに限ってどうして、こう焼けにくいものであろうか。私は、この前の焼却炉で長年にわたって書き、誰にも見せないまま、皆焼いてしまったことを書いた。自分でいうのもいい気なものだが、今色々思いだして惜しいと思うものがある。「日記を書く男」だの「偽物を作る男」の心理を書いたものなど、三流の作家の腕はあったと思って見る。しかし同じものは再び書けない。ものを書くのは生き物を扱うようなもので、どんなつまらない短文でも二度と同じものは書けないものだ。（所々に紙屑や古本の値段を出しているのは愛嬌のつもりである。）

（「越後タイムス」昭和五十一年二月二日）

浮世絵ブーム

　幾月も前から、一度浮世絵ブームについて書こうと思っていたら、目下東京の国立博物館で「中国人民共和国古代青銅器展」が開かれており、その作品の写真が、日経（日本経済新聞）によく載り、折々は色刷りの大きな写真が出る。いつかも漢代の壁画の模写に圧倒されて、手も足も出ないような気持になり、そのことを書いたと覚えている。この度の青銅器展出品の写真を見て、ただただ驚嘆するのみ。

　いずれ折を見て上京するつもりであるが（五月二十三日まで）、それにしても中国の偉大、公平に見て、日本の芸術品など「吹けば飛ぶよな」軽さである。日本だとて法隆寺もあれば夢殿の観音もある、茶道もあればお能もある。幽玄とか風流、日本独特の美しいものがある。朝鮮の真似でも、古伊万里の徳利だって、心をとろかすような美しいものがないことはない。それでこんな美しいものにとり囲まれた日本に生れたことを幸いとすると書く人がいる。

　しかしお隣り中国の革命以後出土する美術品（本来は美術品でも何でもない実用品なのだ

が）の偉大さ、強さと美しさとその数の無限、新聞の写真を見るたびに驚きあきれている。我々は長い間、古代の美術といえば、ギリシャ、ローマと教えられて来たが、もう勝負はあったと申しても過言ではない。

その古代の青銅器の写真を見ている中に、一時浮世絵のことなど書く気がなくなった。浮世絵が、日本の世界に誇るべき庶民の芸術であることは私も心得ている。物の重さと長さを比べることは出来ないが、しかし、いかに巧みに出来ていても印籠と飛鳥時代の仏像との間に大きなへだたりがあり、これでは話にならぬ。それに日本の浮世絵が得意なのはフランスの印象派の画家達に大きな影響を与えたというのである。それは浮世絵師の誇りというよりも印象派の画家達が偉かったのである。洋画の影響といったら明治以来、日本はアメリカ、イギリス、イタリヤ、殊にフランスの画家達の影響で今日まで生きて来た。その点浮世絵師は偉かった。彼らに異常な興味を覚えさせ、とにかく影響を与えたのである。ゴッホもホイッスラーもロートレックも丸ごと模写したり、ヒントを得て構図をつくったのである。今日日本人の誰が欧米の画家に影響を与えたか。

しかし、浮世絵は昔は庶民の誰にも買える三文絵であったが、今は偉いことになった。年中どこかのデパートで展覧会が開かれているが、その一枚だけでも中以下の月給取りには買えない。北斎の赤富士が中くらいので（中位というのは保存状態をいう）七、八百万円、写楽となれば千万以下では買えない。それより懐月堂なんて普通の人は気にも止めず、色もなく型の絵で（それだから面白く私は好きだ）少し大判であるが、一枚千万以上二千万もするだろう。写楽が好きだなんて集めようとすれば（元蔵相水田某氏、額にお釈迦さんのビャクゴウのようなコブのあったお方は写楽を沢山お持ちだと聞くが）十枚あれば一億円である。小佐野氏とやらと「刎頸の友」にでもならなければ、買える値段ではない。

余計なことをいったが、私は浮世絵をそれほど好きでもない癖に割に沢山見ているらしい。絵を見れば作者の名前は大体見当がつく。浮世絵には残念なことに極《ご》初期の僅かなものを除いて、必ず署名がある。大和絵根元何のなにがしなどと大上段に名を振りかざしたのさえある。浮世絵も多くのセトモノのように署名がなかったら、どんなに楽しかろう。私が愛し尊敬しているのは、極初期の、師宣から鳥居派の人々、奥村とか杉村とか羽川とか、西村、石川豊信あたりまでである。

春信、歌麿、豊国、栄昌、北斎、広重となれば、なよなよとした優しい、またパキッとした美しさはあるが、強さ苦《にが》さが欠けてくる。浮世絵はむろん版画が本筋であるが、それ以前の肉筆浮世絵、近頃、肉筆浮世絵が急に幅をきかして来たが、私は版画時代に入っての肉筆浮世絵を好まない。肉筆となれば慶長、寛永、せいぜい寛文までの初期浮世絵に限る。強く苦《にが》く深い美しさである。幕末の横浜絵とか風俗絵には、あるいる面白さがあって、これも好んでみる。

浮世絵展覧会など、特に見たいと思わないが、デパートの広告、ポスターなどを見ればついつり込まれて見に行く。毎度失望するのは、何時も同じ収集家の個性があらわれていないことである。収集とは創作である。この二、三年間に見た浮世絵展覧会で一番感心したのは三年前の展覧会には特色があった。私の好きな初期のものに力が入っていたからである。誰が集めたのか知らないが、秀れた眼の持主だったに違いない。物は金を多く出したから良いものが集まるとは限らない。結局集める人の眼である。それから数ではない、質である。質の悪いものを幾ら多く集めても、よい収集にはならぬ。

（一九七三年二月—三月）リッカー美術館で見た「シカゴ美術館浮世絵名品展」であった。こ

ここにもう一つ浮世絵の収集家の中にエロチックのものを好む人が案外多い。「アブナエ」とか「ワジルシ」とかいうものである。浮世絵の極致はそこにあるなどという人もある。面白いのは、そういうものを秘かに集めている人が案外、虫も殺さぬような紳士顔をしている人に多い。この人がと思うような人がである。私の友人に渋井清というその道の大家がいる。浮世絵の研究で文学博士をとったが、まさか博士論文の題は清長かなんかすましたものだったろう。今から四十年ほど前、私が画家木村荘八氏の家へ盛んに出入りしていた頃、あるじいさんの浮世絵商で荷物をフロシキに背負って出入りしていた人があった。度々警察に上げられたと聞いたが、その方の絵を専門に商っていたのである。ご承知の通りその方の絵には全く署名がない。

春信でも清長でも歌麿でも、有名な画家で、あの方の絵を描かなかった人はないというが、公然と人前に出せないそういう絵は歌麿でも北斎でも（北斎は自分の娘をモデルにして描いたと伝えられる）価はグンと安いのである。バカなことを書いている中に受持の紙数がつきてしまった。

（「越後タイムス」昭和五十一年四月四日）

日下部礼一氏の民藝館

飛騨高山の旧家の出身で塾員、日下部礼一氏が去る三月十日に亡くなった。享年六十九歳、僅か幾日かで七十歳になられるところだったという。

氏は昭和二十二年から三十四年まで高山市長、高山商工会議所会頭を歴任された。私は日下部氏をよく知っていたが、特に親しく交ったという仲ではない。私は氏に五、六回会っているし、高山へは四回いった。その最後の一回は、名古屋に用事（遊びの）があったのと、この文章を頼まれていたので、ついでに去る四月七日高山を訪れた。亡くなった氏にお世辞の讃辞を呈するより真実を伝えた方がよいと思い、確めにいったのである。

氏は人物が傑出し信望を集めていられたことは長く市長を勤め、退職後は家具製造会社の「飛騨木材」社長を勤め、数々の実績を挙げられたことでよく分る。

しかし私が特に氏を知っているのは、氏の実家が、それほど古いものではないが（明治十二年という）素晴らしい民家建築の宏大なもので、それをそのまま昭和四十一年、日下部民藝館として公開された。氏は確か日本民藝協会の岐阜県支部長であられ、故柳宗悦先生とも親しい仲であった。とにかく規模雄大な民家である。しかしいわゆる飛騨地方の合掌造りでもないし、二抱えもあるような黒光のする大黒柱、大蛇がうねったような棟木の見える民家でなく、民家としては珍しく瀟洒たる一部二階造りで、一部の天上を見上げると巧みな梁の組み方が見る目に快い。

入口には、東京目黒駒場の日本民藝館の門札と全く同じ形同じ書体で「日下部民藝館」のそれがかけてある。

ここで少々お談義を述べることを許していただきたい。現在日本民藝協会の会長で日本民藝館の館長を兼ておられる浜田庄司氏は、近頃の民藝ブームを見かねて、「民藝の看板のあるところ民藝なし」といっておられる。民藝ばやりは誰も承知のことであるが、案外その真意を解している人は少ない。民藝という言葉は柳宗悦氏を中心として二三の同志が、民衆的工芸を縮めて民藝という言葉を創作し、FOLK-CRAFTという英語まで作った。これは鋭い直観と長年の経験で、ヘタな金ぴかの蒔絵より、百姓の台所にある雑器の方がむしろ美しい。しかし民器が総て美しいとは言えない。民俗学者の方で早くから民具と称して、煤で真っ黒くなった籠だの、擂粉木《すりこぎ》だの糸車だの臼だのシビン、オマル、肥柄杓に至るまでおよそ民衆の使ったものを漏れなく集める、これは民藝の方の人々と目的が違うのである。（民藝の人とて、たとえオシメでもその木綿切れが素晴らしく美しかったらとり上げるであろう）要するに昔の人の生活用具をのこし生活用式を研究しようとするのである。一方民藝の人々は民衆の使った工芸品の中、美しいもののみをねらう。しかし一般の人々にはこの区別がなかなか分らないのである。民藝の代表的作品を見ようとすれば目黒駒場の日本民藝館を訪れるに若くはない。その大部分が柳先生の厳しい目で選択した品物である。近頃全国いたるところに民藝館と称して民具を並べている。民具の中から厳選した民藝品は混同されている。駒場の民藝館と日下部民藝館を比べて見ると大きな違いがある。

日下部民藝館では民具と民藝品が混在している。一般の人にはその区別が分らないようである。日下部氏の方はあの民家の美しい建築を見せる強味はあるが、品物は違っている。駒場の方は、近頃漸くどうにか採算が立つようになったらしいが、日下部民藝館には毎日何千人の入場者があり、入場者は恐らく民藝館を見たと満足して帰るであろう。

但し日下部民藝館も本屋から広い台所を過ぎて、間口が広く、三か所に扉のある土蔵が一棟なり、その一部に、我々もうなづける民藝品が並んでいる。日本の木綿裂《もめんきれ》、桜皮細工、小鹿田の大甕類、スペインの食器棚、朝鮮の棚、簞笥、台湾の蕃布、ジャワの絞りなど、日本のものではないが美しさに堪能する。（これは駒場のにならったのであろう）この一室はよかった。

他の室に並んでいるのは大抵民具であり民俗館である。

日下部氏の民藝館を借りて、こんなことを述べるのは、民藝ブームの今日、世の人の民藝に対する概念があまりにかけ離れているからである。浜田氏が「民藝の看板のあるところ民藝なし」といわれたことを新たに思いだすからである。

賢い日下部氏も恐らく、それはご承知だったろう。あのよき一室にあった古伊万里のジャコウ壺をとり上げる眼識を持っておられた。死人に鞭打つようなことを書いたが、恐らく日下部氏は、吉田がお世辞でなく本当のことをいってくれたと喜んで下さっていると信じたい。

（「三田評論」七六〇　昭和五十一年六月）

美しく見せること

普通いって自分を美しく見せるといえば、婦人の化粧とか衣装とかいうことになるだろう。一般に婦人にとってお洒落は、その生命といえるかも知れない。むかし聞いた話であるが、女のある死刑囚が獄中で書いた手記は、初めから終りまで着物のことで終始していたという。婦人がキレイになることは、本人はもちろん、万人の望むところであろう。ところが本人がシャンであるかウンシャンであるかは別として、大抵の人が流行を追うだけで、本当に美しくなろうとしないのである。ただ鳥や虫のように、これは人間とあべこべで、男がお洒落して、女の目につくように努める。人間だけが女がめかして男をさそう。

ところで、婦人が美しくなろうと努めることはよいことであるが、それを実地におこなえる人が少ない。ウンシャンにはウンシャンで自ら道がある。ミニスカートが流行ると、日本には和服という足をかくすよいものがあるのに、四十づらしてサルマタみたいな、短いスカートをはいて大根足をさらけだす。先日、東京高輪のプリンスホテルの結婚式に出席した。お客の中に江戸褄《えどづま》だか訪問着だか知れないが、前の方が孔雀の模様一面の刺繡で板のようになり、私は相撲の化粧廻しかと思った。終戦後、直き私は父兄といっても母親たちだが、父兄会の席上、父兄に学校は家庭の延長だから普段着で来て貰いたい、人の目につくような派手な衣装はやめて貰いたいというと、ある懇意な奥さんが私に耳打ちして「先生あんなことおっしゃると、みんな結城になってしまいます。却ってお金がかかりますよ」と。裕福の人が多かったからそうかも知れない。私はダアとなった。以上は話の前おきである。

私のいいたいのは品物を美しく眺めたいということである。品物をもっとも美しく見せることに心し、それに成功したのは柳宗悦先生であった。見方のお粗末の人には分らないであろうが、東京駒場の民藝館へ行って見たまえ。あの陳列の選択と配列の見事さ、同じ絵にしても屏風や掛物の表装の鮮やかさ、但し物の見えない人には、そんなことは分らない。駒場の民藝館も高山の民藝館も両方見て、同じだと思っている人がむしろ多い。

由来日本人は掛物について、無論初めは支那、朝鮮から伝わったのであろうが、恐らく室町か江戸時代あたりからであろうか、表装に心を用いた。しかしその大部分は裂地《きれじ》の選択である。私にはその知識はないが、何々裂《きれ》とやかましいことをいう。事実、その裂の美事さ、中味の絵や文字より見ほれるものがある。またその裂の値段からいって、今の時勢では一寸角何千円何万円とするものが少なくないのであろう。

柳先生は表装の天才だった。芹沢、棟方両氏の作品を初めとして、朝鮮の民画、泥絵、等々、丹波布（時には麻裃）を使ったものもあるが、多くは和紙で軸は富本、浜田氏らのものが多い。絵と裂の調和、紙も同様なれど、絵とその上下左右の寸法との関係、黄金分割とかいう言葉があるが——これは私の思うことの意味とは違うかも知れないが——とにかく抜きさしならぬ寸法である。私の兄も私も幾つか先生にお願いして、泥絵や朝鮮画の表装をしていただいた。箱書には必ず「宗悦案」としてあった。それに民藝館の飾りつけ、その陳列替えの度毎に芹沢銈介氏を棟梁として一族郎党が集まって芹沢氏の指導の下に行われる。その厳しいこと、それこそ品物を置く位置、一分一厘も動かしようのない処におさまって漸く終る。一族郎党へとへとになるのだそうである。

それに品物を愛するものは、品物自身に工夫を加えて美しく見せたい。例の利休が誰かを訪ねて、花器を見せられる。利休はいきなり金槌でその花器の両耳あったのを片耳、打ちおとす。それで器がよくなったとか、何かの本で読んだ覚えがある。あまり愉快な話ではないが、そんなことがあってよい場合がある。私事をいってどうかと思うが、終戦後、間もなく私は一対の江戸ガラスの瓶を買った。透明のと紫色のと一対でコルクの蓋がついている。この種のものでよくあることであるが、金銀箔を張りつけた模様のあるのがある。私はこれが大いに気にいったが、真中より少し下に菊の花の模様があって、その周りに不用と思われるいやな模様があった。私は菊の花だけを残して他は削りとってしまった。ビンは一段とよくなったと思っている。いつかサントリーの美術館に出品したこともある。またいつか河内木綿の大きな夜着を買った。真中に大きな丸に揚羽の蝶の模様があって、その周りが唐草ででもあったら悦ぶのだが、妙な要らざる模様がついている。それで丸い揚羽の蝶のところだけ七十センチ四方とって外は切り去った。これでいやなものがなくなりすっきりし、美しくなった。全体は紺地で蝶の模様は浅黄である。かなり洗いざらされてよい味になっている。私は今、その裂をピンで止め、それを眺めながらこの原稿を書いている。絵などでもこういう場合がいくらもある。何にも感じのない人はただ惜しい没義道《もぎどう》なことをするという人があろうが、美しく眺めるためにはまた止むを得ない。

私は美しいものが好きである。誰れかに教わって美しさを認めたのではない。柳先生は尊敬しているけれど、柳先生に教わって初めて美の眼を開いたのでもない。生れ落ちてから好きだったのである。福沢先生の言葉に我れより古《いにしえ》をなすというのがあるが、例えていえばそんなものである。しかしお山の大将であってはならない。不断の勉強が大切である。

（「越後タイムス」昭和五十一年九月十九日）

古伊万里展と「古伊万里の世界」

三つの会に出席のために上京し、三泊して昨夜帰った。毎度上京するたびに何かかにか展覧会を見る。今度は東博（東京国立博物館）に古伊万里展があるというので、これは是非見ておきたいと思った。但しそれには十分おてなみ拝見の気持をともなっていたことは争えない。東博でも古伊万里の展覧会をやるようになったか、東博ニュースに載っていた虎の絵の大皿の写真、これなら先ずよかろうと思った。

上野の駅に着くと、すぐその足で東博へ急いだ。玄関前には二抱えもあるような大きなユリの木がある。これは立派である。その前に池があり、幸いなことに錦鯉は一匹もなく、何時も私のいっている黒い鯉が主で、たまにただの赤い鯉や黄色な鯉が悠然と泳いでいる。

第一室の古代の遺物、石斧だの埴輪だの、古鏡だの何かの雑誌や本でお馴染のもの、次に木彫仏、第三室には日本の衣裳、小袖などが並んでいたが、目の覚めるようなものはなかった。進んで第八室、古伊万里展である。見渡すと、初めの方から中頃まで大皿、大鉢のようなものが沢山ならんでおり、中頃からやや小ぶりになり壺や徳利が並び、赤絵は極僅かである。小さな猪口や油壺の類は一つもない。ニュースの写真に載っていた虎の大皿はなるほど立派である。中ほどにオランダ東インド会社のＶＣＯのシルシのついた大皿などはあるが、特にこれは素晴らしいといったようなものがない。これは十分の一にしぼって、選んだものだけを並べるべきである。天下の東博の古伊万里展として恥ずかしくはないか。

東博には、横河民輔氏の寄付された中国陶器の大コレクション、近年寄贈された壺中居こと広田不孤斉氏が寄贈した名品百数十点などがある。それから博物館が陶器など問題にしないで薄暗い部屋にいつもならんでいた時代の木米の急須とか、光琳画乾山作の角鉢というようなものがある。大体官立の博物館では日本の民窯など問題にしていなかった。陶器ばかりではない。無銘のものなど見ようともせず、取扱いもしなかった。埴輪など早くから持っていたが考古学の対象とするだけで、その美しさなど問題にしなかった。官につとめる美術史家は、時代の考証とか来歴には詳しいに違いないが、直かに物を見る人はいなかったらしい。それが近頃いって見ると博物館でもこんなものを取扱うようになったかと驚くことがある。古伊万里展などもその一つである。世が挙げて古伊万里の美を説くようになると博物館でも黙っていられなくなり、急に買いだしたのであろう。それで十分の一にしぼらなければ見せられないような哀れなことになるのである。

今から二十年前なら、伊万里の第一級品が庶民の財布で容易に買えた。唐三彩や宋窯となるとそういう訳にいかなかった。何でも直観で見るのでなく、既に定評あるものだけを詳しく調べる美術評論家や史家では困ったものである。とにかく今度の東博の古伊万里展はつまらなかった。あの程度のものなら、我々の身辺にいくらもある。私ごときの者でさえ、何品かを出品して引けをとらない自信がある。

展覧会を一覧して、地下鉄で日本橋でおり、丸善へいった。すぐ二階の美術工芸関係のコーナーへいった。あちこち見ていると、A5判でうすっぺらな「古伊万里の世界」という背文字が目に入った。レーン出版とあったのを西洋人の著書かと思ってペラペラとめくって挿入写真を見た。みんな良いというのではないが、なかなか選択がよい。表紙を見ると永竹威著とある。永竹という人を直接知らないが、この人の名はよく見るし、この人の本ならウチに何冊かある。かなり大きな「九州古陶磁」「図説日本の赤絵」などという本もある。永竹とはどういう人か、奥付の「著者紹介欄」を見ると

永竹威《ながたけたけし》

一九一六年佐賀県牛津町の常福寺に生まれ後二十世住職となる。東京高工電気化学科卒、東京芸大で博物館学を修得。

佐賀県文化館長、県教育庁文化課長を歴任し、現在は佐賀県立博物館研究室勤務、佐賀女子

短大教授、有田陶磁美術館長（等々）

私がこれまで同氏の著書を見た限りでは、挿入写真は玉石が混在し、むしろいやなものが多く、ただその方に関心の少ない人と思っていた。ところが、今度買って来た「古伊万里の世界」を見ると趣ががらりと違っている。いやなものもないではないが、先ず私から見て妥当だと思うのである。失礼ながら永竹氏成長の跡の顕著なるものがあると思った。

私はいわば直観派である。いかに詳しく記述がなされていても、その挿入の写真がおかしければ、私はその人を信用しない。これは当然の話である。然るに世間の人はそうでない。講釈の詳しい人を偉いと思う。盲人でも書物に通じた塙保己一のような人がある。しかし美術工芸の世界ではそれでは困るのである。

私の知人に料治熊太氏と小野忠重氏の両人がある。扱う作品は違っているが、ご両人ともよく本を出す人である。小野氏の如きなかなかの勉強家だし、料治氏は誰の口にも合う叙情的な文章で近頃繁昌のおもむきである。然るにご両人の本を見ると、いつも品物が玉石混交である。私はご両人にそのことをあからさまにいった。料治氏曰く、私はそういうことに神経を使わない。小野氏青筋をたてて曰く、私は貧乏だからだと。何をか言わんやである。

（「越後タイムス」昭和五十一年十月三日）

安宅コレクション

去る九日、一晩泊りで上京した。二人の婦人姉妹の出版記念会で、訳があって集まる人はほとんど老人ばかりであった。これは私の性質か、集まる人皆老人というのは誠に面白くないものである。第一話が過去のことに限られてしまう。私は老人でもまだ青年のところがある。そう自分では思っているが、人はどう思うか分らない。

先頃、日本橋の高島屋で、高麗、李朝の作品と銘うって安宅コレクションの展観があった。一体品物の良し悪しより総額七、八百億円と値段の方で先ず人の度胆をぬき、会社が倒産してそれが海外へ流れるかも知れない、そんな噂話がからまって前景気をあおっていた。私は何年か前に、やはり高島屋であったか、その一部を見ているし、今度は半ばあきらめていた。ところが出版の祝賀会の日が展覧会の最終日に当っていた。

とき一号で上京したから十一時には上野駅に着いた。すぐ神田で地下鉄に乗りかえて高島屋へ直行した。地階でエレベーターに乗り八階というとエレベーターガールが、安宅コレクションをご覧になるのでしたら四階でおりて切符を買う方の列に加わって欲しいといった。指図通り四階で下りて階段のところへ行くとえんえん二三列の人が八階まで続いている様子である。余程あきらめようかと思ったが、夜の会までまだ時間はあることだし、我慢して長蛇の列の後についた。三十分くらいかかったろう。ようやく八階の展覧会の入口に達し切符を買った。カタログは既に売り切れて予約をとっている。私もその帳簿に住所と名を書き入れようかと思ったが、地方の人は困る、出来たらここまで取りにきて欲しいということで、いさぎよく断念した。

とにかく切符を買って会場に入った。十重二十重に人が重なっていて、とても品物は見られない。私はずんずん足をはこんでいくと、ところどころ人の垣根の間、障子の破れ目のように品物がちらちら見えるところがある。私は行きつもどりつし、その障子の破れ目を探し、全体の何分の幾つかを見て外に出た。

私が何故こんなばかばかしいことを丁寧に書くかというと、事が真にばかばかしいからである。あの夥しい観覧者は何を見に来たのであるか、天下の安宅コレクション、何より何百億の銘品を見落したら大変――、新聞の記事を読み写真を見て一大事と思ったのであろう。

何百億のセトモノ、それが朝鮮の高麗と李朝の銘品揃いだ、それより何百億が気になるのである。皆貧乏人だから何百億なんて天文学的数字で、食うや食わずに一生を働いてもせいぜい一億はおろか千万円までいくか。ケチな根性だ。何百億くらい、今度防衛庁がアメリカから買入れるロッキードならぬダグラス戦闘機百機の中、タッタ十機の値段だ。人の財産など気にするのはいやしい根性だけれど、怪物小佐野某だの、そのフンケイの友田中角栄氏などは恐らく安宅コレクションをそっくり買えるくらいの金は持っているだろう。

広告には高麗と李朝とだけ出ていたが、人のようやくまばらになる終りの方には中国の唐宋のものが少し出ていて、僅かながらこれが見ごたえがあった。

さて安宅コレクションである。なるほど無キズの今窯から出して来たような品物ばかりである。例えば私が昨年西洋で見た宮廷芸術のような美事といえば美事、骨董値段からいえば申し分のない品物、いわゆる粒よりの品といえるだろう。しかし真の美からいって果して安宅コレクションの品物がみな申し分のないものばかりであるか。私はそうとは思わない。時々障子の破れ目から見えてくる品物、丁寧に見た訳ではないが（丁寧になど見ておられない）、完全品というだけで、私には光って見えないものがちょいちょいある。時に、かつての私の知人（故赤星五郎氏）の許にあった品物（たとえば鉄砂の虎の壺）が特に光って見える。赤星氏は李朝専門であったが、世間の人があまり注意しない時代に求められた（氏は早く事業の都合で朝鮮におられた。私が賛嘆しておかぬ大きな白磁の壺などはタッタ二十円で買ったといわれていた）品物の中に何でもないような逸品があった。骨董屋はすかさず、それをみな安宅氏へ持ちこんだのである。

世は挙《こぞ》ってこれが外国へ流れ出ることを恐れているが、私はそれほどとも思わない。悉くこれが朝鮮にかえるのならそれもよいし、これが去って、日本における高麗李朝の逸品が日本の地を払うのではない。こんなに無キズの子供が見ても手がこんでキレイな作品、確かに銘品はあるが、流れ出ても、まだ国内の小コレクションの中に、尤品《ゆうひん》が沢山ある。ただこんなに夥しいコレクションでないというばかりである。私に反対する人は多かろう。否ほとんど全部の人がそう思っているであろう。しかし日本中に私と同意見の人も何人かはいよう。

私は骨董値段と品物の本質とを別に考えている。骨董屋は年中虫眼鏡をもっていて、買入れる時ケチをつける材料にしている。虫眼鏡で美は見えないのである。キズやシミのために美を見落してはいけない。

それに安宅コレクションのようにあまり完全無キズな大名道具のようなものばかり並んでいるのを見ると、われわれ下人は、頭のからっぽな美人ばかりが並んでいるようで妙味がない。骨董癖のない本当の美を愛する人にきいて見たい。安宅コレクション、果して美の精髄であるかと。

再びいう。あの大コレクションをそのまま朝鮮に返すというのなら大賛成である（金の問題は別）。私は一昨年朝鮮にわたり近年できたソウルの博物館にある品物はどこか収集の方法が安宅コレクションに似ていた。

ここまで書いて、私は暴言を吐いたとはつゆ思わない。千万人といえども我ゆかんである。（今朝テレビ一〇二で洋画家北川民次氏の談話をきいた。曰く美術評論家の言、何ともいただけないと。私も同感なり。）

（「越後タイムス」昭和五十一年十一月二十八日）

よく本を貰う

私のようなものでも、よく人から本を貰う。一年を通じて平均すれば、月三冊以上は貰うだろう。本を貰うといっても、子供がご褒美に童話の本を貰うのとは違う。著者もしくは編者自身から貰うのである。

近頃は出版が安易になって、世間的に見て水準以下と思われるものでも自費出版で出る。また地方の成功者で孝行息子でもあったりすると、親父さんの伝記を書かせて人に配る。(世間には伝記屋というものがあって、頼まれれば見合の写真のようにあばたもえくぼにして立派な伝記を作ってくれる。小さな会社の社史なども同じことである。)こういうものは、私が貰う本の仲間には入れない。

本当は著者が書いて、自費出版でなく営利組織の書店から出る本である。自費出版だからといってみながみな価値が低いという訳ではない。よい例はいくらもあり、後にそれが営利出版にひきつがれるような場合もなくはない。こういう本は何かゆかしい感じがする。

小泉信三先生は本が出るたびに必ず一部送って下さった。それも扉に私の名前を書き、ご自分の署名をして下さった。（私は先生の署名本の全部を慶應の図書館に寄贈した。）今は時々池田弥三郎氏から本を貰う。これにも必ず私の名があり、自分の署名がある。これはなかなか厄介なことで、どうせ出版元が世話するとしても、小包を作って贈呈すべき人の住所へ誤らず届けるのは簡単でない。いつか安岡章太郎氏が下さった本の包をあけて見ると、某閨秀作家のところへ行くべき本であった。これが私とその婦人作家の間だけですめばいいようなものの、ぐるぐる誤っていたら大ごとである。

私も近頃、本を読むスピードのかなり衰えたことをつくづく感じる。本を貰った場合、本来なら本は読んでからお礼を出すべきである。そのよき標本はこれも小泉先生であった。本を贈れば必ず読んで感想がついて礼状が来る。先生くらいになれば贈られる本は並々ならぬものであったであろうに、それをいちいち読んで礼状を書かれたのは見上げたものであった。私など近頃貰うといち早くただ頂戴した、いずれゆっくりと丁寧で苦しい礼状を書いて出す。時に読んだ後で再び感想の言葉を述べて出すこともある。

これは本を貰う方の側の話であるが、贈呈する方の立場から心持を書く。私も、貧しいながらこれまで十冊くらいの訳著書をひとに贈った。その経験からすると、よく勉強して苦労している人ほど丁寧な礼状をくれる。そしていわゆる大家となっている人の礼状がまた丁寧である。

近頃粗製乱造の本が多いが、少なくとも著書を送られたからには封書くらいにして礼状を書くべきである。私は小泉信三先生のお勧めにより、随筆をワンマン吉田茂氏に贈ったことがある。吉田氏は奉書の巻紙に毛筆で丁寧な礼状をよこされた。またその前に私の最初の翻訳をこれも書店一誠堂主人の勧めで徳富蘇峰氏に贈った。夏目漱石の用箋に似たような用箋でこれも丁寧をきわめた礼状であった。白面の書生たる私にである。

ところが、少なくとも自分では労作のつもりの本を贈ったのに対し、ハガキ一本、万年筆で通り一辺の礼状をよこす人がある。ものの軽重を知らない人である。そんな人に限って塩鮭の一本も貰えば楷字の礼状を書くだろう。本は人の魂に関することである。しかし、出版の安易になるにつれて葉書一本にも価しない本が出るのも事実である。

ついでに序文について一言述べておきたい。明治時代よく新聞の広告に「賜天覧」とある本がよくあった。仮に今の陛下が生物学の本に「賜天覧」とされてもさして不自然ではない。ところが明治時代のそれはそうでなかったのである。辞引だの美術の本にそれがあった。私は青年の頃天皇は尊敬していたけれど、天覧を賜う云々は妙だと思っていた。

さて序文である。今は亡い人の本を出版するに当って、その著者の人がらまた出版の由来などを序文もしくは後書に書くのは当然である。しかし他人の序文など無駄なことである。例えば、漱石が長塚節の「土」のために書いた序文など涙なしには読めない立派なものだったが、ただ名士、それも本の内容とは何の関係もない役柄、名士（昔は代議士の序文を貰って名誉に思った人もあろう。今代議士などの序文など貰ったらああきたない、そこだけ切りとって捨てたくなるだろう）、第一、人の序文によってその本の格を上げようなどというのは時代おくれである。私は十何冊かの訳著の中、序文をもらったのはタッタ一冊「犬・花・人間」という随筆集に小泉先生の序文をもらった。長文の愛情に満ちた立派な序文であった。

ところが、近頃地方出版が盛んである。いちいちみんな見た訳ではないが、三つも四つも、何と序文の多いことか。この点明治時代の本に似ている。それも本の内容とは何の関係もなくまた権威もない前総理大臣とか、市長だとか、校長だとか、市会議員だとか、何々会長だとか、その本の品位を下げることはあっても上げることはない。頼む方も頼む方だし、書く方も書く方である。ちょうど、結婚式に内容のない名士の祝詞を沢山もらうのと同様である。祝詞を述べさせないと機嫌がわるいなどという人があるそうである。少し雄弁だと内容のないことを知らず立派な挨拶をやってのけたと自ら思っている人もあろう。近頃、東京で私が招ばれる結婚式には媒酌人に名士を避ける例が出て来たし、祝詞も少なくなる傾向になって来たのはよいことである。吉川英治氏の結婚式の祝辞集が本になって出ればすぐそれを真似た祝辞、これを私は二三度聞いた。お嫁さんが借り衣裳だといっても、祝詞まで借りてこなくともよかりそうなものを。

（「越後タイムス」昭和五十一年十二月十二日）

好きと嫌い

親は子供によく「食べ物に好き嫌いをいってはいけません」などという。今は栄養の方から考えて偏食になっては体によくない、そういう見地から来ているのであろう。ところが昔は恐らく、おかずといえば豆腐の味噌汁におこうこ、せいぜい塩鰯くらいで好きも嫌いもあったものではなかった。

世間を見まわして人はみな好き嫌いがありそうに見える。しかし私の目からすると、本当に好き嫌いのある人は滅多にないようである。第一に好きと嫌いが曖昧なのである。本質的に全く矛盾した甲も好きで乙もまた好きなどということはあり得ない筈である。世間の多くの好き嫌いというのがそれである。

世に流行というものがある。例は無限にあるが、一度流行の波が押しよせると、我れも我れもとそれに飛びつく。真に自分に好き嫌いというものがあれば、そんなに飛びつけるはずはないのである。自分の中にしっかりした好きというものがないからである。あると自分で考えていても曖昧なのである。花が嫌いだという人は極めて少なく、大抵好きというだろう。ところで具体的に何の花が好きだという人は数えるほどしかない。例えば柏崎でいえば、春、市役所の庭で苗木の安売りがある。チューリップ、ヒヤシンス、金魚草、ペチュニヤがやがて町中に氾濫する。また盆栽展がある。よくもよくもと思うほど人は松の木が好きなものらしい。真柏もあるが、盆栽といえば先ず松、人のを見てよいと思うのであろうが、盆栽といえば松が頭に入りこんでいる。松なんてつまらない。素焼の鉢にタンポポを植えて楽しもうなどつゆ思わないらしいのである。タンポポといえば道端のどこにもある雑草である。頭が自由なら好きで松からタンポポにとんでも決して不自然ではないのである。

ここで特に私がいっておきたいのは、美しさを中心にしていっているのである。但し、私は善と悪との問題も一緒にしていいたいのである。花の場合牡丹も好きだが菜の花も劣らず好きだといって何の差支もない。ただ道徳上の問題の場合、ある倫理の先生が学校では巧みな講義をする。しかしその先生は往々にして不道徳なことをする。私はそういう先生を許せない。そうして、そういう先生が往々にしているのである。

これを好きと嫌いの話に移して見る。美と醜の話に移して見る。

善と悪、美と醜には、はっきり区別があるはずである。（理屈をいえばきりがない）それをただ好き好きといって曖昧にしてよかろうか。

私は美を愛し醜を嫌う。しかし極めて僅かな尊敬すべき人を除いて大衆の美の標準には常にあきたらぬものがある。従って美しいといって見せられたものをそのまま信用できないのである。十中の九までがそうである。殊に世に定説となっている美しい品物を見て感服できないことが多いのである。世に著名な品物を見てそう思う場合が少なからず、必ず一応反省はして見るのである。しかし頑固な私は、世の権威などに屈しない。

私は私の好き嫌いで物をいっている。私は生れつきと長年の修練によって、自分の好き嫌いに誤謬は少ないと思っているのである。私は昔から無銘品や無名の品が好きであった。その品について何の知識もない初めて見る佳い品が好きである。私の好き嫌いが純粋にはたらくからである。かえりみて、私は五十年来、初めて見てこれは良しとするものを色々とりあげてきた。

昨日も古書目録で見て、ある洋風の錦絵を注文し、幸いに二枚とも届いた。この類の錦絵に作者は大勢あるのであるが、その中で私は特にある作家を尊重し、他の作家とは比べものにならないと信じている。私の言葉をもってすれば好きなのである。然るに世間の人はそれほどとも思っていないらしい。目録につけられた値段がそれを証明している。今仮にその作者をAとする。私に言わせれば、ＢＣＤの作家の作品が仮に一万円とすれば、Ａは十万円でも二十万円でもよいのである。ところが書店の目録はＡもＢもＣもＤも一万円なのである。然しこれは現在の話である。やがて私の好みは勝利を博し、私のいうようなランクができるであろう。

好きや嫌いは誰にもあることである。しかし前にもいった通り、上っつらの好みであるか、デパートの新製品に飛びつく好みであるか、聊《いささ》かの人の影響を受けることもない個性的の好みであるか。その違いは想像以上に大きい。

一方嫌いについてであるが、不道徳の倫理の先生を嫌うのは当然である。それが今の時勢では極めてルーズなのである。政治家に関しては話にならぬ。

花一つ見ても果して、自分でその花の美しさを見て物をいっているのであるか。雪椿の名を聞けば、その花を見もしないでただ礼讃することに忙しい。今から六七年前私は東京で初めて富山越後の特産雪椿の話をきいた。それで柏崎へ帰るとその翌年、特産地加茂へわざわざ雪椿を見に出かけた。雪椿には自然に交配種が出来て千五六百種もあるという。加茂ではその試験場のようなものが出来ていて数百種も集めてあった。遺憾なことに私の感心する雪椿は一つもなかった。

私の甥が今新潟の大学に勤めている。同僚に農学部の教授があり（甥は農学部ではない）、雪椿の研究で名高く、先年陛下に雪椿のご講話を申上げたという。甥の紹介によって、来月その先生にお目にかかり雪椿の逸品を見せていただくことになっている。私はただ雪椿のシャレタ名前に酔い、品物も見ないで雪椿は美しいなどといっている人をよそ目に、この目でその実体を見て来たいと思う。

（「越後タイムス」昭和五十二年二月二十七日）

浜田さん

正月五日午前、浜田庄司氏が亡くなられた。柳宗悦先生を中心とするこの一群の人々はバーナード・リーチ一人になった。

普通なら、私は浜田さんともっと親しくなっていた筈と思うけれど、心は通っていたと思うが、それほど行き来はしなかった。民藝館や三越の個展では屢々お目にかかり、親しく話をしたし、それより、柳さんとかげで浜田さんの噂をした。その知恵と手腕の話をすると同時に、氏の物に対する受取り方、その説明の何とかゆい所に手がとどくような適切さに感心した。普通の人なら無二の尊敬者として自然往復は繁くなっていたであろう。

そこが私が普通の人と違うところである。着かず離れずみたいな関係にあった。世に著名人好きというのがあって、著名人であれば遠慮なく近づいて、人前に出ると余計馴れ馴れしく振舞うのである。そういう人になると著名であれば相手は何でもいいのである。私は著名の人でも私の心の篩にかけて、頭の下る人は蔭ながら益々尊敬するし、名だけの著名人だと鼻もひっかけないのである。

浜田さんは、何時から、私の名を知っていて下さっていたのだろう。そうでなければ、一昨年某社から出す筈の氏の最初の随筆集「無尽蔵」の編集一切を私に任されることはなかっただろう。（この件については何時か書いたことがある）「無尽蔵」は浜田さんにぴったりの良い本であった。（浜田さんのご子息琉司氏は毎日新聞社の出版部長であられたのに、朝日新聞社から出たのはお見事であった）

浜田さんは、常に平凡に構えていられたがそれこそ世界的な巨人であった。どこの婆さんとも娘さんとも、学者とも芸術家とも実業家とも、差別なく話をされ、そうかといって、調子がいいお世辞がいいというのと全然ちがっていた。話かはずむという訳でなく、相手が誰であっても、ピタリと人の欲するところを答えるのである。鍼がツボに当るというのだろう。

私は益子へは三度しか行かなかった。その構えを見ただけでドギモをぬかれた。一度は一昨年の夏である。屋敷の到る処に山百合が咲いていた。（父が好きで植えたのだといわれた）柏崎の町の花が松と山百合と聞いている。誰がきめたのかおよそトンチンカンの極みである。何とかに刃物を持たすとこういうことになる。

私は浜田さんの作品に感心しているのは言うまでもないが、氏の書にも大いに感心していた。いい字なのである。いい字、わるい字、これはお習字なんかしてもし方がない。いわゆる書家の字が大抵いやで、文士などの字に時たまよい字がある。私の知人で書を習っている人がちょいちょいあるようである。一門の発表会などには奮発して立派な表装をして出品し、内輪で賞めあっているのであろうが、その人の手紙などいただいて拝見すると、何のためのお習字かとついいいたくなる。武者小路氏の「根が大事」なんて書いた正直な字で下手ながら、よい字で一世を風靡したことがある。浜田さんの書も別にお習字をした訳ではなかろうが、人間の偉さで出来上がった達人の書で最上級の書である。

私は一昨年益子に青年の為の民藝講習会のあった時、甥二人外一人と出席した。浜田さんに書を書いて貰うつもりで、紙を用意していった。私は色紙や短冊が嫌いなので、前から持っていた和紙数種類、それに朝鮮の紙画箋紙まで幾通りか用意していった。ところが開会の挨拶をされた浜田さんが余りに衰えていられ（当時既に病気のことは伝えられていた）すぐ断念して紙はそのまま持ち帰った。今になってはどうしょうもない。もっと早く民藝館ででもお願いすればよかった。

浜田さんとの関係はそんな淡いものであったが、懐しい。ただ一度、今から何年くらい前になるか（二十年くらいか）浜田さんが宅へ見えたことがある。柳先生とご一緒で、多分五島美術館へでもいったお帰りだったのだろう。あいにく私は不在であったが、お手伝さんが、柳先生がいく度もおいでになってよく知っていたから、私不在の宅へお上がりになってお茶を召し上り、部屋のあちこちにあるガラクタを見て帰られた。私がいたら、自慢の丹緑本でもお目にかけたろう。そして恐らくお賞めに与ったろう。

次いで浜田さんとの関係を無理に探せば、浜田さんのお嬢さんが、浜田氏生誕の地神奈川県高津村（川崎市）の旧家で、十何代とか続いた医者岡家（岡家の門の前には、岡家に対する大きな頌徳碑のようなものが建っていた。）当主道孝氏、そのご子息が川端龍子について日本画を学び岡信孝と称し今は大家になっていられる筈である。その方の夫人となっていられた。私は物好きの関係で度々岡家へ伺っている。岡さんは医者をそっちのけにしてランプや石仏や版画などの収集に夢中であった。そんなことで、浜田さんのお嬢さん岡夫人に幾度かあった。広い明るい画室が思い出される。

次いで朝日新聞社から出た随筆集の出版が浜田さん病中なので、ご長男琉司氏と幾度か文通があった。いつも丁寧で、恐縮するような文面であった。また浜田さんの奥さんからも何度かお手紙をいただいたことがある。やはり心のこもったもので、琉司氏の手紙も奥さんの手紙も探せばどこかにあるだろう。繰りかえしていう、私がいわゆる有名人好きで浜田さんに近づいていたら、随分ご懇親を得ていたであろう。

自分で字が上手だと思っている人の字が最もいやらしく、正直でごまかしのない字が一番美しく好ましい。

（「越後タイムス」昭和五十三年一月十五日）

民藝品は贅沢品なり

「民藝品は贅沢品なり」こんなことは別に珍しい意見ではなく誰でも思っていることだろうが、ただはっきりそういいきった人がない。

民藝とは民衆的工芸をつめて作った新語で、近頃では通俗になりすぎて反感を覚える人もあろう。ただ浜田庄司氏が「民藝の看板のあるところ民藝なし」と言われたのは、私も何度か引用したこともあるが、本当からいえば意味をなさない。ポリバケツもアルミの湯沸しも魔法瓶も現代では代表的な民衆的工芸品、即ち民藝であることには間違いない。ただ見なれて何の感じもなくなっているが、美しくも何ともないというばかりである。

そもそも民藝とは茶祖達が、また下って柳宗悦、浜田庄司、河井寛次郎氏等の先達達が、昔の普段使いの品にむしろ美を見出し、その美を追うて、それを大きく世に宣揚したのである。その美の中核は何であるか、材料の正純、仕事ぶりの誠実である。工人は一家の経済のことを考えず、ただ一図に仕事に打込んだのである。

江戸時代の階級に士農工商というのがある。それに学者、僧侶、医師が、士、農の中間に入る。一体に昔の人の生活は極端に質素倹約であった。士は飢えさせない程度に百姓を搾取した。工人はただ生きられる程度の報いを受けて満足していた。商人は知恵を働かし、偉いのは蔭で士を手玉にとっていた。士が表向き威ばって商人の台所でへいつくばっていた話は色々ある。

工人といっても色々ある。大名の御時計師のように生涯に幾つとか時計を作ってやにさがっていたのもあろうし、御蒔絵師は、船を海に浮かべて塵を避け、何十扁となく塗っては塗り、美事美事などと言われて大満足していた少数の工人もあったろう。

しかし工人とても千差万別である。およそ庶民の日用品は、何もかも市井の工人が作ったのである。膳椀を作るものもあるし、茣蓙《ござ》や畳を作るものもあれば、紙を漉くものもあり、蠟燭を作るもの、皿や徳利を作るもの、鍋釜を作るもの、鋤鍬を作るもの、千差万別である。どの工人とて、この皿は一日に何枚作らねば、生活が立って行かぬなどと考えて作る人はない。ただ長い間の修練によって早く作り、しかもくるいのない品物を作る。中には俺が作ったのは長持ちがする、あの人の作ったのと比べて見て欲しいと私《ひそ》かに自負していた人もあろう。

どの品も皆手仕事である。近頃無暗に「手仕事」という言葉が流行り、実用のためでない飾り物の鞋《わらじ》、藁靴といわず、民藝品と称する藁工品――例えば今年のエトに因んで藁細工の馬などが方々で出来ているが、きりっと藁がしまっておらず、ぐさぐさの鞋や馬（テレビで幾つも見た）は見てから気持がわるい。仕事に身が入らず、ただ手作りの民藝品を一日に何個つくってソロバンに乗せようとしているに過ぎないからである。昔の民藝品と全く性質がちがうのである。

昔の民藝品は先ず材料を吟味した。今は利潤が先であるから材料などにかまっていられない。箪笥を作るにしても厚い桐などはもっての外である。はぎ合せるか、表面に紙のように模様だけの桐の木目を見せる。箪笥の底板なんか見えないところはどうでもいい。何か底が抜けなければそれでいいのである。下駄でさえ、表面は張り合せであり、歯は歯の形のものを接着剤でくっつけるのである。

今はモーニングで何でも間に合せるが、昔は祝儀不祝儀には必ず紋付を着た。今の染物屋の紋の描きよう、中学生の悪戯ではないかと思えるほど、その不様さ加減、見るに耐えないのである。

昔の工人は、「紺屋の明後日」などといって、時々日や時間を違えるノンキな人もいたが仕事は堅かった。昔の工人はそれぞれ自負心を持っていた。決して品物に名は出さないが、この品物は誰が作ったのでもない、この自分が作ったのだという責任を感じていた。

詳しく言えば切りがないが、昔の民藝品はこうして出来たのである。所が今は違う、全く違う。材料などはどうでもよいのである。上辺だけ辻褄を合せているのである。材料を選べば高くつく。高くついても俺の造った品物はこれでなければならないなどとは思わないのである。それより利潤が先である。それか品物と共に名が欲しいのである。使い良い皿を作ってそれですまされないのである。皿には銘を入れ箱を作り、箱書きがしたいのである。甚だしきに至っては東北の人形こけしにはそれぞれ作者があり、ベレー帽をかぶってひとかどの芸術家だと思っているのである。もっともこれには買手に罪がある。収集家というものがあって、誰作のこけしなんて芸術家にけしかけているのである。

これでは江戸時代から明治初めにかけての民藝品など出来て見ようがない。名を出して申訳ないけれど池田三四郎氏の松本民藝の作品など、池田氏の心掛けは見上げたものであろう。材料を吟味し心はこめていよう。しかし一般庶民の手のとどく値段ではない。贅沢品であるのみならず、十年前の作品から見て、随分品が落ちた。私が十年前に求めた茶箪笥など今、高島屋に景気よく並んでいる品物に比べ仕事ぶりに格段の差がある。段々心が遠く、ただ名だけが上っている。

手仕事、材料の選択、仕事ぶりの誠実、今の世に、最も高価なものはそれである。真の民藝品は贅沢品なりというのは当然である。敢て池田三四郎氏の名を挙げたのはお世辞をいうより真実を語った方がよいと思ったからである。

（「越後タイムス」昭和五十三年一月二十九日）

ベロ藍の皿を買う

よく行くゲテ物屋へ立寄った。相変らずゲテ物が隙間もなく並んでいる。そして近頃婦人雑誌の料理を扱ったところによく出ているような大小の皿が二十枚くらい掛けてある。それでも値段を見るとみんな二千円とか三千円もする。天井に近いところに竹の模様の中皿が一枚かけてある。私はあれを取って見せてくれませんかといった。ベロ藍の皿で値段を見るとタッタ五百円であった。松田政秀さん（柏崎の人、真宗の僧侶）や料治熊太氏はベロの先駆者であるが、私はまだベロ藍ものを買ったことがない。しかし全然買ったことがないというとウソになる。終戦後間もなく虎ノ門の近くの骨董屋で汽車の図の大皿を買ったことがある。それは兄のために買ったのである。ベロ藍の皿には時々築地ホテル鶴だの吉原の洋館の遊廓といった黒船館向きのものがある。

私が今度買ったベロ藍の皿は径三十センチばかりの竹の模様がついている。ベロ藍だから色は毒々しい。一体染付のゴスというのは何だろう。コバルト化合物の名だという。有田に白いセトモノが出来るようになってから（その後、瀬戸だの方々に出来たが）朝鮮人がゴスというもので模様をつけることを教えてくれた。青緑の鉱石だそうだが色々不純物が交っているから、キレイな染付にはならないで、鉄や銅や色んなものをふくんでいたろうから、青黒くなったり時に赤味が出たりしたこともあったろう。そういう不純物が入っていたればこそ、ああこたえられない古伊万里だなんかと喜ぶ。そのゴスというものが、だんだん減って来たのだろう。明治になってから模様になる化学性のコバルトなるものが外国から入ってきた。それがベロ藍というものであるらしい。（詳しいことは知らないが明治十年頃とか二十年頃とかいう）昔の染付を見なれて来た老人はその俗な毒々しい青い染付に顔をそむけた。

松田さんにきいて見ないと、よく分らないがベロ藍も捨てたものではない。また別の美しさがあるなどといい出して集める人が出て来た。料治熊太さんの論理はおかしいが進駐軍の将校の夫人が盛んに使っているからいいというようないい分であった。松田さんは何にもいわず黙々として、ただ集めておられたらしい。この方が美事である。

さて、こともあろうに私が何故ベロ藍の皿を買ったか。別に珍らしくもない竹の模様に感心したのである。その筆遣いがなれたものである。セトモノの模様などいうものは、名画工がタッタ一枚、息をのんで描いたとてセトモノとしての模様になるものではない。同じものを何百枚何千枚と描かなければあの味は出てこない。例の益子の既に亡くなったが皆川マスさんとい

う お婆さんは同じ土瓶の模様（四五センチだが）を生涯に六百万個くらいは描いたといわれている。マスさんは年中ゆがんだ土瓶の膚に絵を描いていたから平らな紙に絵を描くのは苦手だったという。

さて私が買って来た皿である。私が一番気に入った皿が一番安かったというのも面白かったが、その竹の幹、笹の描きようが生きている。非常な速度で描かなければ、こうは描けないだろう。幹の下より上の方が太く不自然なところもあるが、そんなところはどうでもよく、また気にならない。岩のようなものが三ヶ所にあるが丁度よく納まっている。この絵を描いた職人はこれと同じものを何百はおろか何千何万と描いたであろう。そうでなければ、こうは速筆でおさまらない。そして「ウマい」と思う。笹の枝の出方、葉の開座方、葉のすじ、どうしてこうも都合よく行っているのだろう。周りに半かけの菊のような模様が互い違いに書いてあるが少し乱れている。これはベロ藍以前の時代だったら、もっとよかったに違いない。しかしそれほど気にすることもない。立派な模様である。

この皿は私に工芸の美が繰り返しの必要さを教えてくれる。同じものを多く描くことによって職人の手は神に通ずる。おこって描いても笑って描いてもふざけて描いても効果は益々上るばかりである。

ここで職人が迷って自分を出そう個性を出そうなどと思ったら、絵は忽ちくずれてしまう。

模様の埒外に出てしまう。近代の個人主義が、如何に模様を堕落させているか。個性創作主義が秩序を乱し美しさを乱しているか。美を目ざしているのではない。何とかして露骨に自分をむき出しにしようとしているのである。それよりもいっそ無地の模様のない方がどれほどよいか分らない。人はそう思わないだろうか。

このベロ藍の一枚の皿はタッタ五百円で、美の問題について如何に色々なことを教えてくれたか。

但し私が感心したこの皿を人にさし上げても、恐らく誰も感心しありがたがってくれる人はないだろう。真理は自分で貰うものである。

（「越後タイムス」昭和五十三年五月二十一日）

きれいと美しい

単純な人に、きれいと美しいと言って見ても、それは同じだというだろう。辞引をひいて見ないが、きれいと美しいをどう区別してあるか。多分曖昧だろう。しかし私はきれいと美しいを区別して使っている。花などは大抵きれいですましている。牡丹の花を見ても桜の花を見ても簡単にきれいで通している。女の人などは、きれいと美しいには大分違いがあるのだけれど花と同じように区別なしにきれいで通している。よい例がお嫁さんである。もっともついこの間まで男の子みたいだと思っていたのがお嫁さんの衣裳をつけると見違えるようにきれいになっている。目が涼しいの鼻筋が通っているというのではない。洋蘭の花が咲いたようにきれいなのである。近所の人がお嫁さんお嫁さんといって集まって来る訳である。

しかし我々が美術品や工芸品を見る場合きれいと美しいとを判然区別して見ている。同じ展覧会でも素人の作品の場合、困ってきれいですネですます。玄人のだって美しいと思えるものは極く僅かしかない。従ってきれいですネですますより仕方がない。

美しいものという場合には、それを見る人の目が修練を経ていなければならず、たとえいかに修練をつんでも、その区別のつかぬ人がある。美術収集家でご自慢の品を見せられた場合、よくそういうことにぶつかる。美しいか否かを見る場合、それは瞬間であって、いくら考えても答は出て来ない。きれいも美しいも区別なしに集め、それがみな美しいと信じこんでいる。そういう例は甚だ多い。

私が今日、何故こんなことを言いだしたかというとそれには訳がある。私は用事があって去る十四日上京し、十七日の午頃帰って来た。往復とも「よねやま」、乗りかえが面倒だからである。三晩泊った訳であるが、半日田中（豊太郎）さんに会いたかったし、話もあったので、久しぶりに駒場の民藝館に伺った。ご承知の通り浜田庄司氏が亡くなってから、民藝館長が代った。柳先生の遺言には宗門や茶道の例もあり、民藝館の館長は世襲相成らずとあったそうである。しかし事情が事情で柳先生のご長男柳宗理氏が館長になられた。つまり柳先生の遺言に反いた訳である。私は今、その善悪をいっているのではなく、現実をそのまま報告しているのである。私も民藝館の顧問だか相談役の一人だが前の評議員の時代から毎度案内をもらいながら、その会議に出たことがない。しかし付度するに今後の民藝館はガラリと変るであろう。

今度民藝館を訪ねて見ると、偶々李朝万般のものの綜合展覧会ともいうべきものをやっていた。（民藝館は蔵品が多く、毎度の陳列もそのホンの一部である。しかし永年かよった我々は民藝館の品物を大抵知っている。時々こんなものもあったのかと驚くことはある)。陶器、石器、木工品、民画等々あらゆるものが並んでいる。その悉くが美しいのである。例えば安宅コレクションとかソウルの博物館で見る品物は今窯から出て来たようなきれいでも必ずしも美しいと言えないものが並んでいた。しかし今民藝館にならんでいる品物は例外なく美しい。世の博物館にはそれぞれの品物について詳しい人がいる。その歴史について用途についてその手法について詳しい人がいる。詳しい人必ずしも美の分る人ではない。陶器部門の専門家に拓本を見せてもラチがあかない。宋元画の専門家にペルシャのガラスを見せてもただじたじである。

柳宗悦先生は美を鑑識する神様であった。何を見ても一刀両断に美しいものとそうでないものを見わけた。民藝館に並んでいるものは総て柳先生の目の篩《ふるい》を通ったものである。(眼の点で柳先生に信頼のあった田中豊太郎氏が先生の歿後買い入れたものが若干ある。これは信じていい)

とにかく、きれいな物と美しいものは判然ちがうのである。とにかく今李朝の美しいものがぎっしり並んでいる。美しいものとは何であるか勉強するのには、今が絶好の機会である。毎日通ってこれを見つめ、考え、また見つめるがいい。もしその熱心があったら、その人の目は必ず開けるであろう。組織が変って、今後こういう展覧会が再び開かれるか否かは保証しがたい。願わくは美とは何か、美しい品物とは何か会得するのによい機会である。

この度、私はよき機会にめぐまれて、讃嘆した。そして柳宗悦先生を回想し、不世出の美を鑑賞する神様を思った。

幸いにして私はながい間、柳先生に愛せられ、美しい物が入ると特に招かれ見せていただいた。私の選ぶものを可とせられた。ご本の編集を手伝わしていただいた。

近頃柳先生の研究が漸く盛んとなり、全集も編まれんとしている。しかし柳先生の本を読んだばかりでは仕方がない。先生の選ばれた実物を直かに見よと私はいいたい。

（「越後タイムス」昭和五十三年六月二十五日）

田中さん御苦労さま

ここに田中さんというのは田中豊太郎氏のことである。氏は新潟市出身、私は氏の五十年来の一友人であるが、氏の詳しい履歴を知らない。大正の終り頃共に柳宗悦先生を知り、共に先生を尊敬しその恩遇を受けた。

特に田中さんは柳先生にその美を見る鋭い眼力と犀利《さいり》な経営の才を認められて、戦後（多分昭和三十年頃）日本民藝協会専務理事として、協会並びに民藝館を運営し、機関雑誌「民藝」の編集を任された。（氏は新潟で金融関係の会社に勤務していられたが柳先生の懇望もだしがたく、職をなげうって先生の希望に応えられたのである。それが判然何年であるか私は記憶していない）

何より尊敬すべきは氏の眼力である。夙《つと》に柳先生はそれを認めていられたのである。氏は雑誌「民藝」の編集に当られた。

氏の記すところに依れば、「本誌が当協会の機関誌として発足の当初から、故柳宗悦師のご委嘱をうけて、昭和三十二年十月号以来今日まで、二十二年にわたり二四八冊、只管《ひたすら》その編集に没頭して参りました」と氏が最後に編集された本年六月号の編集後記に記されている。

氏は筆の人でなく眼の人であるが、各号に書かれた編集後記作品解説の短文は、一字一句もおろそかにしない、よく推敲された文章である。

氏はその同じ編集後記にいう。「ともかく何よりも図版の選択を第一義とし、物に即す工芸美の端的な提示を主眼といたしました」とある。これは実に涙ぐましいほどの偽らざる告白であろう。

柳先生が早くその眼力を認められたように、氏は美を見る眼の稀に見る選ばれた人である。生来の確実の眼を縦横に駆使して「民藝」を特色ある美しい雑誌に育てあげられた。世に美術工芸を取り扱う雑誌には、挿絵に多くの矛盾がある。我々は多くの場合、それがその道の著名な人の手になって、その挿絵を見る時、失望を感じない場合はむしろ少ないと言える。

田中氏の場合一切それがない。それには容易ならぬ自信と決意がいる。例えば、民藝館のものでなく他人の所蔵品を借りて挿絵にする場合がある。ある一点の作品をとりたい。所蔵者は、その品でなく他の作品を推薦してくる。その場合、自らが良しとするもののみ採り上げるのには勇気がいる。氏は敢然と心にもないものを取り上げないのである。相手の心証を害することは稀れのことではなかったであろう。氏は往々にして頑固な人と言われた。よき眼を持ち信念に忠実な所以《ゆえん》で、厳しくこれを押しすすめる、また容易ならぬことである。二十二年二四八冊にわたりその信念を押し通して来たのである。顧みて氏が編集した一冊一冊を親しく手にとって見よ。何れも美の鑑《かがみ》である。多くの読者の中にはそれを解せぬ人もあったであろう（現にそういう声を聞いたこともある）しかしそれは真に美を解せぬ人の声である。私どもは、田中氏がよく柳先生の真精神をよくも誤らず受けつがれたと驚嘆あるのみである。この事実は何時の日か分る時がこよう。心から田中さん、御苦労さまといいたい。如何に感謝してもしきれない事実である。心ある人は私と同じであろう。

柳先生亡き後（昭和三十六年）、浜田庄司氏（本年一月）去り、柳先生のご長男宗理氏がこの五月浜田氏の後を嗣いで日本民藝協会々長併せて民藝館長になられた。世は移り行く自然の理である。田中氏は、専務理事の職を退き、「民藝」の編集は若い世代に譲られた。淡々たる田中氏は、恐らく心中のすがすがしさを覚えていられるであろう。（氏はなお顧問として民藝館を見守って行かれる）。

私も長い間、氏の編集にかかる「民藝」を月々見て如何に眼を開かれたことであろう。嘗て田中氏の眼に曇力の表われたことがない。私は嘗て、安宅コレクションを失っても、それを朝鮮に返すのであれば、少なくとも小美術館にある品物で十分美が味わえるといったことがある。小美術館とは民藝館のことである。田中氏は何度、民藝館にある李朝の陶器を紹介されたか。

民藝館の品物には往々にしてキズ物がある。完全品にしか賛辞を呈せぬ人は我々美を愛する者の真の友ではない。キズはあっても繕ってあっても、李朝の陶器で民藝館の蔵品を越えるものは先ずないと堅く信じる。それは陶器の一例に過ぎない。田中氏はいつも民藝館の蔵品に焦点をあて選びに選んで、紹介された、それが二四八冊に及ぶという。田中さん御苦労さまと言わずに何としよう。氏が月々「民藝」の編集に没頭したといわれるのは、実に誇張のないいい分であろう。八十歳になられる氏の気魄、それがよくそうさせたのである。

氏に「李朝陶磁譜」（本当の意味の豪華版）の私家版があり、平凡社から出た「三島」（陶器大系三〇）がある。恐らく著書はこの二冊であろう。しかし氏の成し遂げた仕事は実に大きい。幾度かいう。

田中さん御苦労様！　と。

追記―田中氏は新潟市天神尾一の人、大きな屋敷と大きな池と、今もそのままあるのであろう。

（「越後タイムス」昭和五十三年八月六日、「民藝」三〇九〔昭和五十三年〕に補筆して転載）

柳宗悦さんとのこと

私は柳宗悦さんに会う前に既に柳さんの本を何冊か読んでいた。叢文閣から出た「宗教とその真理」とか「宗教の理解」とかいう本で、私からざるような本であった。塾へ入って烟田春郷君が教えてくれたのである。

大正十二年頃と思うが、夏休みに田舎へ帰ると、勝田加一という素人の骨董屋さんが、東京へ帰る時、柳先生に届けて欲しいと風呂敷包みを渡された。中にはセトモノが入っていたのだ。休みが終って東京へ帰ると港区（当時赤坂区といったかも知れない。）高樹町の柳さんのお宅を探して玄関まで行くと張り紙がしてある。普段忙しいから用事のある人は木曜日（？）に来てもらいたいというように書いてあった。田舎者でそういう経験がないのでどうしたものかと迷った。品物を持ち帰るのも面倒だから勇気を振ってベルを鳴らし、出て来た女中さんにこれこれだと託して帰った。帰り途そういうものかなと思い、やれやれと思いながら下宿へ帰った。

次は大正十二、三年頃新潟の人で戦後は日本民藝館の理事をしていた田中豊太郎氏外何人かで柳さんを訪れた。私にすれば宝の蔵へ入ったようなもので驚いた。珍しい品物があるわあるわ、それもただ飾ってあるのでなくて、みな実用に使われているらしいのである。今でも印象に残っているのは大きな真鍮のストーブ（満州産という）で、すぐ欲しいと思った。番茶の茶碗は、その後大流行となったソバ猪口が使われていた。柳さんは地震後、大正十四年京都に移られ昭和八年帰京、小石川の久堅町に移られたが、同十一年民藝館が出来るとその西館を住居として移られた。それからは屢々お伺いするようになった。

何か館に品物が入ると見に来ないかとお誘いを受けること屢々で、また柳さんは甘いものがお好きで戦争が激しくなるとお菓子が手に入らない、幸いに私はよいお菓子屋を知っていたので何度かお役にたった。

柳さんの側にいると感心することばかりだが、中でもその眼力に感心した。何時か梅原龍三郎氏と安井曾太郎氏が物を見るのに、梅原氏はすぐ見るのに安井氏は何時までも見ているというような記事を読んだことがあるが、柳さんは恐らく梅原さんと比べても速い、見て即座に事が決まるのである。一刀両断である。柳さんは良く物を直下に見よと言われたがそれである。物を見ると同時に判断が決まり、それで間違いないのである。赤子のような生い生いしい眼と哲学者のように透徹した眼を同時に持っていられたのであろう。即座に一番よいのをとってしまうのである。

小さいといっても駒場の民藝館、あれほど品物の充実した美術館も少ない。そこに蔵する品物はどの部門に於ても一級品ばかりである。時勢がよかったこともあろう。物を直下に見るのであるから、一般の人が考えている間に勝負は決まっている。それで柳さんの買物は、何時も時分がよかったことになる。

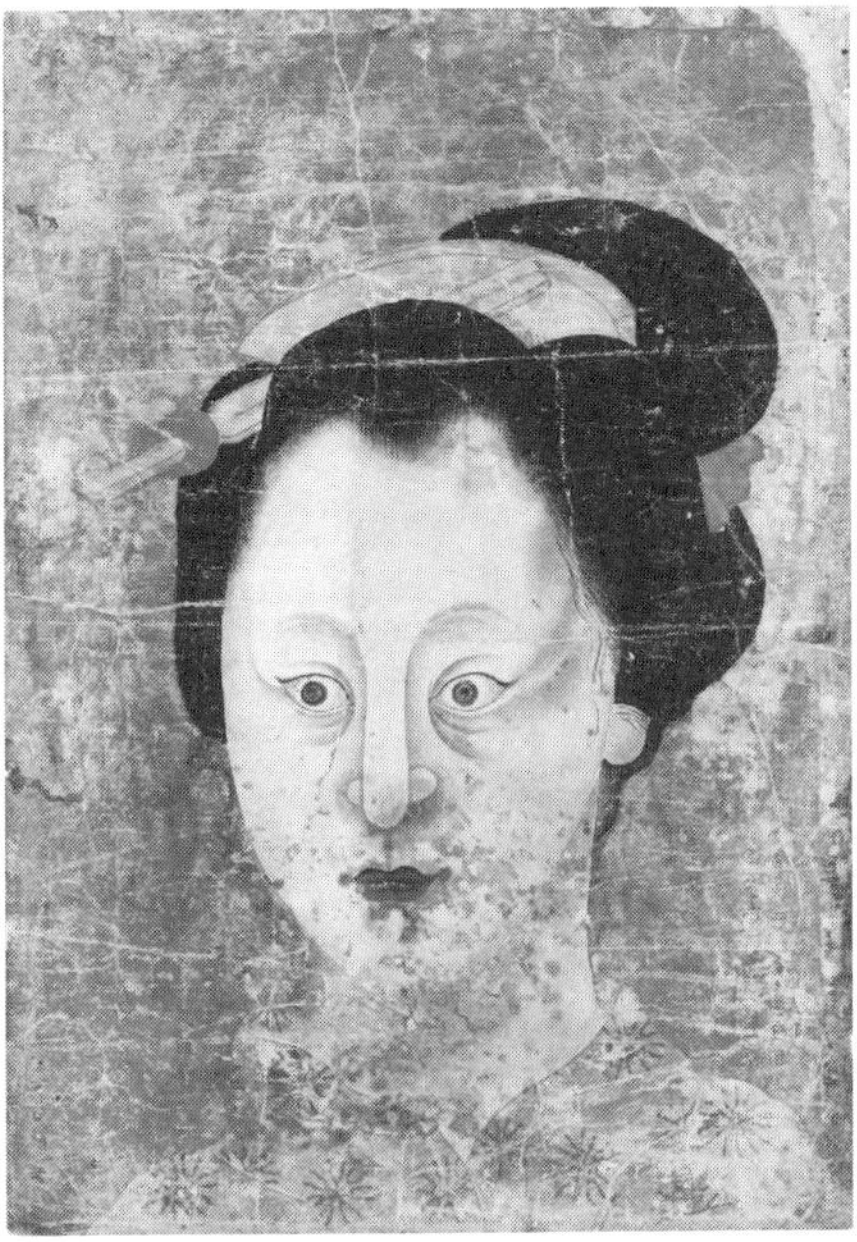

吉田小五郎旧蔵　泥絵　婦人図　18 世紀
（日本民藝館蔵）

それに人に対して何時も親切であられた。そうして人を益し結局は自分がよくなられるのである。

私は一時東洋蘭にこったことがある。私は良い鉢のないのをかこったことがある。柳さんはよく旅行された。その旅の先々から色々の蘭鉢がとどくのである。

また柳さんに泥絵について一文を頼まれたことがある。時々見つかったからといって泥絵に関する文献を送ってよこされる。和時計に関する本を書かれた塚田泰三郎氏が同じことを言っておられた。恐らく誰に対してもそうだったのだろう。そして珍しい雑誌「工藝」百二十冊ができたのであろう。

また何時か宅へおいで下さったことがあった。日本の泥絵と外国の銅版画をお目にかけて喜ばれた。偶々その時に荒木元融（号丸山）の洋画があった。元融は長崎の洋画家で簡単な履歴は分っているが、彼の描いた絵の実物がない。彼の唯一の作品で珍しいものである。私は日本婦人と題していたが、着物を左前に合せ眼が異様で少しグロテスクの絵であった。

嘗てこの絵を色々の人に見せたが、この絵に注意した人がない。私の兄と柳さんの二人が特別であった。柳さんは激賞され、私もそれなるかなと満足した。勧められて大阪毎日新聞主催の展覧会にも出品した。その後、昭和十一年民藝館の出来た時、同館に寄贈した。時折り陳列され、今（八〇年五月）も陳列中だそうである。

私は長く柳さんの近くにいたから、柳さんについて色々のことを知っている。

（「泉」二九　昭和五十五年八月）

Ⅲ

「お八つ」の話

学校から帰って「ただいま」をして、それから少し勉強してから頂く「お八つ」のうまさ。殊にそれが気に入ったものであった時、皆一度に食べてしまうのは惜しい気さえしますね。

その「お八つ」というのは、昔の時間の数え方であるいは「未《ひつじ》の刻《こく》」とも言い、今の時計で言えばちょうど午後二時です。近頃「お三時」と言うのがそれに当ります。しかし「お三時」を昔の流儀《りゅうぎ》で言うと「八つ半」、四時になれば「七つ」と言います。この「お八つ」の時間に頂く「お八つ」は大抵《たいてい》お菓子でしょう。今日はそのお菓子の話をしようというのです。

今、私達日本人は誰でも一日に御飯を三度ずついただきます。ところが昔――鎌倉時代以前――の日本人は朝と晩の二食でした。もちろん樵夫《きこり》や百姓のように力仕事をする人達は三度も四度も五度も食べたでしょう。一般の人達は二食で、その間に軽い「お八つ」、お菓子のようなものを食べたのです。

お菓子といったところで、大昔には無論気のきいたお菓子などあろうはずがありません。多くは天然の木になっている「果実《くだもの》」であった。そのためでしょう、昔はお菓子のことを「くだもの」と言った。お餅やお団子のことまで「くだもの」と言ったのです。「くだもの」と「お菓子」が判然《はっきり》区別のついたのは、ずっと後になって世の中が進んでからのことでした。それとはまた反対に今の果物のことを「菓子」とも呼びました。だから「菓子を摘《つ》んで食べる」などと昔の本には書いてあります。とにかく、日本の大昔のお菓子は、果物、それからお餅、お団子、糒《ほしい》のようなものでした。

次に日本がシナと交通するようになると、文字を初めとしていろいろの文物《ぶんぶつ》がドッと押しよせて来ました。政治上の大改革で「大化《たいか》の改新《かいしん》」というのを知っているでしょう。これもシナからいろいろ進んだ政治のやり方を学んだ結果です。家の建て方も着物の織り方作り方、お料理の仕方、当時のハイカラさんは皆シナに学びました。お菓子もやはりその例に漏れません。今でもシナ料理屋に行くとあるテンプラのようなお菓子、ああいうものであったらしい。餅、団子のようなものを油で揚げたもので、古い本にはたいそう難しい名前が沢山出ています。何か虫の形をしたのや、お乳の形をしたのや、お臍《へそ》の形をしたお菓子などがあった。その頃のお菓子の甘味はどうしてつけたかと言えば、多く「甘《あま》ちゃ」の葉や茎《くき》からとったので、まれに蜂《はち》蜜《みつ》も使ったそうです。「甘ちゃ」といえば、四月八日の花祭にお寺に行くと、お釈迦様《しゃかさま》の頭からブッかけたのを飲ましてくれるでしょう。

それから足利《あしかが》時代になりますと、茶の湯の流行といっしょにお菓子が大いに発達し、江戸時代に入ると立派な菓子屋が、江戸や大阪や京都にはぽつぽつと出来はじめ、江戸時代の中頃にはお砂糖《さとう》がだんだん自由に使えるようになって、いよいよ盛んになったのです。日本のお菓子といえばすぐ羊羹《ようかん》と饅頭《まんじゅう》を思い出しますが、これは両方とも足利時代にシナから伝わったものだといいます。

羊羹は四十八羹といって、角力《すもう》のてのように猪羹《いのししかん》だの鼈羹《べつかん》だの海老羹《えびかん》だの白魚羹《しらうおかん》だのと四十八種あったと言いますが、ここに饅頭についてちょっとおもしろい伝説がありますから、これを述べて今日のお話の結《むす》びに致しましょう。

シナの三国時代の大忠臣に諸葛孔明《しょかつこうめい》という人がありました。孔明は蜀漢《しょくかん》の天子二君に仕えて忠義を尽した人ですが、ある時南蛮《なんばん》──今の雲南《うんなん》方面──を征伐《せいばつ》したことがあります。南蛮の酋長の孟獲《もうかく》というものを七度も捕えては逃してやり、逃しては捕えて勝利を得たという名高い戦争です。その頃南蛮の風俗に人の首をもって神を祭る悪風がありました。孔明はその蛮風《ばんぷう》をやめさせたいものと、羊や豚の肉を麺類《めんるい》に包んで人の首の形を作り、これで神を祭らせることにして、これを「蛮頭《ばんとう》」と名づけました。マア一種の肉饅頭《にくまんじゅう》ですね。

孔明《こうめい》は蜀漢《しょくかん》本国、すなわち今の四川省《しせんしょう》方面に凱旋《がいせん》すると、この蛮頭の作り方食べ方を伝え、蛮の字が面白くないというので、蛮を饅《まん》に代えて「饅頭」としたというのです。

この饅頭を足利時代に京都の建仁寺《けんにんじ》の第二世龍山禅師《りゅうざんぜんじ》がシナに勉強に行って帰る時、林浄因《りんじょういん》という人を連れて来た。この林というシナ人が奈良で作り始め、後に名を改めて塩瀬《しおぜ》となり、有名な塩瀬菓子店の基《もとい》を開きました。なお昔の饅頭屋の店先には大抵荒馬《たいていあらうま》の看板が出ていたそうですが、これは「アラ、ウマ」の洒落だということです。

カステラやボーロやカルメラ、コンペトーのような西洋菓子のお話もする訳でしたが、紙面が尽きましたから、また改めてお話しすることにしましょう。

（「佳い綴り方」二—三　昭和十年）

時計の話

「時」の記念日にちなんで、何か時計の話をせよとの注文です。私にたのんでこられるからには、きっと古い話という意味でしょう。

極《ご》くお古いところでは「漏刻《ろうこく》」というものがあり、「日時計」というものがありますが、私は洋式の時計、それも日本で行われた洋式の時計の話をしましょう。今年は日本にキリスト教を初めて伝えたフランシスコ・ザビエルという宣教師が日本へ来てから、ちょうど四百年になりますが、そのザビエルが日本へ来る時お土産に時計を持って来ました。天子様に差上げるつもりでしたが、都合によって山口の殿様大内義隆に献上しました。時計ばかりでなく、その外鉄砲や眼鏡や楽器や本があり、義隆は大へんよろこんで、御礼に沢山のお金を差出しましたが、ザビエルは、そんなものはいりませんと断りました。その後、織田信長や豊臣秀吉もザビエルではありませんが、その後に来た宣教師から時計をもらいました。それからまた九州ではキリスト教が盛んになって、その方の学校が出来、そこでは西洋式の印刷機を輸入して本を作ったり今のオルガンやマンドリンに似た楽器を作ったり時計を作ったりしましたが、残念なことに今お話したように時計は一つも残っておりません。

ところが、江戸時代の初めになって、スペインが徳川家康に、置時計を献上しましたが、はっきりこれだとは言いきれませんが、今静岡県の久能山の東照宮に一五八一年（日本では信長の殺された前の年の天正九年に当る）マドリッド（スペインの首府）と書いた時計が今でも残っています。

それから、オランダと交通が開け、はげしくなるにつれて、色々の時計、懐中時計やら工夫をこらしたオルゴール入の目覚時計というものが入って来て、日本人をよろこばしました。そうして日本人も自ら機械時計を作るようになりました。日本人は手工芸にかけては、どこの国の人にも負けません。江戸時代に出来た時計は、その美術的工芸的価値において、また機械の精巧さにおいてもどこの国のものにも劣らない立派な時計が出来ました。それもその筈、大名の間に時計の趣味が流行して、時計の間を作りまた競って立派な時計職人を召しかかえました。歯車から心棒から文字盤から何から何まで一人でこつこつと作るのです。丹念な仕事になると一生に幾つというほどしか作れませんでした。

時計の歴史は東西ともに古くからありますが、さて実用に使われるようになったのは極く新しいことだと思います。私は日本では明治以後だと見ています。それにつけて東西に面白い話があります。機械時計が出来て間もない頃、ドイツの皇帝でスペインの天子様をも兼ねていたカール五世は時計が好きで沢山時計を集めましたが、どれも合いません。皇帝はつくづく考えました。機械でさえ、幾つものものが合うというのは難しい、いわんや人民の心を一つに合わすというのは容易のことではないと。

日本でも、江戸の城中に時計の間というのがあって、そこには沢山の時計をおき、間付《まつき》の坊主がおって、時間々々に太鼓を打って時を知らす仕かけになっていました。ところがやはりどの時計も時間が合いません。そこで二代将軍秀忠の夫人の取計いで、時計を一つにしたということです。

落語のような話ですが、一つでは、今わるい訳がないでしょう。

（「幼稚舎新聞」昭和十一年六月二十五日）

ザビエルの話

日本へ初めてキリスト教を伝えた宣教師の名をフランシスコ・ザビエルといい、時は室町時代の末、天文十八年（西暦一五四九年）のことでした。それからかぞえて今年はちょうど四百年になるので、ザビエルが伝道したゆかりのある地方例えば鹿児島、山口、府内（いまの大分）等でそれぞれお祭があり、これを機会に外国から巡礼団が来たりして、さぞにぎやかなことであろうと思います。これは単にキリスト教信者だけのお祭であってはならないので、一般の日本人が大きな気持になってこれに参加していいことだろうと考えます。直接ザビエルに関係のない東京や横浜でもお祭が行われるというのもその意味です。と申すのは、ザビエルはキリスト教の宣教師であるというばかりでなく、文化の伝達者であり、また日本は今後新しい世界の日本として立上ろうとしている時も時だからです。ザビエルによって日本は初めて世界につながる日本になったのでした。殊にせまいゆがめられた封建社会の道徳が世界的の立場から批判を受けたこの一事だけでも意味深いものがあったと申さなければなりません。

ザビエルは日本に滞在すること約二年三ヶ月、信者を得ること千人ぐらいで、それはインドにおける成果に比べて甚だ少ないものでした。インドでは二ヶ月に一万人の人に洗礼をほどこして腕がいたくなったと、手紙に書いています。しかしザビエルにとって、日本人の千人はインド人の万人何十万人にも匹敵すると考えました。日本人は万事理性によって行動し、いやしくも人真似で信者にならない国民だといっているからです。ザビエルはたいそう日本および日本人を愛しました。日本人はごうまんであり、外国人をけいべつするといいながら、口をきわめて日本人の長所をとりあげて賞めています。ポルトガルから東の方で日本人以上に美点を沢山もった国民はないともいい、色々の美点をあげています。日本人は礼儀正しく、何より名誉を大切にし、知識欲が盛んだといっています。その外、こちらで聞いてきまりが悪いくらい日本人をほめたたえています。要するに日本人が好きでたまらなかったのでしょう。

このザビエルは、またとても子供が好きでした。好きであると同時に、将来をになうものは子供や青年で、その教育が大切だと考えました。インドでは信仰の箇条を歌にして子供に歌わせ、ザビエルが鈴をならして町を歩くと、子供がぞろぞろその後をついて歩きました。日本ではむしろ子供からあざけられたり石をほうられたりしたようですが、それでも、常にお菓子（当時お菓子といえばくだもののことでした）をふところに入れていて、道で遊んでいる子供を見かけるとそれをやったり、また子供が病気で薬が欲しいといえば聖書の一節を書いてやり、これを首にかけておくと丈夫になるといったりしました。

彼は当時、世界の最高の学府であるパリー大学を出た人で、またパリー大学の先生をもした人でした。日本へ来る前から、日本へ行ったら、天子様にお目どおりして日本国中どこでも教えを拡めてよいというお許しを得たいということと、日本の大学をたずねて歩き研究したい、そうしてそこで教えていることを検べて、それをうちまかすような立派な先生をよこしてもらおうと考えました。その頃日本の大学というのは、京都附近にある寺院のことでした。とにかく将来をになうのは子供や青年であり、その教育に目をつけたというのはさすがと思います。教育が大切だ、教育のないものは折角信者になっても、また元へもどるともいっています。インドでは既に学校が出来ていましたが、方々へ伝道のために旅行するたびに、勉強好きな少青年を連れかえって、その学校に入れて教育を施しました。

日本から帰る時も、武家の子供を連れて行こうとしましたが、行きたがらなかったので、貧しい家に生れた鹿児島生れのベルナルドというのと山口生れのマテオという二人の青年を連れてかえりました。この二人をヨーロッパへおくってミッチリ勉強させたいと思ったのですが、この二人の中、マテオの方はインドで病気にかかって死んでしまい、ベルナルド一人だけ、ポルトガルへ行き、コインブラという町の大学へ入学しました。日本人としてヨーロッパへ行った最初の人です。ベルナルドとは、クリスチャンネームで、日本名を何というかわかりません。

彼はポルトガルの王様にもあっていますし、ローマへも旅行しました。ローマでは、日本へ帰る時のためにといって色々お土産をもらったのでしたが、惜しいことに、彼もまた、コインブラの町で病気にかかって死んでしまいました。

話が横道にそれましたが、ザビエルは教育を重んじた、その上に、特に日本人のためには特別立派な先生―宣教師を送らなければならない、学識も深く、行いも立派で体の丈夫な人をとヨーロッパへおくった手紙にかいています。そうして事実彼の後をついで、なかなか立派な人達がやって来ました。

私は信者ではありませんが、ザビエルのような立派な人物で、限りなく日本を愛した人の、日本渡来四百年祭というので、とりあえず一筆したためた次第です。

（「仔馬」一―二　昭和二十四年十月）

高山右近とペドロ岐部

私自身をもふくめて教外のものが、教会内部の問題について触れたりすると、とかく間違いをおかしやすい。近ごろ、高山右近やペドロ岐部《きべ》の列聖うんぬんが、いとも簡単にとりざたされているのもその一つである。

カトリック教会で、列聖（カノニザシヨン）とは聖人の位に列する意味で、たとえば、日本に初めてキリスト教を伝えた聖フランシスコ・ザビエル、近来とみに有名になった長崎の二十六聖人、これらの人々が聖人の位に列せられたのも厳重な調査手続を経た上のことであった。聖人になる前に福者の段階がある。ザビエルにしても一五五二年に帰天してから六十七年目の一六一九年に福者となり、それから三年後の一六二二年に初めて聖人にあげられた。二十六聖人とて一五九七年に殉教して、そのうちフランシスコ会所属の二十三人が一六二七年に、イエズス会所属の三人が一六二九年にそれぞれ福者となり一八六二年に聖人に列せられた。そのほか日本人の殉教者二百五人が一八六七年に福者にあげられたままになっている。

この福者に列せられることが、実は大変なのである。まず全国的の信者の間に、その盛りあがりがなければならない。列聖の請願はその聖者の帰天した地元の教区長が行うことになっている。聖者の聖性について生きた証人がなければ、正確な歴史的証拠調べをする。本人に都合のよいことばかりでなく、都合の悪いことも悪魔の弁護人として提出しなければならない。また福者となるためには、二つの奇跡がなければならず、聖人にはさらに二つの奇跡が必要である。これらの調査はすべてラテン訳して教皇庁に提出され、教皇庁では礼部聖省でさらに厳重な調査があって、最後に教皇の裁可をあおぐことになる。容易なことではないのである。

さて、高山右近は、信長、秀吉、家康の三代に生き、少年のころ父のダリオ高山飛騨守とともに大和の沢城で受洗してジュストの霊名をうけ、後に高槻（摂津）の城主となった。日本の教会の柱石とか、バテレンの大旦那《だんな》とかいわれ、武人であると同時に利休門下の茶人であり、築城の名手とうたわれた文化人であり、武士道とキリスト教の倫理を一身に調和体得した一大人格であった。多くの大名が秀吉の禁教令にあって弊履のごとく信仰をすて去ったのに対し彼はこうぜんとして信仰をまもり高槻の城を明けわたして、一時小豆島や明石にもいたが、加賀の前田家にあずけられた。その人格ゆえに優遇され、その後慶長十九年の追放令にあってマニラへ流された。

マニラでは大歓迎をうけたが、四十日目かに帰天した。キリシタン大名の模範的人物で、ジュスト・ウコンドノは日本より西洋側に一大英雄としてよく知られ、小説にもなり、十七世紀のころにはドイツの方々で右近を主題にした演劇がしばしば上演されたということである。

この右近の列福については、戦前から上智大学のヨハネス・ラウレス師が多年研究し多くの著書、論文を発表されたが、列福の運動にいたらずして数年前になくなった。しかし高山右近の列福運動は昨年正式に発足した。全国の司教会議でこの問題をとりあげることに決定し、元来右近はマニラで帰天しているので請願はマニラの司教が行なうのが原則であるが、その了解の下に右近の居城の地、高槻、現在の大阪司教が代行することとなり、同時にローマ教皇庁との折衝が行なわれ、右近の聖性調査が着手された。調査員は西洋側の史料を上智大学のチースリク師とシュワーデ師、日本側の史料を、かつて高山右近大夫長房伝（昭和十一年）をものされた、長崎の純心短大教授片岡弥吉氏がそれぞれ担当し、いつの日かこれができ上がってラテン訳され、ローマ教皇庁に送られ厳重な再調査をうけるという順序である。専門家の話によると、右近の列福は早くて五年先、世間でとりざたされているように、しかく簡単ではないのである。

次にペドロ岐部、その列福運動はまだ全然糸口にもついていないといってもよい。岐部の出身地浦辺地方の人々がことのほか熱心で国見の小学校に岐部神父記念の児童文庫を設けたり、近くは長崎の二十六聖人のレリーフの作者、舟越保武氏に委嘱してペドロ岐部の銅像を造る計画があるときくが、これだけでは列福の運動は進まない。先に記したように列福には容易ならぬ手段手続が必要である。つまりまだその機が熟していないのである。

その岐部神父について、日本側の契利斯督記とか、パジェスのキリシタン史にその片鱗《りん》は見えているが、きれぎれの断片にすぎず、それを先年来、チースリク師の研究によって、岐部の強い信仰につらぬかれた一生の全容が明らかになった。それは同師の「キリシタン人物の研究」（昭和三十八年、吉川弘文館）の中に詳しく記されている。その伝記によって略述すれば、豊後の竹田（国東半島にある竹田）から国東までの海岸一帯の地は、浦辺といって、漁村であるが、当時その浦辺衆は一朝ことのある場合、たちまち水軍となり（海賊となることも辞さなかったであろう）勇敢に戦った。その一族に岐部氏があり、大友宗麟がキリシタンとして勢力をはっていたころ、父ロマノ岐部、母マリア波多との間にペドロ岐部は生まれた（一五七三年、天正十年ごろ）。少年のころ洗礼をうけ、有馬のセミナリヨで勉強した。

教理はもちろん、ラテン語やポルトガル語も勉強、セミナリヨの修行をおえて同宿となり、伝道士となり、そのころペドロ・カッスイ（Cassui）と名のった。姉崎博士はカッスイに粕井などと漢字をあてはめられたが、チースリク師によると、同宿になると名のる号のようなものだろうとのことである。その後、彼は主として九州ではたらいていたが、やがて高山がマニラへ流されたあの追放令で岐部はマカオへ流された。彼には浦辺衆の勇敢な血がながれており、一大決心をしてマカオからインドへ渡り、そこからさらにペルシャの沙漠をとおりぬけて聖地パレスチナへいった。

岐部はパレスチナから海路イタリアへぬけ、ローマに着いた。一六二〇年（元和六年）の秋ごろのことで、滞在約二年、この間にラテランの大聖堂で司祭に叙階されついでイエズス会の修練院にはいった。

そこで岐部の考えたのは、きびしい禁教下にあって迫害になやまされている日本へ帰り、余生を同胞の救済にささげようということであった。イエズス会から帰国の許可をうけ、スペインを経てポルトガルへ行き、リスボンで日本へ帰る機会をねらっていた。インド艦隊に加わって大きく喜望峰をまわってインドのゴアに着いた（一六二四年、寛永元年）。そこからマニラに渡り、さらにマカオへ渡った。そこで水夫に変装してシャムへ渡った。山田長政の活躍した首府アユチヤに滞在、再びマニラへ行き、ここで同じく日本へ帰ろうとしていた松田神父と会い、二人で、マニラ湾頭にあるルバング島に渡り、そこで舟を買い求め、あこがれの祖国、日本の九州の土をふんだ。長崎へ行って迫害におびやかされている信者をはげまし、それから遠く東北地方へ走って活躍していたが、ついに仙台付近で捕われ、江戸へ送られて穴吊しの刑にあいながら堂々の説教をし結局斬首されて殉教した。時に一六三九年、寛永十六年七月四日のことであった。

彼の信仰、情熱、波乱にとんだ生涯に対し、一部に列福の希望はあっても、まだ運動の一歩も踏みだしていないというのが実情である。はじめに記したように教外の私が書いたこの記事にも、いろいろ誤りの多いことであろう。

（「毎日新聞夕刊」昭和三十九年九月二十九日）

新井白石とシドッチ

新井白石の著書に『西洋紀聞』のあるのはだれでも知っている。書名だけでは、村田文夫の『西洋見聞録』や福沢諭吉の『西洋事情』のように、何か西洋の地歴談を書いたもののように見える。ところが『西洋紀聞』は左にあらず、その一部に西洋の地誌ものっているが、その大方は、白石が宝永五年（一七〇八年）に潜入し、翌年江戸へおくられて来たイエズス会のパードレ（神父）、ジュアン・バプチスタ・シドッチをみずから糾明した手控えが骨子になっているのである。

シドッチはイタリアのシチリア島の出身で、鎖国後潜入したバテレンの最後を飾る大物で、その事歴は千載に語りつたえられて然るべきものだ。シドッチが牢死《ろうし》したのは正徳四年（一七一四年）のことで、今年はあたかもその二百五十年忌に相当する（くわしくは二百五十一年）。カトリック教会では、何か記念の催しがあったと聞くが、さもあるべきことである。島原の乱の終結と共に、幕府はキリシタンの残徒と外国からの潜入者を捜索処分し、翌寛永十七年（一六四〇年）には、大目付井上筑後守（政重）が宗門改役として全国の禁教政策を統轄することになった。小石川の井上の屋敷（別荘）がそのまま牢屋となり、これがいわゆる江戸の切支丹屋敷である。とにかく井上の政策が功を奏して、四、五十年もするうちには、少なくとも表面上キリシタンは見つからなくなり、一般の人はキリシタンの知識を見失う時勢になっていた。

たまたま、宝永五年（一七〇八年）八月二十八日（陽暦十月十一日）、大隅の屋久島の沖に帆数の多い異国船があらわれた。翌二十九日、同島恋泊村の百姓藤兵衛が炭焼きのために出かけて木を伐っていると、見なれない人から手真似で水を求められた。異人に違いないが、日本服を着け、日本刀をさし、おまけに月代《さかやき》までそっている。言葉は一向に通じない。藤兵衛は一たん引っかえし、仲間と連れだって異人を家につれかえり、食事をあたえた上で役所に訴えでた。島津家は長崎奉行へ届けた（九月十三日）。この異人がシドッチで、彼は和蘭《オランダ》人のいる長崎をきらって直接江戸へ行きたがったが、命に従って海路長崎へ送りとどけた。

長崎奉行は早速異人を牢に入れ、警固ものものしく取調べを開始した。言葉が通じないので和蘭屋敷のカピタンやいくらかラテン語を知っているという館員の助けをかり、訊問したが、どうも要領を得ないという。

この報告は江戸へ飛び、将軍家宣は側近の白石にその由を告げた。白石には言葉が通じないというのがどうしても腑に落ちない。そこで将軍からじきじき白石にシドッチの取調べの命令がくだった。天下の白石がキリシタンの糾明に当るのである。翌年冬五十人もの警固ものものしくシドッチは江戸へ送られて切支丹屋敷にはいった。

白石は奉行所から宗門の書三冊をとりよせて先ず教義のあらましを承知した上、十一月二十三日から前後四回にわたって訊問し、日本へ渡来した理由、西洋の事情、最後にキリスト教の教理について取調べた。シドッチは年齢四十一、キリシタンの出家で、父は死に妻子はなく母は存命で兄弟も同じ出家である。ローマの総司令の命をうけ、日本へキリシタンを勧めるために渡海し、三年前にローマを出発し、ルソンへ渡り、準備をととのえて去年日本へ来たというのである。最後に教理について取調べられた日の十二月四日（陽暦一月三日）が西洋の正月に当り、この日特に教理について語るのはうれしいといったという。

シドッチの礼儀あり真摯《しんし》の態度に白石はいたく感心し、またその天文、歴史、地理の造詣の深いのに舌を巻いた。「およそ其人博聞強記にして彼方多学の人と聞えて、天文地理の事に至っては企及ぶべしとも思えず」といっている。この会見訊問の結果が『采覧異言』となり、つづいて、『西洋紀聞』となったのであるが、『西洋紀聞』の方は自筆原稿のまま篋底《きょうてい》に遺されて（現在内閣文庫蔵）、明治になって箕作秋坪、大槻文彦の手によって初めて公刊されたのである。

『采覧異言』は、ほとんど白石の死の直前まで増補訂正の手が加えられ、鎖国時代における日本の世界的知識の第一声となったのである。しかし、シドッチの説くキリスト教の教義については白石は全く軽蔑の態度をとっている。儒教の合理主義に徹した彼は、キリスト教を解して教義や形式は皆仏教に類似していて、その説く所は仏教よりはなはだしく浅陋《せんろう》であるから、仏教が西方へ広がったのが伝えられ、それをまねて作られたものだといとも簡単に断定した。

さて白石はシドッチの処分について、上、中、下の三策ありとし、その第一は彼を本国へ送りかえすこと、これが上策、次は彼を囚となして助けおくこと、これが中策、第三は、有無をいわさず誅戮《ちゅうりく》する、これを下策と考えたが、結局中策をとって、生涯彼を切支丹屋敷においた。年金二十五両三分銀三匁を給することとなり、ここにシドッチは六年の歳月を送ったのである。異人申口の覚には「宗門舞㆓御赦免㆒命ばかり御助被㆑置候儀はさして御礼可㆓申上㆒ようも無㆓御座㆒候申候」シドッチの意気は軒昂たるものであった。

こうして彼は精進斎戒の中に六年の歳月をおくる訳であるが、死の直前、切支丹屋敷で雑役をしていた長助、はるの夫婦両人に洗礼を授けることが出来た。これだけで生涯の犠牲はつぐなわれたと思ったのである。その後間もなく正徳四年（一七一四年）十月二十一日（陽暦十一月二十七日）夜半帰天した。享年四十七歳。

（「朝日新聞夕刊」昭和四十年十一月二十五日）

言わでもの事

元来利口の人なら、「言わでもの事」など書く必要のないことだ。ところが、最近私は、とんでもない「言わでもの事」つまり余計なことを書いた。話の筋はこうである。暮のいつ頃であったか、新聞を見ていると、京都の国立近代美術館に「キリシタン美術の再発見」展が開かれていることを知った。これはただではすまされない、遥々京都まで出かけて行かざるをえまいと思っていた。しかし展覧会は二月の三日まで、急ぐこともないと思っていると、親切な人があって、その展覧会の目録を恵まれた。表紙を始め、原色版外単色の写真も豊富で、一見立派な目録である。ところが表紙を見た瞬間から、すぐこれは臭いと直観した。頁をめくって行く中に、戦前の春峯庵事件（肉筆浮世絵の偽物のみで大々的に展覧会を開き、売品なので刑事事件を引きおこした）と戦後の永仁の壺事件を思いだした。実物を見ずに写真だけで判断するのは慎しむべきとは思うが、長年の勘で、ピンと来るし歴然たるものがあるのである。いわゆる南蛮絵が僅かあり、他は主として陶器、鉄器などが多く、大抵、十字架の模様がついている。

これまでにも度々見た俵茶碗とかいう種類のもの、抹茶の茶碗、水指ようなもの、香炉、壺、それにみなれいれいしくと言いたいくらい十字架のシルシがついている。中にはＩＨＳだのＩＮＲＩとかＰＸとかラテン語の略字がついているのもある。

絵は僅か一点「水車のある西洋風俗図屏風」というのは実物を見ない限り何ともいえないが、二枚折屏風の「南蛮船図」や「宗達風に描かれた南蛮人」など、うまくできすぎていて眉唾ものである。それから外国から輸入されたものかと思われるものもあるが、それは出所が明らかでないと意味がない。(最近、昔輸出された日本のものがどんどん買いもどされている）織部の人形型燭台も一時こういう偽物が出まわったことがあった。兄のところにも二、三点ある。真鍮の踏絵など、長崎の奉行所から引継がれて現在東京の国立博物館にあるものの外に存在する筈がない。(但し石黒敬七氏がパリから将来された同類なものはある。）最も珍なのは「文禄二年天草学林造吉利支丹天草陶板」と称するものである。その幼稚きわまる偽物であることは明らかであるが、今ここでそれを証明するのに時間がかかりまた、衒学的になるから省くことにする。全部を仔細に調べたらいくらか本物も出てくるかも知れないが、私が写真で見たところ大方眉唾ものである。それは長年の勘で分る。不思議のようで不思議でないのである。

私は遥々京都へ出かけて行く気がなくなった。ただ、京都の国立近代美術館で、こんな展覧会を開催した気が知れないのである。同館の館長は天下に有名な河北倫明氏である。河北氏といえば、現代日本美術批評壇の大御所である。私はむらむらと「言わでもの事」を言う気になった。それで去日河北氏に宛てて次のような手紙を書いた。（これは下書で幾分違ったところもあったかも知れない）

謹啓

未だ面晤の栄を得ませんが、一書を呈する失礼をお赦し下さい。私は長い間、東京で小学校の教師（慶應の幼稚舎）をし、かたわら、聊かキリシタン史の研究に従事し、殊にキリシタン美術には深い関心を払って今日にいたりました。但し昨年六月、五十余年の東京生活の幕を閉じて当田舎へ引込みました。

さて最近新聞紙上で貴館ご開催の「キリシタン美術の再発見」展のあることを知り、是非拝見に出たいと思っておりました矢先、友人より同展の目録の恵贈を受けました。目録を一見しただけで聊か驚き異様な感に打たれ、失礼ながら、戦前の春峯庵事件、戦後の永仁の壺事件のことなど思いだしました。実物を見ずに、そんなことを申し上げるのは僭越失礼のいたりですが、長年の勘でそう感じられることを正直に申すことをお赦しねがいます。仔細に見たら幾分見るべきものもあることも確かですが、中には児戯に類するもののあることは争われません。

近時、異国趣味、キリシタン趣味とも申すべきものが流行し、いかがわしい物が意外なほど世間に出まわっていることご承知の通りであります。天下に有名な沢田みき女史の大コレクション、天理参考館キリシタン室陳列品中にいかがわしいものの多いことは定評がありますす。とにかく実物を見ずに色々申上げ、千万遺憾に存じますが、是非その道の専門家のご意見を伺いたく、またそれを明らかにしていただきたく思います。

なお解説の中に私の訳書が二三箇所見えておりますが、恐縮以上です。失礼の段くれぐれもご容赦ねがいます。

某月某日

京都国立近代美術館長

河北倫明様

解説の中に私の訳書が何ヶ所も引用されているが、偽物展覧会の場合光栄どころでない。恐縮以上といったのはそれである。

近頃、長崎・天草の地が観光地として繁昌し、キリシタン、バテレン、マリヤ観音、キリシタン灯籠とかいうものが、何となく流行っている。兄はそんなものに早くから心がけ、蒐集もしたが、いたずら心から、古い硯箱や酒器などに腕利の漆工（故小山某氏）に命じバテレンの姿などを写させた。なかなかよく出来ていて、見馴れない人が見たら本ものと間違えるであろう。京都の展覧会のものより出来がよい。

因に私は在京当時、年に二三回、未知の人から写真入りの手紙を貰った。マリヤ観音とかキリシタン灯籠について感想を述べろというのである。正直に丁寧に真実を書いて返事を出すと、大抵先方の機嫌を損じるらしくハガキ一本の礼状も来ない。先方は私如きものの返事をも証文の一つにして値売りしたいのであろう。

（「越後タイムス」　昭和四十九年二月三日）

反響

前々回に「帰郷二年」を書いて意外に反響のあったのはありがたかった。というのは田舎に住んで一番困るのは本のことで、それを少し具体的に書いたら色んな人から親切を受けた。自分も田舎に住んで閉口するのは参考書のないことで何もできないと第一にハガキを下さったのは、伊豆伊東の山の中に住んでおられる老国文学者横山重先生であった。市内に住む桑山太市氏は民俗学者で、方々を旅行されるために必要があったのだろう。参謀本部の地図は全部お持ちで、早速探したけれど、沖縄の地図はないという報告を受けた。次いで慶應の図書館に勤めておられる勉強家の丸山信氏からも図書館にある参謀本部の地図を全部検べたけれど、やはり沖縄の地図はないということであった。

その後間もなく私は上京した。その前に丸山氏と打合せて、図書館にある琉球関係の書籍を全部見せてもらいたいと申し込んでおいた。上京中、一日図書館に行き、書庫に入って、郷土史関係の室に入れてもらい、沖縄関係の本が約百冊ばかりある。大体の見当をつけて沖縄関係の本を片っぱしから見ていったが、あいにく私の探している幕末にフランスの宣教師が琉球に入り込んだ消息を伝えているものは殆どない。その代り、その後に入ったイギリス人の宣教師（プロテスタント）ベッテルハイムのことは、大抵の本に出ている。意地のわるいものである。これより先、私が図書館に行くというので日本の服装史の権威で博識の太田臨一郎氏から、内閣文庫に明治初期に出た沖縄の地図が三舗あると調べ上げたメモが丸山氏に託してあった。ありがたい話である。すぐという訳には行かないが、何れ秋にでもなったら内閣文庫を訪ねることにしよう。

翌日、久しぶりに日本橋の丸善を訪ねた。三階の陳列場に思いがけなく豪華本の展覧会をやっており、それを見て、次に洋書の売場で美術書をちらちら見、二階に下りて和書の美術書の辺りをうろうろしていた。そこでバッタリ丸善の図書館長八木佐吉氏に会った。丸善の六階には売る本でなく図書に関する図書館があり、八木氏はその館長なのである。

昭和七年、丸善が天下の珍本中の珍本、キリシタン版「ぎや・ど・ぺかどる」（黄色い日本紙の表紙があり、五三の桐が鮮かに浮きでていた、今もはっきり覚えている。今は天理図書館の有に帰している）を入手したのを機会に、その年が偶々天正遣欧少年使節の渡欧三百五十年に当っていたので、キリシタン関係の「珍籍展覧会」を開いた。当時八木氏は若かったが同僚桜井喜代志氏と共に短時日の中にその目録を作りあげた。本の目録を作るくらいと人は思うであろうが、本の目録を作るくらい厄介なものはない。その理由を述べていたら、この一回分の紙数を使っても述べきれない厄介な仕事だ。大抵の人なら十六、七世紀洋本の扉を見ただけでゲッソリする。若き八木氏がそれをやり遂げた。今氏が丸善の図書に関する図書館長になっておられるのは、所を得たものというべきである。久しぶりに会った八木氏「私の室に来ませんか」。私は氏に導かれてエレベーターに乗り六階の図書館に入った。久闊を叙し四方山話をしている中に、つい私の口から沖縄の地図云々が出た。ところがこの話を側できいていた八木氏の助手らしい人が、いきなり薄っぺらなパンフレット様の冊子を出して見せた。見れば昭和二十七年、上野図書館（今は国会図書館）で開かれた沖縄関係の図書の展覧会目録である。ペラペラとめくってびっくりし、この目録の入手方を依頼した。国会図書館の某々氏に依頼するという、幸いに私はその両氏を知っている。この目録は是非入手したいものだ。

私が何故沖縄の近世史や地図に執着するか、私が今やっている仕事で、沖縄の地名、人名がローマ字で出てくる。その正体が知りたいのである。例えば那覇と首里の間にトマリのショーゲンジという寺がある。ある人の本に泊の聖現寺と出ていたが、私は現実の地図についての泊の聖現寺をつきとめて確認したい。その外、人名などは、今度の戦争で首里の図書館が焼けた以上、望みはうすいが、努力を惜しんではならない。それ以上に厄介なのは支那、朝鮮の地名である。西洋人が耳で聴いた発音通りに書いてある。その点、日本の地名長崎がナンガサキ、江戸はエンドとあるくらいで、アオモリは青森、ヤマガタは山形である。ただ時に今の秋田が昔久保田であったり、大分が府内で越後の村上が本庄であったり厄介なこともないではないが、支那、朝鮮の地名に比べて物の数ではない。

私が若い頃やった仕事に、熊本の殉教者でタケダ・ゴヒョーエというものがあった。これは竹田五兵衛と宛て字を書くのは何でもない。（現にそういうことをする人はいくらもいる。）しかし、日本の記録文書に確実にその人が漢字であらわれてこない限り、無闇に宛字をしてはいけないのである。昔私はキリシタン大名のことを書いた本を訳したことがあるが、徹頭徹尾、厳密な態度で終始した。ところが某氏の名で同じ本が翻訳され、それは出鱈目の宛字に充ちていた。然るに某大家が出鱈目の方を推賞して私のを無視していた。当時若かったからフンガイしたが、およそ世の中はそんなものである。

とにかく反響があって多くの方々から教示を得たことは感謝のいたりである。

附記　私、思いたって八月上旬、約一ヶ月の予定でスペイン、ポルトガルへ旅行することにしました。多分この号が出る頃には、私はスペインのマドリッドにいる筈である。スペインかポルトガルでも通信を怠らないつもりでいる。

（「越後タイムス」昭和五十年八月十日）

ポルトガル笑話

今度のイベリヤ（スペイン、ポルトガル）旅行、最初の予定は三週間だったが、ちょうど倍の六週間になった。八月一日出発、去る九月十一日の夜帰って来た。最初の二日と最後の二日は、東京の友人岩谷十二郎氏宅で厄介になり、三日羽田発、パリーに三泊してスペインの首府マドリッドに着いたのは八日の午過ぎだった。

一切私の世話をして下さった岩谷氏に出発前、二つの注文をつけた。スペインへ行っても闘牛とフラメンコは見ないでよいこと。イベリヤはイベリヤ航空が網の目のように張りめぐらしているが、旅行は一切鉄道のこと、それに口ではいわなかったが、スペイン自慢のグラナダは見たくないこと（回教の芸術は私にとって魅力がない）、それが条件であった。岩谷氏は万事私の希望を容れて行動して下さった。汽車は総て一等、旅館は二等（二等でも日本の一流の旅館くらいの設備はあろう）タクシーはふんだんに使った。

スペイン、ポルトガルには覗いて見たい図書館、文書館がある。ヨーロッパの図書館、文書館がどんなものであるか、見てみたい。ことにスペイン、ポルトガルを通じて、日本の耶蘇会版が六種ある（世界に三十二種があり、日本に八種がある筈である）。出来れば、その六種を全部手にとって見たい。（現実にはオポルト市に行けず、内一種を見落した。）

私がイベリヤで一切飛行機を使わず、鉄道によったのは、例によって列車の窓から外が見たいからである。私はひとが列車の中で週刊誌を読んだり、忙しい人は列車の中で原稿を書いたりする人があるが、私はただただ列車の窓から外が見ていたいのである。五時間でも七時間でも九時間でも飽きることなく、外が見ていたいのである。第一山はどんな形をしているか、木はどんなものが生えているか、畠はどうなっているか。外形だけでも住居はどんな風であるか、馬や牛や羊（それにあちらには驢馬や騾馬もいる。）飛行機で雲上の人になってはそんなものは絶対に見えない。私は名所旧跡も見たいが、窓外の風景に特別の興味を持つ。私くらいイベリヤの田園風景を多く見て来た人は特別の人を除いて少ないだろう。

スペインからスペイン便りを二回タイムスへ送った。私はマドリッドに本拠をおいて、方々へ旅行したのであるが、いつも買物をぶら下げて本拠へもどって来た。そこであの通信を書いた。ポルトガルから一度も便りをしない中に家へ帰って来てしまった。ポルトガルには八月二十九日の朝早くセビル駅（スペイン）を出発したが線路の枕木のあたりで、こおろぎのような虫の音を聞いた。私はイベリヤ滞在中、米の飯が食べたいとか、おみおつけが飲みたいとか思ったことがなく、パンで満足し、むしろパンがうまいとさえ思った。しかし、早朝聞く虫の音は、しきりに郷愁を誘った。

私はスペイン人の容姿を大体会得したが、ポルトガルへ入ったら、ポルトガル人のそれがつかめなくなった。友人の岩谷氏の身の丈一七〇センチと称するが、ポルトガルへ行けばむしろ高い方で通る。私ごとき小男でもあまり恥ずるところがない。それに容貌は千差万別、どれがポルトガルの本当の顔か分らない。その点、スペイン人は美男美女型と称してよい。列車やホテルの食堂ボーイを見ても、立派なのに敬服、どこかの国の総理大臣、国務大臣、大蔵大臣の風貌を思いうかべて恥じいった。

さて今回のイベリヤ旅行については、いずれ某誌に精しい紀行文を寄せる約束があるから、大方はその方へ譲り、ここでポルトガルでの笑話を一つ紹介する。私のそばには、いつも岩谷氏が通訳としてつき添ってくれ、何でも厄介な書類は全部、岩谷氏が引きうけ、私は、殿様のようなものであったが、九月一日リスボンから世界最古の大学があり、日本最初の留学生鹿児島のベルナルドが死んだコインブラへ発った。その朝、駅で岩谷氏は私をベンチに一人残して四五十分席を外していた。ところが私の隣りへポルトガル人の人品いやしからぬ風彩も立派な老婦人が腰を下した。見ているとハンドバッグの中から封を切らぬ封書を十通ばかりとり出して、次ぎ次ぎ封を切って読んでいる。その手紙も無筆のものが書いたものと違って立派な筆跡である。私は横で暫く見ていたが、つい片言のポルトガル語で「大変な手紙ですね」といった。するとこの婦人ペラペラとしゃべって来るがよく分らない。その中に自分の写真をとりだして見せ、あまり美しくない若い女の人と一緒に写した写真をも見せる。よほど「あなたの娘さんですか」と言おうとしたが、それには娘の顔が醜くすぎて遠慮した。その中に「お前さんは日本人か」というから「如何にも」と答えた。矢継早に「汝はコムニスト（共産党）か」というから「共産党は大嫌い」といおうと思うけれどあいにく「大嫌い」のポルトガル語が出て来ない。英語でいった。どうにか通じたと見えて、ポルトガルの政治状勢をとうとうと述べるが、私には一向わからない。サラザールがどうの（彼女はサラザールに好意を寄せているらしい）スペインのフランコがどうのと話は尽きない。私は半分分ったふりをして「シー・シー」なんかいっていた。

その中に東洋からこんな年寄りがやって来た、一体幾つくらいかと聞いて見たいが失礼と思ったか、自分の年を先にいいだした。しかしその数字がなかなか聞きとれない。そこで私がメモを出すと67 anosと書いたから、私もその下へ73 anosと書いた。記念にお名前をといったら「マリア・エステラ（その後の名前と住所が読みにくい）」と書き、「日本の愛すべき紳士と会ったことに満足する、よい旅を」とポルトガル語で書いた。大きな荷物を持っていたので列車まで手伝おうとしたら、お前の荷物がそこにあるではないかという風にことわって彼女は列車にのりこんだ。

岩谷氏へ、グラシャス！　オブリガード！

（「越後タイムス」昭和五十年九月二十一日）

造物主

今年はウマ年である。馬年でよいのだけれどそれでは学問がなさそうに見えるから午年と書く。それで鼠年から始めて、子丑寅卯と書いて見たら、どっこい犬年でつまずいた。その戌が容易に出てこない。漢字なんて困ったものだ。そうかといって無闇に漢字制限や簡略化には反対だ。

人間が神様を作ったのか神が人間を造ったのか、多分、前の方だろう。そうでなければ、今に至るまで戦争が絶えなかったり、若い母親が自分が生んだ赤ん坊を締めころしたり、嫁が姑をいじめたり、坊さんが保険金欲しさに寺を焼いたりするような変なことが起る筈がない。

しかし神様というものも案外変なことをなさる。色々の神様があるだろうが、天地創造、造化の神もあまり急ぎすぎなさったか、ヘマが多かった。旧約聖書の創世紀によると、何もなく暗いどろどろの世界からこの活世界を大体六日間で造り、七日目はお休みだった。第一日目、先ず光あれといって、そこで昼と夜の差が出来、泥海のようなところの土を盛り上げて、海と陸が出来、この事業を始めたのは造化の神をいうのだが、造化の神って一体何だろう。どうも人間の形をした変なものらしい。それにエホバの神という強力なバックがあって、この仕事を手助けする。土地にでこぼこが出来たが、何にもできない。エホバの神がしめり気を与えると、そこで空には鳥が飛び、水には魚が泳ぐ。

エホバは天地麗しく食物には不足のないようにして、ここで人間を造る。土ベト（柏崎言葉、土くれ）のようなものを丸めて人間のような形のアダムという男の人間を造る。アダムを眠らせておいてその肋骨の一片をとって今度は女の人間を造る。イブである。二人いれば淋しくなかろう。そこで何一つ不足のないエデンの園に住まわせる。両人とも素裸である。仏教の方でいえば極楽の生活である。

ところがエホバの神は意地が悪い。エデンの園に何一つ不自由はないが一つの禁制がある。リンゴのような赤い実のなる木が植えてある。この実だけは、智慧の元の実であって食べてはいけないという。いくら神様でも私はこういうのを意地がわるいという。私の前に甘いものをおいてそれを食べるなというのは酷である。神は神でも神のなさることをよく観察すると随分酷なことがある。神の名に於て許されるべきであろうか。暗い夜に百万円の札束をおいて見えないような糸が引っぱってある。札束を懐に入れれば忽ち罪人になる。神様はこんなタチの悪い悪戯をなさるのである。百万円をこっそり懐に入れる人間も悪いが、神様であるだけ、その悪戯は許せない。

アダム・イブは、素裸で青春を楽しんでいたのである。そこへにょろにょろと現われたのが蛇である。聖書によれば蛇は悪魔だそうである。これも不平がある。赤い熟したリンゴのような実を食べてはいけない、一方悪魔の化身蛇をエデンの園へ入れるのである。蛇曰く、この美しい実を食べなさいと。先ず誘惑にのったのはイブである。私はフェミニストだからいうのではない。先ずイブに同情する。イブは我が愛するアダムに勧めて二人は禁制の実を食べる。二人は急に身ぶるいし、我が身の裸を恥じ、手許にあった葡萄の葉で前を覆いエデンの園を追われてしまう。

所がこれが、人類にとって大事件になるのである。キリスト教の教理によるとアダムの堕罪の結果、その子孫である全人類は生れながらにしてその罪をおわされる。全人類の中、この結果を脱れているのは無原罪懐胎の聖母マリア一人だけだという。この罪を免れるためにはキリストの力を借りるより仕方がないという。この問題を詳しく述べると神学の問題になって私の手におえない。神様とはそんなに恐しいものなのである。

私は創生期時代のウマのことを考える。先にも申した通り、天地創造の造物主がこの世を造るのは余りに急がしすぎたのである。僅かに正味六日間で大体の仕事を終えた。鳥や魚を造った時など、造物主はアダムに名を考えろと命じている。ウマも四、五日目に出来た筈だ。造物主の造ったウマは、ロバや木曽駒よりもっと小さかったろう。進化論を知らぬ造物主に今のアラブ種の競馬馬を見せたら腰を抜かすだろう。八世紀頃といわれる埴輪の馬だって一かたまりの泥人形のような形だが姿がいい。

それにいい落したが、エホバの神はアダム・イブに向って「生めよ殖せよ地に充てよ」といった。それに寒帯や温帯や熱帯を造ったのも大失敗だった。日本では氷海に苦しむ人はなかろうが豪雪には毎度苦しんでいる。この越後、山形である。その他、地震、雷、火事、親父（親父の権威は地におちたが）みな神様の手違いである。

人間は小うるさいから、今日は遠慮なく神様をこき下ろした。罰があたれば、それをいった私に当るのだから他人の迷惑にはならない。

ただ、造物主が僅か一週間にこの世の生きとし生けるものを造った時の光景を想像すると実に愉快である。ライオンや虎や白熊や鷲や鶴を造った時など、聊《いささ》か芸術家になったような気がしただろうか、河馬や犀やコブラを造った時など、ぎょっとし、聊か肝をつぶしたろう。パンダは余りに愛らしくかわいいので人に見せたくなく中国四川省や甘粛省の山奥にそっとかくしておいた。

猿の類はあまり自分達に似ているので薄気味悪く山奥へ追いやったが、どういうものか人間に近づき始末におえなくなった。

小さいが、愉快で得意だったのはゲジゲジであった。あの何十本あるか知れない二列の足が乱れなく動いて走るのである。それに甲斐甲斐しい働きっぷりの蜂の類、色鮮かな蝶の類であった。新しく生れるたびに、思わず「おお」と声をあげたろう。

（「越後タイムス」昭和五十三年一月一日）

西洋の古本と蔵書票

私が初めて西洋の古書を直接西洋の古本屋から買ったのは、大正十二年でまだ学生時代であった。私は幸田成友先生のところへ出入りしていたから、西洋の古本屋の目録を早くから見ていたし、先生が本をお買いになって、その支払いの使いを頼まれていたから、手つづきは知っていた。先生のところには、イギリス、フランス、イタリヤの古本屋（イギリス、フランスといっても一軒や二軒ではない）の目録が来ていて、目録が着くとすぐ、先ず東洋とか日本の部を見る。当時西洋には東洋もしくは日本に関する古書が豊富でまた今からすれば安かった。

目録を見て本を注文し、それから幾月かたって売れていなければ本の小包が届く。当時日本人は西洋の古本屋に信用があって、四、五十円くらいの本なら代金の先払いをしなくても本を送ってくれた。本が着けば、横浜正金銀行の東京支店（今日の東京銀行、日本橋の三越裏）へいって為替係りの人に頼んで送金の手続きをとる。私が初めて西洋の本を直接買ったのは、日本伝道（キリスト教）の開教者聖フランシスコ・ザヴィエルの伝記であった。二十センチに八センチくらいの小さな本で、それもラテン語で書いてあり、私にはチンプンカンプン何にも読めない本であった。本は小さいが小牛皮表紙に美しい空押しの模様がついていて、珍しく、友人の北村小松は映画のどこかに出したいから貸してくれといって持っていった。私が何故読めもしないトルセリニのザヴィエル伝を買ったかというと、ザヴィエル伝として初めて出たものであり、これには色々の版が数十種もあり、また各国語の翻訳があった。何時かそのことを書くつもりでいるが、私は学校を卒業する頃日本キリシタン史をやろうと思いたち、本を集めた。ザヴィエルには、トルセリニよりもっといい伝記がその頃既に出ていたが（それによって私も一冊出した）何しろ世界最初のザヴィエル伝として翻訳したいと思い、英訳やフランス語訳二種スペイン語訳二種を求め、それにそなえた。ところがザヴィエルに深入りするに従い、昔イタリヤ中世のアッシジの聖フランチェスコ伝などと読みくらべて東洋の聖人は偉いと思うが、アッシジのそれと違い小鳥に説教するようなしみじみしたものがない。やはり大航海時代の聖人である。私の内心にひびいて来るものがない。そうでなければ私は必ずトルセリニを訳し彼の書翰集を他国語の翻訳を介して訳していたであろう。その後も屢々西洋から日本の伝道史に関する本を直接注文して買った。そのキリシタン史を断念するに至る。（それでも、私の書いたキリシタン史に関する論文雑文を集めれば優に一冊になるだろう）語学の力のないことを感じたからである（そのことは何れ「転落」と題して書くつもりでいる）。本当にキリシタン史を勉強しようとすれば少なくもラテン語系の語学を五ヶ国語をらくらくと読めなければならぬ。ドイツ語は直接関係ないが、ドイツ人の司祭の中にはキリシタン史に関する優れた大論文を書く人がいる。それを読むためにはドイツ語が必要である。私は若い時、いい気になってその勉強を怠った。今の若い私の尊敬する学者の中に私に欠けたものを立派に充たした人がいる。私はその人を知っているだけでも自慢にしている。また余計な話が先になってしまった。

とにかく本格的な勉強をしないでも、私は昭和の初めから世界大戦の始まる少し前まで（つまり日本から送金の出来るまで）外国からよく本を買った。大体十七、八世紀の本で、表紙は小牛の皮とか羊の皮で、何れもありがたそうな本ばかりであった。その中の珍本と思われる何十部かを、東京を引上げる前慶應大学の図書館へ気前よく寄贈した。

エクス・リブリスのことは今日では誰でもよく知っている。東洋に蔵書印があるが如く西洋にはエクス・リブリス、即ち蔵書票というのがある。元はラテン語だそうで、その解説は今更いうまでもない。俺の本だという印に大きいのは戦争頃のハガキ大、小さいのはマッチのペーパーくらいの、西洋ではよく、その家の紋所、その他ふさわしい絵や文句を描いた立派な紙を貼る。私が外国から本を買っていた時分、よくエクス・リブリスを貼った本が来た。未だに忘れられないのは本の間からパラリと落ちた黄色くなった家族の写真、その外カルタかと思われる細長い葉書半分くらいなよい版画が出て来た（持主が入れたまま忘れ、本屋もよく調べないで私へ送ってしまった。版画の方は今でも大切にしている）。そのエクス・リブリスも日本では大正時代頃から真似する人が出来、それが今では盛んになった。西洋のは大抵銅版か石版であったが日本は木版画だけあった、特種のものの外木版のが多い。版画家に頼むと、出来た見本刷りと一緒に元の版木そのものを渡してくれる。ところが日本は特種国であって、エキス・リブリスをその道の人に頼んで作って貰うけれど実際にその蔵書票をいちいち本に貼っている人は殆どないといっている。ただ作ってもらって楽しんでいるだけである。また会を作って自分自身の蔵書票をお互いに交換して自慢にしている人もいる。最近の例でいえば川上澄生氏が家兄のために二十センチくらいのエキス・リブリスを作り、版木をつけて送って下さったがどの本にも貼ってない。

私の狭い経験で蔵書票を貼った本を見たのは、古本屋へ行くと故斉藤昌三氏の本によく出遭い、それには蔵書票が貼ってあった（コケシの模様であったが）。また慶應の図書館の書庫へ入ると田中萃一郎先生の文庫と小内山薫氏（葡萄の模様）の旧蔵書に丹念に蔵書票が貼ってあった。

それでは物好きのお前はどうかと人はいうであろう。優れた版画家は大勢知っていたし、作って貰おうと思えばいくらも作って貰えた筈である。それが私はとうとう蔵書票を作って貰わなかった。この前蔵書印はせっかく二つまで作って貰ったのに気に入らないでとうとう使わずにしまい、近頃になって忘庵先生の「吉田」と富本さんの「小五郎」の印を二つ押しつつあるといつか書いた。

エクス・リブリスは実用に使わなければ意味がないし単なる趣味である。それに西洋の十七、八世紀のかたい本、マーブル紙の見返しに蔵書票が貼ってあると如何にもよく似合うが、私から見ると日本の蔵書票は何だか似合わない。蔵書印の方がまだいい。何故か、日本の蔵書票は実用性より趣味が勝っているからである。神聖な本にふざけが加わるからである。私には最初から蔵書票はない。

（「越後タイムス」昭和五十四年一月一日）

キリシタン物語

みなさんはキリシタンという言葉をきいたことがあるでしょうか。

ああ講談でキリシタン・バテレンの魔法というのを読んだことがありますって、そうです、そのキリシタン・バテレンのお話なのです。

キリシタンというのは、英語のクリスチャンとおなじキリスト教信者のことで、これは、もともと、ポルトガル語なのです。みなさんは、英語のクリスチャン（Christian）という字くらいは知っておられるでしょうが、ポルトガル語ではChristãoとaの上にひげをはやしたような、ちょっと妙な字をかきます。これを、日本人がキリシタンというようにきいたのでしょうね。むかし、日本にはじめてキリスト教をつたえたのは、おもにポルトガルやスペインの宣教師たちだったのです。

それではバテレンとはいったい何でしょう。カトリックの宣教師で、仏教のほうでいえば、和尚《おしょう》さんのような人のことを、いまでも、神父さんというでしょう。英語では、お父さんとおなじ言葉のファザア（Father）といいますが、ポルトガル語では、パードル Padre とかパードレとかといいます。むかしのひとが、このパードルまたはパードレを聞きちがえ、なまってバテレンといい、「伴天連」というような字をあてました。

ついでにもうひとつ、日本でいったら「所化《しょけ》」とか「納所《なっしょ》」とでもいいますか、和尚さんとまではいかないけれど、もうすこし勉強し、修行をつんで和尚さんになる、そういうお坊さんのことをイルマンといいます。

「神弟《しんてい》」とか「修士《しゅうし》」とか訳しますが、これも英語では兄弟ということばをつかってブラザア（Brother）これをポルトガル語ではイルマン Irmão というのです。むかしのひとはこれに「入満《いるまん》」だの、「伊留満《いるまん》」というような漢字をつかいました。

おもしろいのは、ドージュクということばです。パードレやイルマンの下にいて、いろいろとお手つだいをする役ですが、これはポルトガル語ではなく、りっぱな日本語なのです。ところが、ポルトガル語のパードレやイルマンが、そのまま、あるいは多少なまって日本語としてつかわれたように、ドージュク（同宿）という日本語がそのままポルトガル人やスペイン人につかわれ、Dojoucou だとか Dougoucou という綴りでむこうへ渡りました。刀（Catanne）や屏風《びょうぶ》（Beobus）ということばとおなじように。

それでは、どうして、そのキリシタン・バテレンが日本へくるようになったか。そもそも、十三世紀のすえ、――奈良時代が八世紀で、鎌倉時代が十三世紀――つまり、鎌倉時代のすえに、おとなりの中国にきていたマルコ・ポーロというイタリア人が、「東方見聞録《とうほうけんぶんろく》」という本をあらわし、そのなかで、ジパング（日本のこと）という国には、黄金がどっさりある、屋根も金、ゆかも金ずくめ、その日本にゆけば、ぬれ手に粟《あわ》といわんばかりに書きたてましたから、たまりません（ただし、日本では金の輸出をきんじているとかいてあります）。黄金にたいする強いあこがれは、人間をゆうかんにしました。

この日本にいきたい一心、それに南洋の香料のこともありますが、とにかく、ジパングとやらの日本へいきたいというので、ヨーロッパ人、そのころはスペインやポルトガルが日の出のいきおいの時代ですが、腕によりをかけて探検航海へとのりだしました。おりよく、磁石が発明されて、航海に利用されるようになったり、それに王さまや王子さまが、ねっしんに応援しましたから、スペインからコロンブスが出て、地球を西まわりで、思いがけなくアメリカを発見し、なお人はかわりますが、西へ西へと、すすんで、ハワイ、フイリッピンへとたどりつきました。いっぽう、ポルトガル人は東まわり、アフリカの西海岸を南へ南へとくだり、バスコ・ダ・ガーマという人は、その南のはしをぐるっと廻ってついにインドへ、こちらも人がかわりあって、南洋、中国へとすすんできました。日本をはさみうちの形ですね。これは、だいたい十五世紀のおわりから十六世紀のはじめにかけての出来事です。

いずれ、はやかれおそかれ、スペイン組かポルトガル組のどちらかが、あこがれの日本へつく運命にあったといえましょう。しかし、事実、その運命はポルトガル人のうえにおちて来ました。わが天文十一年（一五四二年）のころ、シャムの港をのりだして中国へむかったポルトガル船が、あいにくひどい嵐にあって、薩摩の南方種子ガ島へながれつきました。そうして、この船にのっていたポルトガル人から、種子ガ島の殿様へ、鉄砲というものを献上しました。一日もほんもののチャンバラのたえたことのない戦国時代の武士が、どんな長柄《ながえ》の槍でもおっつかない鉄砲玉のききめを見知って、かんげきし、それこそ武者ぶるいして喜んだことは、よういに、想像できます。日本とポルトガルの交渉は、じつに、鉄砲ではじまったのです。そこで、鉄砲のことを一名「種子ガ島」といいました。

ポルトガル人が日本を発見したというううわさが伝わると、中国の沿岸にいたポルトガル人は、先をあらそって日本へやってきました。ことに、日本へ品ものを持っていきさえすれば大もうけができるときけば、血まなこになって品ものをあつめ、天候もなにもあったものでなく、ただ、日本へ、日本へとのりだしました。それである時は九隻のジャンクがどうじに出帆したのはいいとして、たちまち七隻は沈没し、のこる二隻も琉球ふきんで、はなればなれになり、その一隻がまたちんぼつ、たすかったのは、わずかに二十いく人というような、あわれな話ものこっています。とにかく、ポルトガルの船は、これから九州の東西南北の諸港へ船をつけるようになりました。たとえば、博多、川内、坊、山川、鹿児島、そのほか、日向《ひゅうが》、豊後などの港へ、よくも探しあてたものだと感心させられます。

ところが、ポルトガル人がはじめて種子ガ島へついてから数年後の天文十八年（一五四九年）になって、こんどは、いよいよ、キリシタンの宣教師、つまりパードレが日本へやってきました。こんにち東洋の使徒（イエズスのお弟子さんというような意味）として世界のひとから尊敬されているフランシスコ・ザビエル上人《しょうにん》がそれで、お弟子さんをふたりつれ、弥次郎《やじろう》という日本人にあんないされて、鹿児島の港へついたのです。

さて、この日本人の弥次郎とは、鹿児島の生まれで、そうとうの身分のひとで、妻も子もある身でありながら、何かのひょうしで、人殺しをしてしまいました。追手はせまる、良心のかしゃくにはせめられる。さんざん苦しんだあげくのはて、一時《いちじ》、あるお寺へにげこみました。何としても落ちついていられません。薩摩半島の南のはし近くに、山川という港がありますが、ここにも、ちょうどポルトガルの船が来ていました。弥次郎は、くるしさのあまり、いっそのこと、国外へにげだそうとおもって、あるポルトガルの船長にたのんで、インドへかえるその船に乗せてもらうことにしました。

船は山川の港をはなれ、日本のみずみずしい景色はだんだんうすれていきます。弥次郎は、自分を生んでくれた日本とは、もう永久におわかれかと、さすがになつかしく、あかずに眺《なが》めていましたが、日本のすがたが、まったく見えなくなった時、はじめて、心がおちつきました。船長は、なかなか親切なひとでしたから、弥次郎の心のうちをさっして、いろいろやさしくなぐさめてくれます。ある日、こんな事をいいだしました。

「インドへいくと、わたしが日ごろ、そんけいしている、本当にけだかい坊さんがいらっしゃる。どんな苦しみも、その坊さんにうちあけたら、きっと楽になりましょう。いかがです。会ってみる気はありませんか。」

ひとごろしというような大罪をおかして、めったに笑うことも出来ないようなしまつの弥次郎は、いいました。

「どうぞおたのみします。宜しくとりはからってください。」

マラッカとやらへいけば、その世にもまれな、徳の高いお坊さんにお会いできるというので、弥次郎は、指おりかぞえて、その日をまっていました。なにしろ、むかしの船のことですから、船は帆まかせ、帆は風まかせです。じれったいったらありません。しかし、船はついに、マラッカに着きました。いよいよ、望みがかなえられる、やれ、うれしや、とよろこぶひまもなく、目あてにしてきた坊さんは、それより東のほうの、遠い遠い地方へ旅行ちゅうときかされて、弥次郎はがっかりしました。お帰りをまったところで、おいそれというわけにはいきません。運がないのだとあきらめ、船をのりかえて、しおしお日本へかえることにしました。

いよいよ日本に近づいて、なつかしい山やまのすがたが見えたかとおもうころ、大あらしにあって、またまた日本をはなれ、中国の港に吹きながされました。すると、そこには、前からこんいにしていた、もうひとりのポルトガル人がきていました。このポルトガル人をジョルジ・アルバレスといいます。アルバレスは、弥次郎にむかって、

「もう、お坊さんはかえっておられる頃でしょうから、ぜひ、もういちど、ひきかえしてごらんになりませんか。よかったら、わたしの船でごいっしょしましょう。」

弥次郎は、よろこんでしょうちし、いさんで、出かけました。そうして、こんどこそ、マラッカのある天主堂《てんしゅどう》（カトリックのお寺）で、あこがれのお坊さんにお会いすることができました。このお坊さんがフランシスコ・ザビエル上人そのひとなのです。弥次郎は上人にお会いして、心はすみ、まったく、生まれかわった人のようになりました。

さて、このザビエル上人というおかたは、スペインの、ある、りっぱな貴族の家がらに生まれ、二十さいのおり、パリ大学に留学し、運動家でまた、できがたいへんよく、ひとびとは、かれがどんなにりっぱな大学者になることだろうと口ぐちにうわさしました。

ところが、上人は、ふとしたことから、学者としてたつことをやめて、お坊さんになり、そのころ、さかんに、ぼうけん家や探検家をおくりだして東洋方面に植民地をかいたくしていたポルトガルの王さまの願いをいれて、インド方面へ、教えをひろめにいくことになりました。

上人が三十六さいの年です。まだ、なにしろ、東洋への航路はひらけたばかり、三隻船をだせば、たいてい一隻はなんぱするか、海賊にしてやられるという時代です。インドにいく船乗りや商人、いや、役人までが、よくいってぼうけん家、わるくいえば、ごろつきでした。そういうところへ、ザビエルはいさんで出かけたのです。ポルトガルのみやこ、リスボンの港から、インドのゴアにつくまで、ちょうど一年かかっています。

インドで、上人はそれこそ身を粉《こ》にして働きました。インドから南洋の島じまへかけて、やけつくような炎天のもとに、休むひまもなく伝道に力をいれ、ときには、つかれてどうにも動けなくなることもありました。上人のまごころは、さすがにひとびとの心にもふれるとみえて、信者はだんだんできてきます。ところが、こまったことに、さきにも申しましたとおり、ごろつきとあまり変らない船のり、商人、役人たちのために、上人がせっかくきずきあげた苦心の結果が、いつもくずされてしまうのです。上人はたいへん困っていました。ときに、あらわれたのが、日本人の弥次郎だったのです。弥次郎はたいへんものおぼえがよく、何をきいてもはっきりしていて、インド人とはまるでちがう。とくに弥次郎がすぐれているのかときいてみると、

「どういたしまして、日本人は皆わたしよりも、もっともっとりこうです。うそとお思いなさるなら、わたしが、おともをして、日本へまいりましょう。日本へいってイエズスさまの教

えをおひろめください。しかし、日本人はけっして、ひとまねで信者にはなりません。あなたがお話になる教えをじっときいて、ふにおちないところがあれば、どんどんつっこんで質問もしましょうし、そのうえで、いよいよ、とくしんがついたら、それは信者にもなりましょう。」

これが弥次郎のこたえでした。

上人は、すっかり、感心してしまいました。そして、ローマにいる仲間のひとたちにあてた手がみにかきました。

「……もしも日本人がみな弥次郎のように、新知識をえようとするのであれば、日本人はあらたに発見されたひとびとのなかで、もっとも知識欲《ちしきよく》のさかんな国民です……」

弥次郎は洗礼をうけて、「聖信仰（サンタ・フェ）のポーロ」という霊名（クリスチャン・ネーム）をさずけられ、ゴアへいって勉強し、じゅうぶんの準備をととのえて、上人のおともをしてきたわけです。上人はそれにパードレ・コスメ・デ・トルレス、イルマン・ファン・フェルナンデスのふたりをつれて、日本の地に足をふみいれました。さて、そのけっかはどうなりましょうか。

ザビエル上人が、聖信仰のポーロ、つまり、弥次郎にみちびかれ、パードレのコスメ・デ・トルレスとイルマン・ファン・フェルナンデスその他をともなって、弥次郎の故郷鹿児島におりたったのは、天文十八年七月二十二日（一五四九年八月十五日）のことでした。鹿児島のひとたちは、人殺しの罪をおかした弥次郎のむかしをわすれていました。

中国のひとたちは、むかしから自分たちこそ世界の花ともいうべきもので、まわりのひとたちはみな未開のやばん人とみさげていました。東夷《とうい》、北狄《ほくてき》、西戎《せいじゅう》、南蛮《なんばん》などといって、けいべつしていました。日本でも、その南蛮ということばをそのまま受けついで、南のほうからくる外国人は、南洋のひとやインド人、そのインドや南洋をとおってくる人たちなら、ポルトガル人やスペイン人、イタリア人、みな、くべつなしに、南蛮人といいました。したがってザビエルの一行も南蛮人にされたわけです。

弥次郎があんないしてきた南蛮人、それもこれまでに見た商人とは、しょうしょう違うお坊さんで、色が白いから「白坊主」、このめずらしい白坊主を見たさに、朝からばんまでひっきりなしに大勢のひとたちがやってくる。このうわさをきいて、鹿児島の殿様（当時の殿様は島津貴久といいました。）も、一行をかんたいして、伝道をゆるすのみか、小さな住居までかしてくれました。ザビエルは、なにしろまだ日本語がよくできないものですから、お弟子さんの弥次郎のたすけをかりてつくったローマ字がき日本語の、教えの本をもって、ある寺の前にたち、ふし面白く読みあげました。その発音のおかしさに、どっと笑うものもあれば、どこか熱心なのに心をひかれて、きき耳をたてるものもあるという次第です。どんなにまずくても、真心からでることなら何時かはどこか、ひとの心をひくものですね。やがて、少しずつ信者もでてきました。なかには、日本のお坊さんで、親しくうちとけて、おつきあいするひとも出てきました。

上人は、日本につくより、まず京都へのぼって天子さまにお目どおりをして、天子さまから全日本どこで説教しても宜しいというお許しをうけたいものだと思っていました。はやく、はやくと思いながら、そのことを殿様にうちあけると、殿様は、そのたびに、いずれそのうちにといって、いっこう、らちがあきません。

やがて、日本のお坊さんたちがさわぎだしました。はじめ、インドからきたときいて、やはりおなじ仏教のお仲間くらいにおもっていたのが、どうしてどうして、そのお坊さんの攻撃をはじめたのです。その上殿様にしてみればそのご、ポルトガルの船がいっこう入ってこない、いや気がさしてきましたので、とうとう、伝道をさしとめてしまいました。

こうなっては、もう、鹿児島にぐずぐずしていることはありません。鹿児島をあとに、いよいよ京都へのぼることにしました。鹿児島の信者を弥次郎にまかせて、はるばるインドからつれてきたお弟子さんふたりと、日本人の新しいお弟子さん三人、つごう五人のひとたちをつれて、鹿児島をあとにしました。天文十九年の秋九月のことです。とちゅう、平戸の島（長崎県）・福岡・山口などにたちより、そのあいだ、いろいろ苦しいめにもあって、よく年の正月、ようようのことで、あこがれの京都につきました。

ところが、そのころ、京都のありさまは、まるで上人の考えていたものとは大ちがいでした。一天万乗《いってんばんじょう》の天子さまはおわしまさず、じつにお気のどくのようなおくらしを、なさっていらっしゃいました。御所のなかへ一文店《いちもんみせ》がならぶというような、ご時勢です。それに、京都は、応仁の乱という大戦争があってこのかた、すっかりあれはてて、都とは名ばかりでした。「日本国じゅう、どこで説教してもくるしゅうない。」そういうお許しをいただこう、そうおもってきた上人は、「これはだめだ。」と、すぐ、みきりをつけて、京都をたちさりました。船で淀川を大阪のほうへくだりましたが、讃美歌をうたいながら、だんだんうすれていく京都の町を、いつまでもいつまでも、あかずにながめていたといいます。

それからふたたび瀬戸内海をとおって、ひとまず、平戸へ帰ってから、また山口へひきかえしました。山口には、日本国じゅうでもっとも有名な大名がいる、このひとをたよろう。これまで、いつも、質素ななりをしてあるくと、日本人はよい心がけとはおもわないで、すぐ馬鹿にする、そこで、今度は、じゅうぶんのおみやげを用意し、りっぱななりをしてでかけよう、そう決心しました。

大内氏は、ザビエルの一行をかんげいし、インド総督やマラッカの知事からきた手紙や贈物をよろこんでうけとりました。おみやげのなかには、時計や、眼鏡や、鏡や、楽器があったといいます。とのさまはたいそうよろこんで、お礼のしるしに、たくさんの金銀をおくろうとしました。ところが、ザビエルは、どうしてもそれを受けとらず、ただ伝道のお許しをえたいというばかりでした。殿様は、すぐそれを承知し、町じゅうにしらせ、また一方には、住む人のないあき寺をあたえて住宅にさせました。こうなると、教えをきいてみたいというひとが、われもわれもとおしよせてきました。もちろん、やじうまもたくさんいましたが。

このころから、信者はぞくぞくとできてきました。そのなかで特におぼえておいていただきたいのは、日本名はわかりませんが、ロレンソというひとのことです。肥前の生まれで、もと、「平家物語」などをうたいあるく琵琶法師で、かた目が、かすかに見えるばかりというのですが、お話が、とてもじょうずで、ひとを引きつける力がありました。このひとは、ただ信者になっただけでは満足ができず、勉強して同宿《どうじゅく》となり、イルマンとなり、こんご四十なん年間、とても人間わざとは思われないほどの働きをしました。だいいち、ちえがするどく、ものおぼえがよく、議論がとくいときています。

ザビエル上人は、山口にとどまること五ヶ月、ときに豊後の府内（いまの大分市）から使いがきました。豊後の大名大友氏から手がみをたずさえていて、ぜひ当方へおいでいただきたいというのです。そのころ、ザビエルとは前々からおなじみのポルトガルの船長が豊後にきていて、殿様に上人の徳をたたえ、おまねきするようにすすめたのです。ザビエルはトルレスほかふたりを、平戸からよびよせて、山口の信者をまかせ、日本人のお弟子さんをなんにんかつれて、海岸までは陸路をとおり、それから船で日出《ひじ》の港にいきました。ときに、ていはくちゅうのポルトガル船からは、祝砲をはなち、旗をふって大かんげいをしました。これから一同うつくしく着かざり、ものものしい行列をととのえて府内にいき、とのさまの義鎮《よししげ》にお目どおりしました。

ザビエルはここでも説教をはじめましたが、そのうちに、日本の伝道についてうちあわせのひつようから、いちど、インドへかえることになりました。このことを山口にいるトルレスやフェルナンデスに報告するため、使いをだしましたが、やがて、こんどは山口のほうから使いがありました。トルレス、フェルナンデスのふたりの手がみで山口におこった大事件の報告でした。かんたんにいえば、キリシタンに好意をよせてくれていた殿様が、家来の陶氏《すえし》のむほんにあってたおれた、さいわいに、自分たちはぶじでいる、ということでした。

とにかく、西日本のほうぼうをあるいて、その後日本にキリスト教がさかんになる土台をきずいてから、天文二十一年（一五五二年）の十月ごろ、ザビエル上人は、日本をたちさりました。日本たいざい、わずかに二年と三ヶ月です。

日本をさったとはいうものの、上人の心には、日本というものが、強くやきつけられてしまいました。いちど、インドへかえって、また、でなおして中国へいき、ふたたび日本へ来ることにしようとの下ごころでした。

それなら上人は、日本をどんなふうにみていたのでしょうか。上人が日本でかいて西洋へおくった手がみが、今なお、いくつうか、のこっています。長い手がみですが、そのなかから、ところどころぬいてお目にかけましょう。はたしてあたっているかどうかは、みなさんで、判断してください。

「未開な諸国のなかで、日本人ほど美点をもった国民はないと、わたしは思います。かれらは親切で、わるいことをせず、名誉と地位をたいせつにします。日本人にとって、名誉はなによりたいせつ。びんぼう人はたくさんいますが、それは、はじではありません。」

「かれらは礼儀をたいそうおもんじます。また、武器をとてもこのみ、たいせつにします。だれもかれも、大小刀をさします。十四さいの男のこどもでさえ！　ひとをばかにするような言行をしません。」

「かれらはたいてい、読むことができるので、おいのりや、教えの、だいじなところを、じきおぼえます。」

「どろぼうはほとんどいません。というのはどろぼうは、みな、殺されるからです。」

「かれらは、よいことで正直なことは、なにごとでも、けんめいに勉強します。」

「日本人の性質は、しんせつと愛情をもってむかわなければ、みちびくことができません。」

「かれらはいろいろ罪をおかしますが、それは無知なためです。教えてやればりっぱになることはあきらかです。」

ザビエル上人は、日出《ひじ》の港を出帆しました。このとき、上人は、しょうらい見込みのありそうな日本人を、なん人か、インド、いやポルトガルへつれてかえり、勉強させて日本伝道の手だすけにしたいと考えていましたがすぐおもわしいひとがみつからなかったので、鹿児島生れのベルナルド、山口生まれのマテオ、弥次郎の弟のジョアン、給仕のような役をするアントニオの四人を、ともなっていきました。マテオは不幸にもインドでなくなりベルナルドははるばるポルトガルにいき、コインブラという町で勉強し、ローマへもいき、ふたたびコインブラにたいざいちゅう、そこでなくなりました。

ザビエルは、その後インドへかえりましたが、ここでとくに考えたことは中国へ伝道にいこうということでした。日本人はなんでも中国をえらい国とおもって尊敬している。それほどりっぱな教えなら、なぜ中国人が信じないのだろうか、としばしば日本人にきかれました。もし、中国で教えをひろめ、中国人が信じたら、日本人はみな信者になるにちがいない、そう、ザビエルは考えたのです。

準備ばんたんととのえて、ザビエルはインドをたってマラッカへいき、マラッカから中国の広東《カントン》ちかくのサンシャン（上川）島につきました。ここは中国人とポルトガル人とが密貿易をする島なのです。というのは、当時中国ではかたく門をとざして、外国人をいれようとしません。ここでザビエルは、何とか、こっそり中国にはいりこむ機会をねらっているうちに病気になり、とうとう、この島でなくなってしまいました。それも、いよいよ、息をひきとるとき、そばには、アントニオという中国人のめしつかいただ一人きり、実にさびしいものでした。しかし、上人のたましいは、その後、天上にあって、いつも日本のゆくえをあんじ、みまもっていました。

（「仔馬」十三—六　昭和三十七年）

吉田小五郎略年譜

明治三十五年（一九〇二）
一月　一月十六日、新潟県刈羽郡柏崎町南片町五二八番地（現在の新潟県柏崎市東本町一丁目十五ノ七）に父孝太郎　母ケンの五男として生れる。吉田家は天保十三年（一八四二）から続く呉服屋の老舗「花田屋」。

大正八年（一九一九）十七歳
三月　柏崎小学校を経、新潟県立柏崎中学校を卒業。
九月　慶應義塾大学部文学科予科に入学。東京市神田区猿楽町江原書店（柏崎出身の小説家・文学者江原小弥太）方に下宿。

大正十一年（一九二二）二十歳
四月　慶應義塾大学部文学科本科に進む。史学を専攻　文学科講師（後に教授）幸田成友の講筵に列し、指導を受け、深く傾倒、生涯、師として崇拝する。特に師のモットー「オリヂナルに還れ」「孫引は不可」を生涯の信条とする。

大正十二年（一九二三）二十一歳
八月　長兄吉田正太郎の薦めで柳宗悦を訪ね、爾来丹緑本・インキュナビュラ（初期刊本）を通じて親交があり、柳師の知遇を受ける。日本民藝館評議員、後、同顧問をつとめる。

大正十三年（一九二四）二十二歳
三月　慶應義塾大学文学部史学科卒業。この頃フランス語の必要を感じ神田のアテネ・フランセの夜学に通う。
四月　慶應義塾幼稚舎教員に就任。あたかも幼稚舎創立五十周年に当り主任（現在の舎長）小林澄兄の命により『幼稚舎紀要』を編む。（翌大正十四年三月刊行）

大正十四年（一九二五）二十三歳
四月　東京市外大久保百人町に住まう。
昭和二年（一九二七）二十五歳
六月　東京市外調布村鵜ノ木四九三に移る。
昭和三年（一九二八）二十六歳
五月　恩師幸田成友オランダ留学のため、論文集『日本経済史研究』『読史余録』の造本一切を任せられ大岡山書店から刊行。
昭和五年（一九三〇）二十八歳
十一月　ミカエル・シュタイシェン原著『切支丹大名記』の訳著を大岡山書店から刊行。
昭和七年（一九三二）三十歳
六月　『聖フランシスコ・シャギエル小傳』を大岡山書店から刊行。
昭和十年（一九三五）三十三歳
七月　東京市目黒区中目黒二ノ五三二に転居。
昭和十三年（一九三八）三十六歳
三月　レオン・パジェス原著『日本切支丹宗門史（上）』を翻訳、岩波文庫に収録される（中巻は十一月刊）。
七月　東京市世田谷区玉川町上野毛五二五に移る。
昭和十五年（一九四〇）三十八歳
八月　レオン・パジェス原著『日本切支丹宗門史（下）』を翻訳、岩波文庫に収録される。
十月　上野毛に家を建て、越後に引上げるまで住まう。庭に雑木、野草、山草を植え楽しむ。（住所は東京市世田谷区玉川上野毛二一七）
十一月　『東西ものがたり』を慶應出版社から刊行。
昭和十六年（一九四一）三十九歳
五月　和田義郎伝並に幼稚舎史の資料蒐集に当る。
六月　『日本切支丹宗門史』の邦訳により、国民学術協会より表彰される。
十一月　幼稚舎教員室にて「和田先生伝記並に幼稚舎史々料小展覧会」を開催。太平洋戦争のため資料蒐集は約二年で中止、蒐集した資料を秩父山中の一寺院に疎開。
昭和十八年（一九四三）四十一歳
五月　日本諸学振興委員会昭和十八年度教育特別学

会において研究発表。

昭和十九年（一九四四）四十二歳

八月　戦争苛烈を加え、幼稚舎生三学年以上約三七〇名、静岡県伊豆修善寺へ疎開。担任の傍、現地責任者として陣頭指揮をとる。

昭和二十年（一九四五）四十三歳

四月　幼稚舎副主任高橋立身三月に退職し、吉田、担任のまま副主任を引きつぐ。

七月　疎開学園責任者として、青森県西津軽郡木造町に再疎開。

八月　敗戦。

十月　疎開学園を解散し帰京。疎開の後始末と共に、授業の再開その他一切の準備に当る。

昭和二十一年（一九四六）四十四歳

四月　幼稚舎長佐原六郎を迎え、主事をつとめる。

昭和二十二年（一九四七）四十五歳

四月　第十代慶應義塾幼稚舎長に就任。

昭和二十三年（一九四八）四十六歳

四月　慶應義塾大学文学部講師を兼ねキリシタン史を講ずる。

昭和二十四年（一九四九）四十七歳

五月　『聖フランシスコ・シャギエル小傳』を泉文堂から刊行。（復刊）

六月　『聖フランシスコーザビニル画傅』を玉川大学出版部から刊行。

「フランシスコ・ザヴィエルに就いて」（ザヴィエル渡来四百年記念）父兄並に教員に座談を行う。

十一月　「教育実践上の業績」により慶應義塾賞を受く。

十二月　『キリシタン物語』を中央公論社から刊行。

昭和二十五年（一九五〇）四十八歳

六月　慶應義塾幼稚舎同窓会を新たに結成。会長となる。（昭和三十一年度より名誉会長）

十一月　慶應義塾評議員となる。（昭和四十年三月まで）

昭和二十六年（一九五一）四十九歳

「福沢先生に関する新出史料の研究」（他の

六名と共に）により慶應義塾賞を受く。
六月　塾史編纂所委員となり（昭和四十四年三月まで）『慶應義塾百年史』の編纂に着手。
十二月『東西ものがたり』（改訂版）筑摩書房から刊行。
昭和二十七年（一九五二）五十歳
十一月　シュタイシェン原著『キリシタン大名』（改訂版）を乾元社から刊行。
昭和二十九年（一九五四）五十二歳
五月　幼稚舎創立八十周年記念祭を盛大に行う。
十月　幼稚舎生父兄のための「話をきく会」を発足させる。
十二月『キリシタン大名』を至文堂から刊行。
昭和三十一年（一九五六）五十四歳
三月　幼稚舎長を退任。
舎長任期中、初代和田舎長時代からの「金巻名誉録」登録の制度を廃止し、また、日本全国に流行したＰＴＡを遂に幼稚舎にはつくらずに通す。
四月　学級担任にもどり、一年生を担任。
七月　随筆集『犬・花・人間』を慶友社から刊行。
昭和三十三年（一九五八）五十六歳
一月　日本児童文庫『キリシタン物語』をアルス日本児童文庫刊行会から刊行。
九月　慶應義塾創立百年記念講演のため松山へ出張。
昭和三十四年（一九五九）五十七歳
一月「話をきく会」で「明治の石版画について」講演。
二月　随筆集『私の小便小僧たち』をコスモポリタン出版社から刊行。
四月『ザヴィエル』を吉川弘文館から人物叢書の一つとして刊行。
冬　軽度の脳血栓を患い、慶應病院に入院。
昭和三十五年（一九六〇）五十八歳
四月　担任を辞し、幼稚舎史資料蒐集、整理、執筆準備にとりかかる。
昭和四十年（一九六五）六十三歳
三月　慶應義塾幼稚舎を定年退職。

四月　引き続き幼稚舎嘱託として舎史（戦後編）の編纂の準備にかかる。
十月　『稿本慶應義塾幼稚舎史』『同日録』発刊。

昭和四十五年（一九七〇）六十八歳

四月　『稿本慶應義塾幼稚舎史（戦後篇）』『同日録』刊行。

昭和四十七年（一九七二）七十歳

四月　大冊『明治の石版画』を春陽堂から刊行。

昭和四十八年（一九七三）七十一歳

六月　長年住み慣れた上野毛の家をたたみ、郷里柏崎（新潟県柏崎市東本町一丁目十五ノ七）へ帰る。甥直太一家にあたたかく迎えられる。上京の折の常宿を京橋大野屋（佐藤隆子氏経営）とする。
九月　柏崎の週刊紙「越後タイムス」に「柏崎だより」の連載（隔週）を始める。（昭和五十五年三月まで）

昭和四十九年（一九七四）七十二歳

三月　慶應義塾大学卒業後五十年にあたり大学の卒業式に招待を受け出席。
四月　幼稚舎新聞に「幼稚舎の歴史」を連載。（昭和五十二年十一月完了）
五月　幼稚舎創立百周年にあたり一週間上京。「幼稚舎と私」と題する講演をはじめ各種行事に出席、満足して帰る。

昭和五十年（一九七五）七十三歳

八月　スペイン・ポルトガル六週間の旅に出る。幼稚舎教諭岩谷十二郎（スペイン通）同行。大満悦。

昭和五十三年（一九七八）七十六歳

三月　「柏崎だより」の一部が幼稚舎教諭桑原三郎により一冊に纏められ、付録に「丹緑本覚書」と「色刷本事始」を加え『柏崎だより』として港北出版から刊行される。

昭和五十八年（一九八三）八十一歳

四月　『日本切支丹宗門史』（岩波文庫全三巻）復刊。
八月　『東西ものがたり』が、中公文庫の一冊として中央公論社から刊行される。（復刊）

八月二十日　老衰のため柏崎市刈羽郡総合病院で死去。
二十三日　柏崎市東本町常福寺において告別式。喪主は甥・直太。造花の花環等一切なく、故人を慕う人々多数集まり、定刻通りしめやかに執り行われた。
法号　華証院慶眞文應居士

昭和五十九年（一九八四）
六月　『TANROKUBON』　講談社インターナショナルより刊行。
九月　幼稚舎創立百十周年を記念し、幼稚舎新聞連載の「幼稚舎の歴史」と「九十年の年輪・幼稚舎のオールド・ボーイ」を合わせて一冊に纏め『幼稚舎の歴史』（非売品）として刊行版される。

昭和六十年（一九八五）
八月　三回忌に際し、「回想の吉田小五郎」刊行委員会（代表　佐々木春雄）により、故人を追想する文章・座談会等がまとめられ、『回想の吉田小五郎』（非売品）として刊行される。

平成元年（一九八九）
七月　「幼稚舎家族」刊行委員会（代表　佐々木春雄）により、故人の随筆が編まれ、『幼稚舎家族』（非売品）として刊行される。

平成二十年（二〇〇八）
十一月　慶應義塾創立一五〇年に際し、『幼稚舎の歴史』（非売品）が、改訂版として刊行される。

（本略年譜は、『回想の吉田小五郎』にまとめられた住谷アサ氏作成の年譜を基に、その後の刊行書籍などを編集部が加えて作成した。）

単行本収録作品一覧

＊本随筆選収録作品のなかで、市販本、私家本を問わず、単行本としてまとめられたものを掲載した。各編の後にある漢数字は本随筆選の収録巻を示す。

『東西ものがたり』（昭和十六年　慶應出版社／昭和二十六年　筑摩書房／昭和五十八年　中公文庫）

「お八つ」の話（三）　時計の話（三）

『犬・花・人間』（昭和三十一年　慶友社）

どうぶつのこどもたち（一）　先　生（一）　八重一重（二）
五月の歌（二）　白い壺（二）　朝の訪問（二）
蘭学事始（二）　冬の花（二）　青い花（二）
青年期（二）　平和論（二）　おじ・めい（二）
路傍の花（二）　蘭と石と（二）　あに・おとうと（二）
銭　湯（二）　同床異夢（二）　雑草の譜（二）
マンボー（二）　猿と雀と人間（二）　ニュー・フェース（二）
立春大吉（二）　壺たち皿たち（三）　ノアノア（三）

正月の顔（三）　染付の皿（三）　静　物（三）
赤絵の盌（三）　見る本（三）　ほんもの　にせもの（三）

『私の小便小僧たち』（昭和三十四年　コスモポリタン出版社）

百萬塔―若き友へ―（一）　芽茂（Memo）―仔馬雑記―（一）
滑り台のある風景（一）　入学笑話（一）　犬年の賀状（一）
ひとの本棚（一）　私の小便小僧たち（一）　烟田春郷画伯（一）
テッセン談義（二）　冬枯れ（二）　ダチン（二）
夏の風物（二）　あきあじ（二）　李朝の鉢（三）
大阪の宿（上・下）（三）　江戸の泥絵（三）　複　製（三）
明治の石版画（三）　古版本挿絵の魅力（三）　万朶譜（三）
丹表紙本の美（三）　梅・桃・桜（三）

『柏崎だより』（昭和五十三年　㈱港北）

出雲崎へ（一）　古い手紙（一）　慶應幼稚舎創立百周年（一）
紫檀のステッキ（一）　マドリッドの朝（一）　ああ呑気だネ（一）
稿本慶應義塾幼稚舎史（一）　スペインの花と野菜（一）　私の出版歴（一）
弔　友松円諦氏（一）　棟方志功（一）　普段着の幸田先生（一）
懐かしい人―椿貞雄氏（一）　懐かしい人―清宮彬氏（一）

清宮さんと椿さんのこともう少し（一）　花・木・野草（二）
ゴム長（靴）を買う（二）　花の本（二）　満苑御礼（二）
閻魔市雑記（二）　植物図鑑（二）　冬仕度（二）
隔週に六枚（二）　全山これカタクリ（二）　釣り落した魚（二）
おこる（二）　帰郷二年（二）　ドクダミを植える（二）
六枚と千二百字（二）　近火頻々（二）　朝の一服（二）
木を植える（二）　我が家を弔うの記（二）　強きを助けて弱きをくじく（二）
長寿法なし（二）　寒がりのくせに（二）　遺言状（二）
丹緑本覚書（三）　色刷本事始（三）　韓国瞥見（三）
引　出（三）　端本の山（三）　無尽蔵（三）
中国漢唐壁画を見る（三）　ものとこと（三）　有馬屋敷（三）
焼却炉（三）　本を焼く（三）　浮世絵ブーム（三）
美しく見せること（三）　古伊万里展と「古伊万里の世界」（三）
安宅コレクション（三）　よく本を貰う（三）　好きと嫌い（三）
言わでもの事（三）　反　響（三）　ポルトガル笑話（三）

『幼稚舎の歴史』（昭和五十九年　慶應義塾幼稚舎　非売品）

衛生室をよくする（一）　女子の制服（一）

『回想の吉田小五郎』（昭和六十年「回想の吉田小五郎」刊行委員会　非売品）

おシャレのすすめ（二）　あの頃の正月（二）　きれいと美しい（三）
高山右近とペドロ岐部（三）　新井白石とシドッチ（三）　造物主（三）

『幼稚舎家族』（平成元年「幼稚舎家族」刊行委員会　非売品）

一ねんせいのみなさんへ（一）独立自尊の人―卒業生におくる（一）
わかき友へ―卒業生におくる（一）　疎開の思い出（一）
一年生の担任になって（一）　定　年（一）　幼稚舎むかしばなし（一）
思い出（一）　幼稚舎の音楽事始め（一）
仔馬百号に寄せて（一）　鈍才尊重（一）　秀才尊重（一）
いちょう物語（一）　慶應義塾過去帳（一）　含　恥（一）
幼稚舎と私（一）　幼稚舎家族（一）
初代舎長　和田義郎小伝（一）高橋勇先生（一）　獅子文六先生へ（一）
福沢諭吉、和田義郎、幼稚舎（一）　小泉先生と幼稚舎（一）
上野公夫様（一）　歌集『雲の峰』序（一）
西脇先生の個展（一）　清宮先生の思いで（一）　幸田先生のことども（一）
小林澄兄先生の頃のこと（一）ヒゲのある福沢先生（一）
親と子と（一）　内田さん（一）　幼稚舎古今記　ひげの巻（一）
大多和さん（一）　蘭の思い出（二）　明治のお正月（二）

吉田小五郎（よしだ　こごろう）

1902（明治35）年新潟県柏崎に生まれる。1924（大正13）年慶應義塾大学文学部史学科卒業。卒業後幼稚舎教員となり多くの子どもたちから慕われ、尊敬を集める。戦時中、空襲激化による幼稚舎生の疎開にあたり、疎開学園の責任者として尽力。戦後、9年間幼稚舎長を務める。キリシタン史研究者としても業績がある。民藝運動にも関わり、古美術・石版画などの蒐集家としても著名。1983（昭和58）年、故郷柏崎で没、享年81。

主な著作として随筆集に『犬・花・人間』（慶友社、1956年）、『私の小便小僧たち』（コスモポリタン社、1959年）、『柏崎だより』（港北、1978年）。キリシタン史研究書に『日本切支丹宗門史（上・中・下）』（訳、岩波書店、1938、1940年）等がある。

吉田小五郎随筆選　第三巻　ほんもの　にせもの

2013年11月15日　初版第1刷発行

著　者――――吉田小五郎
発行者――――坂上弘
発行所――――慶應義塾大学出版会株式会社
〒108-8346　東京都港区三田2-19-30
TEL〔編集部〕03-3451-0931
〔営業部〕03-3451-3584〈ご注文〉
〃　03-3451-6926
FAX〔営業部〕03-3451-3122
振替　00190-8-155497
URL　http://www.keio-up.co.jp/
装　丁――――中島かほる
印刷・製本――萩原印刷株式会社

Printed in Japan ISBN 978-4-7664-2057-9（セット）